Thomas Bogenberger · Chiemsee Blues

Ostern am Chiemsee. Zur Hochsaison zieht es die Touristen in Scharen ins idyllische Prien. Doch ausgerechnet am Karfreitag wird in einem Aussichtspavillon am See eine abgetrennte Frauenhand gefunden – ausgestellt wie ein Kunstobjekt.
Kommissar Hattinger ist nicht begeistert. So hatte er sich die Feiertage nicht vorgestellt. Anstatt ein geruhsames Osterfest mit Freundin Mia und Tochter Lena zu verbringen, ist er nun den restlichen Körperteilen auf der Spur, die nach und nach rund um den Chiemsee auftauchen. Doch trotz der grausigen Spur, die der Mörder hinterlässt, tappt die Polizei im Dunkeln. Hattinger und sein Team sehen sich ohnmächtig einem ebenso perfiden wie gerissenen Täter gegenüber, der ihnen immer einen Schritt voraus zu sein scheint. Für die Presse ein gefundenes Fressen. Die Einheimischen werden nervös, die Touristen bekommen es mit der Angst und Hattinger mit privatem Ärger zu tun. So hat jeder seinen Blues, bis das Ermittler-Team den entscheidenden Hinweis erhält …

Thomas Bogenberger liefert mit seinem Debüt einen fesselnden und humorvollen Krimi, in dem er seinen geschärften Blick für bayerische Gepflogen- und Eigenheiten beweist, ohne in Klischees abzudriften.

Thomas Bogenberger wurde 1952 in Traunstein geboren. Nach dem Umweg über ein abgeschlossenes Medizinstudium zog es ihn zurück auf die Bühne. Heute komponiert und schreibt er Film-, Hörspiel- und Theatermusik und lebt in seiner alten Heimat Prien am Chiemsee.

Thomas Bogenberger

CHIEMSEE BLUES

Hattinger und die kalte Hand

Mit einer kleinen Sprachkunde
von Thomas Bogenberger

PENDRAGON

1

Karfreitag

Hattinger hatte gerade Mias neuen schwarzen Spitzen-BH aufgehakt. Sie saß vor ihm auf dem breiten roten Sofa und wandte ihm ihren dezent gebräunten, rehschlanken Rücken zu. Kein Gramm Fett zu viel, dachte er, mit einem leisen Anflug von Neid, während er mit den Daumen sanft zu beiden Seiten ihrer Wirbelsäule entlang massierte. Da musste er langsam aufpassen, wenn er figurmäßig noch mithalten wollte. Aber gut, er war ja auch ein paar Jahre älter. Vielleicht doch mal wieder ein bisschen Sport …?

Zielstrebig entspannt wanderten Hattingers Hände um Mias Hüften herum und strichen über ihren festen Bauch.

Mia seufzte wohlig. Ein Gefühl, das sie seit einiger Zeit vermisst hatte. Die warmen Fingerkuppen tasteten sich um ihren Bauchnabel herum langsam nach oben. Sie hatten sich schon fast an die hauchzarten Körbchen herangearbeitet – da klingelte Hattingers Handy …

„Zefix … des gibt's doch ned!"

Der nervige Klingelton aus seiner abgelegten Jacke machte unmissverständlich klar, dass es dienstlich war. Was bedeutete, er musste drangehen …

Hattinger ließ seine Hände auf Mias Hüften sinken.

„'tschuldige, wart amoi ..."

Innerlich fluchend schob er Mia ein Stückchen vor, um hinter ihrem Rücken über die Lehne des Sofas zu springen. Dummerweise blieb er dabei mit der Schnalle seines Hosengürtels an einem recht stabilen Polsterknopf hängen, was seine Flugbahn ungünstig beeinflusste: Er vollführte eine unfreiwillige Hechtrolle über die Sofaflanke und landete ziemlich unsanft auf dem Boden zwischen Couchtisch und Gummibaum, beides Erbstücke von Mias Eltern, wobei er mit dem Fuß gleich noch den mitgebrachten Schampus und die zwei Gläser abräumte. So viel zum Thema Sport ...

Fluchend kroch er über den versauten Teppich und hangelte seine Jacke vom Stuhl, um in den Innentaschen nach dem Handy zu tauchen. Dabei hätte er fast das Innenfutter mit herausgerissen. Er bekam das blöde Ding gerade noch zu fassen, bevor die Mailbox anging.

„Hattinger! Was is denn?", bellte er ins Telefon. Umständlich versuchte er mit einer Hand seine Hose wieder hochzuziehen, während er sich anhörte, womit der Anrufer diese Störung wohl rechtfertigen könnte.

„Was habt's gfundn? Was ... a Hand?! Öha ... und wo?"

Mia gab auf ... Sie erhob sich und hakte

demonstrativ den neuen BH wieder zu. Dann machte sie sich daran, die Schampusgläser aufzuheben und wenigstens noch den Rest aus der Flasche zu retten.

Es war ihr Geburtstag. Der fünfunddreißigste! Und Karfreitag war auch noch. Das konnte ja nicht gut gehen …

„Ja, bin scho unterwegs. Und weit gnua alles absperrn! Ned dass mir da irgendwelche Spaziergänger durchlatschn …"

Hattinger legte auf und versuchte sein leicht derangiertes Äußeres in Ordnung zu bringen. Er tupfte die schaumweingetränkten Hosenbeine mit einem Stofftaschentuch ab.

Mia zog einen sehr weiten Pulli über den durchsichtigen Spitzen-BH und verschränkte die Arme über der Brust.

„Und?" Sie schaute ziemlich angefressen drein.

„A Hand ham s' gfundn … duat ma leid. I hätt jetz echt ah liaba mit dir … Konnst ma glaubn … "

„Ach Hattinger …"

Selbst Mia nannte Hattinger immer nur Hattinger, wie die meisten anderen auch. Bestenfalls war er für manche noch der Herr Hattinger, oder wenn's ganz hoch kam, der Herr Hauptkommissar Hattinger. Er hatte natürlich auch einen Vornamen – Alfons. Aber den benutzte er nicht, wenn es nicht unumgänglich war. Den hatte er noch nie leiden können. Einen zweiten Vornamen zur Auswahl hatten ihm seine Eltern nicht gegönnt und ein akzeptabler Spitzname hatte sich nie für ihn gefunden. Er war einfach kein *Fonsäh*, wie man in seiner Heimat sagte. Hattl hatten seine Mitschüler mal ausprobiert, aber das war ja wohl völlig indiskutabel! Er hatte einfach nicht darauf reagiert, und damit war es dann bei Hattinger geblieben.

„Ob des no amoi was werd mit uns?" Mia schaute ihm mit einer Mischung aus Vorwurf und Resignation in die Augen.

„Mei … wenn a so a blöde Hand dazwischenkommt, da konn i ah nix macha."

„Geh, irgendwas kommt doch immer dazwischen bei dir."

„Ja … scho, aber a oanzelne Hand find't ma ah net alle Tag. Da is's doch klar, dass s' mi da holn miassn."

Hattinger fasste Mia an den Schultern. Er wollte ihr wenigstens noch einen Abschiedskuss geben, aber sie drehte sich weg und setzte sich trotzig wieder auf ihr riesiges Wohnsofa, auf dem sie so allein ziemlich verloren aussah. Sie schenkte sich den kläglichen Rest aus der Schampusflasche ein.

„I bin gspannt, ob si für mi ah no amoi a Hand find't, die Zeit hat …"

„A geh, jetz übertreibs aber ned … oiso, dann, i meld mi."

Hattinger wandte sich zum Gehen. Er hatte ein

ungutes Gefühl. Mia und er, das war ewig her, dass sie miteinander … und jetzt das.

Er verließ das Haus in Breitbrunn, setzte sich in seinen Wagen und fuhr los, Richtung Prien am Chiemsee.

2

Die Hand lag auf einer Bank in dem kleinen hölzernen Aussichtspavillon oben auf dem Herrnberg in Prien, und sie deutete mit ausgestreckten Fingern Richtung See, auf das Schloss Herrenchiemsee, um genau zu sein.

Es handelte sich augenscheinlich um eine Frauenhand, sehr gepflegt, mit langen, feingliedrigen Fingern, sauber manikürten und dezent in transparent cremeweißem Farbton lackierten Fingernägeln, die weder zu lang noch zu kurz oder gar zu auffällig waren, keineswegs also diese Art von knallbonbonfarbenen Riesennägeln, die Hattinger gern als Nuttenschaufeln bezeichnete. Nein, das hier war eine richtig schöne, elegante Hand, die Haut blass, fein gemasert mit sehr dezenten Falten um die Knöchel und zwei helleren Abdrücken, offenbar von zwei Ringen an Mittel- und Ringfinger, die wohl entfernt worden waren. Die Hand einer Dame, dachte Hattinger. Eine linke übrigens. Nun fehlte nur noch der Rest vom Körper …

Hattinger inspizierte die Hand genau, nachdem der Fotograf mit dem Ablichten fertig war, natürlich ohne sie anzufassen. Sie schien sehr sauber unterhalb des Handgelenks vom Arm getrennt worden zu sein, da hing nichts raus, und es war auch kaum Blut dran. Auch auf der Holzbank waren keine Blutflecken zu erkennen.

Er winkte seinem Assistenten Karl Wildmann, der schon vor ihm hier eingetroffen war und jetzt mit einem Mann in mittleren Jahren und einem vielleicht 10-jährigen Buben redete, die etwas abseits an der polizeilichen Absperrung standen und ziemlich bedröppelt dreinsahen. Wildmann, der seinem Namen aussehensmäßig so gar nicht entsprach – er wirkte eher schmächtig, blass, unscheinbar –, kam auf ihn zu.

„Warn des die zwoa, die die Hand gfundn ham?", wollte Hattinger wissen.

„Ja. Vater und Sohn, machen hier Urlaub. Sie kommen aus dem Ruhrgebiet, aus Bottrop." Wildmann nahm seine randlose Brille ab und begann die Gläser zu polieren.

Hattinger ging zu den beiden hinüber und stellte sich vor. „Dann erzähln S' doch amal ...!"

„Ja also, wir kommen schon seit Jahren hierher nach 'em Schiemsee, aber so was haben wir ..."

„Wer von Ihnen hat die Hand denn gfundn?", unterbrach Hattinger den Vater. Allein bei der Verunstaltung des Chiemsees mit S-C-H drehte es ihm schon die Zehennägel auf ...

„Also, wir sind nach dem Regen dann doch noch mal rausgegangen und hierhin gekommen, wir waren hier schon öfters, wir wohnen nämlich immer in 'ner Ferienwohnung da unten bei Verwandten, und dann sacht mein Sohn noch, kuck ma Papa, da liegt 'ne Hand, er denkt natürlich, es is ’ne Plastikhand und hebt se hoch, und dann schreit er plötzlich wie am Spieß, wie er merkt, dass die echt is, weil se so schwer und schlapp is, und lässt se fallen und rennt wech und ich hinterher, und dann sind wer vorsichtich wieder hergekommen und ich hab gesacht, wir müssen jetz die Hand schön wieder so hinlegen, wie se vorher dagelegen hat, und dann hab ich se wieder so hingelegt, wie mein Sohn gesacht hat, dass se vorher dagelegen hat und dann hab ich 110 gerufen, hier von dem Handy, und …“

„Danke.“

„… und dann …“

„Des ham S’ guad gmacht, danke!“ Hattinger drehte auf dem Absatz um und flüchtete zu Wildmann. „Die ham uns ja dann alle Spuren versaut, oder?“

„Sieht ganz so aus, ja.“

„Habts sonst no irgendwas gfundn von der Leich?“

„Wir wissen ja noch gar nicht, ob es überhaupt eine Leiche gibt. Der Rest könnte ja noch am Leben sein, meine ich … die Frau, oder der Transvestit, wenn’s ein sehr gepflegter war. Oder es könnte sich um eine Amputation …“

Hattinger schaute seinen Assistenten leicht angewidert an. Aber Wildmann durchdachte die Dinge zumindest gründlich, das musste man ihm lassen.

„Ja ja, des wär natürlich theoretisch scho möglich, aber wer sollt denn a so an Schmarrn machn, und vor allem warum?"

„Vielleicht ein Dummer-Jungen-Streich? Jemand, der aus der Pathologie eine Hand klaut, oder aus dem OP? Hat es alles schon gegeben."

„Schon, aber trotzdem sollt'ma erstmal vom Naheliegenden ausgehn. Also: Hand in die Pathologie ... halt, natürlich erst, wenn die Hunde da san und a Fährte aufgnommen ham. Wo bleiben die eigentlich?"

„Die sind schon unterwegs, müssten jeden Moment da sein."

Hattinger schaute in die Runde. Am Rand der Absperrung standen schon mehrere Einsatzwagen der Priener Bereitschaftspolizei. Einige der Leute kannte er schon von früheren Einsätzen. Fünf Polizisten suchten bereits systematisch den Boden innerhalb der rot-weißen Bänder ab, während andere noch auf Anweisungen zu warten schienen.

„Guad, dann schick'ma de los, sobalds da san. Die Priener Kollegen sollen derweil die Anwohner befragn, ob s' was gseng ham." Er deutete auf die Häuser an der Flanke zur Seestraße hin.

„Ewig konn de Hand ja net da glegn sei, oder? An am Ort, wo jeden Tag Touristen unterwegs san. Und wenn des nix ergibt, stell'ma den ganzen Herrnberg auf'n Kopf, wenn's sei muass. Wia schaut's denn mit Vermisstenmeldungen aus?"

„Da ist im Moment gar nichts dabei, was in Frage kommt. Jedenfalls nicht in Bayern."

„Guad, dann lassen S' auf jeden Fall no bundesweit nachfragn, und natürlich auch in Österreich, wär ja net des erste Mal …"

Wildmann nickte. Er wusste schon aus eigener Erfahrung, dass der so genannte „Kleine Grenzverkehr" auch nicht vor Toten Halt machte, obwohl er noch nicht sehr lange bei der Rosenheimer Kripo war.

„Hab ich schon veranlasst, Chef."

Karl Wildmann war eigentlich der Einzige, der Hattinger Chef nannte. Er war eben noch neu im Team, er machte sich aber ganz gut, wie Hattinger fand, war intelligent, konnte eigenständig arbeiten. Wildmann kam ursprünglich aus Paderborn, war mit seinen Eltern aber schon als 10-Jähriger nach München gezogen, was den Vorteil hatte, dass er Bairisch zwar nicht sprach, aber zumindest verstand, so dass Hattinger Klartext mit ihm reden konnte, ohne dass Wildmann ständig nachfragen musste. Das war schon viel wert.

Hattinger selbst stammte aus Wasserburg. Er war in Wasserburg aufgewachsen, er war in Wasserburg zur Schule gegangen, und jetzt wohnte er auch endlich wieder in Wasserburg, seitdem er Chef der Rosenheimer Kripo geworden war.

Es wäre natürlich viel praktischer für ihn gewesen, auch in Rosenheim zu wohnen, dann hätte er viel weniger Fahrerei gehabt. Aber er mochte Rosenheim einfach nicht. Er hatte es noch nie gemocht, und er würde es auch in Zukunft nicht mögen, bloß weil er jetzt da die Mordkommission leitete. Dort arbeiten zu müssen war schon Strafe genug …

Es wäre ihm schwer gefallen, das rational zu begründen, aber Rosenheim war für Hattinger so was wie das Schwarze Loch im Chiemgau. Und da half auch die ganze Kosmetik nicht, die man in den letzten Jahren drüber zu spachteln versucht hatte. Da halfen auch keine „Rosenheim Cops" im Fernsehen. Die schon gleich gar nicht! Die paar ausgesuchten Fassaden konnten höchstens jemanden beeindrucken, der in seinem Leben noch nie in Rosenheim war! Und nicht umsonst spielte die Handlung eh meist irgendwo auf dem Land …

Wasserburg dagegen … Wasserburg – dazwischen lagen Welten. Wasserburg hatte auf dem kleinen Fingernagel mehr Charme und Flair und Anmut als Rosenheim auf allen Extremitäten zusammen. Man konnte zwar praktisch nirgendwo in der Innenstadt parken, ohne fünfmal im Jahr abgeschleppt zu werden, aber das war immer noch besser, als hinter den Prollschuppen am Salzstadel zu verrotten oder sich mit den Schlägern in der Bahnhofstraße rumzuärgern. Bei dem Thema konnte Hattinger richtig in Fahrt kommen, und er hatte sich auch bei einigen Rosenheimern schon ziemlich unbeliebt gemacht, aber das war ihm auch egal.

Nein, auf Wasserburg ließ er nichts kommen. Und überhaupt, abgesehen von seinen Urlaubsreisen, die ihn so oft wie irgend möglich in die kanadische Wildnis zum Lachsfischen führten, hatte er auch gar keine große Lust mehr, den Chiemgau überhaupt noch zu verlassen. Wozu auch? Hier gab es alles, was man brauchte, Berge, Wälder, Seen – warum kämen denn sonst schließlich das ganze Jahr über die Horden von Touristen hierher? Wenn überhaupt, wäre das der einzige Grund gewesen, woanders hinzugehen …

Wie war er jetzt überhaupt darauf gekommen? Hattinger ließ seinen Blick über den Herrnberg hinunter nach Prien, nach Süden hinüber zur Kampenwand und schließlich ostwärts zum Chiemsee wandern, wo er an der Herreninsel hängen blieb. Er wusste im Moment auch nicht so genau, was für ihn hier noch zu tun wäre.

„Hm … guad …“, sagte er zu Wildmann, der ihn schon erwartungsvoll ansah, „dann haken S' halt in a Stund no amoi nach. I schätz, für uns kommen vor allem Frauen zwischen zwanzig und maximal fuchzig in Frage.“

Er ging noch einmal zu Fred Bamberger hinüber, dem Chef der Spurensicherung, dessen Leute immer noch mit dem Pavillon beschäftigt waren. Doch der winkte schon ab, als er ankam.

„Konnst vergessn, Hattinger. Außenrum gibt's sowieso nur Baatz, in da Wiesn is ois aufgweicht vom Regn, auf'm Kiesweg gibt's eh koane Spuren, und da herin ham de zwoa Ruhrpottler ois gründlich zertrampelt, oiso wenn überhaupt irgendwas dagwesn sei sollt, dann is des jetz unbrauchbar."

Bamberger warf einen Blick auf die durchsichtigen Plastiktüten, in denen er seine Fundstücke gesammelt hatte.

„A paar Zigarettenkippn, a paar Plastikteile und die Hälftn von am Ü-Ei, und dann no des Anzeigenblattl da, von dem die Hälfte fehlt, des war's, duat ma leid. Fingerabdrück schau ma natürlich no, was ma kriagn kennan, aber i glaub, es schaut schlecht aus. Auf dem groben Holz siegst eh nix."

„Konn ma nix macha. Gibst ma halt an Bericht, sobald's geht. Bringt wahrscheinlich eh net vui, was ma da machan …"

Es kam Hattinger inzwischen ganz so vor, als würden sie am Karfreitag schon Ostereier suchen. Er beschloss, dass seine Anwesenheit im Moment nicht mehr erforderlich war. Alle notwendigen Maßnahmen waren eingeleitet und er hatte für den nächsten Morgen eine Lagebesprechung angesetzt. Über die Wiese hinweg winkte er Wildmann zu und bedeutete ihm mit Gesten, dass er ihn anrufen solle, wenn was wäre. Wildmann nickte.

Hattinger setzte sich ins Auto und fuhr los. Es ging schon gegen Abend. Er dachte an Mia, an den verpatzten Geburtstag. Vielleicht hatte sie ja inzwischen den Abend schon anders verplant, aber einen Versuch war es allemal wert. Er könnte sie überraschen. Außerdem war es von Prien nach Breitbrunn sowieso nicht weit. Er dachte an den schwarzen BH, den er ihr nebst ein paar anderen durchsichtigen Dessous-Teilen in einem spontanen Anfall von Großzügigkeit zum Geburtstag geschenkt hatte. Das Zeug war aberwitzig teuer gewesen. Aber die Anprobe hatte ihn schon ein bisschen entschädigt, Mia sah wirklich scharf aus darin …

Hattinger hielt an der Tankstelle in Prien und kaufte noch eine Flasche Mumm. Was Besseres hatten sie nicht, aber die war sowieso schon teuer genug.

Er fuhr gerade an Wolfsberg vorbei, als das Handy klingelte. Seit Kurzem hatte er tatsächlich eine Freisprechanlage im Auto, nachdem sie ihn quasi dienstlich genötigt hatten. Er drückte auf Empfang.

„Ja?“

Wildmann war dran.

„Chef? Es ist schon wieder eine Hand gefunden worden …“

3

Ostersamstag

Am nächsten Morgen saßen sie erstmal im kleinen Kreis in einem extra eingerichteten Nebenraum in der Polizeistation Prien zusammen und sichteten die bisherigen Ergebnisse. Es war noch nicht klar, ob die *Soko Hand* – so hatte sie Hattinger erstmal genannt, um der Sache einen griffigen Namen zu geben – auch weiter von hier aus ermitteln würde oder ob sie vielleicht doch nach Rosenheim gingen. Das hing vor allem davon ab, was da in der nächsten Zeit noch alles an Körperteilen auftauchen würde, und wo …

Nachdem die zweite Hand gestern Nachmittag relativ kurz nach der ersten auf der Herreninsel im Chiemsee entdeckt worden war, stellte Prien sozusagen das Epizentrum des Geschehens dar, und Hattinger bevorzugte es, vor Ort zu sein. Nicht nur, um Rosenheim zu meiden, sondern auch, um so viel lokale Atmosphäre einzufangen wie möglich. Diese ersten Eindrücke von Tat- oder Fundorten waren später nicht mehr aufzuholen, ebenso wenig die ersten Begegnungen mit Zeugen, auch wenn sie vielleicht nur ahnungslose Finder von abgelegten Händen sein mochten.

Manche Ermittler hatten eine besondere Begabung im Aktenstudium, sie lösten ihre Fälle hauptsächlich vom Schreibtisch aus oder am Telefon. Hattingers Ding war das nicht.

Dafür war Karl Wildmann ein Papierfresser, der liebte das. Mehr und mehr verließ sich Hattinger in dem Punkt auf ihn. Wenn aus der Aktenlage etwas Erhellendes rauszuholen war, dann konnte man davon ausgehen, dass Wildmann es nicht übersehen würde.

Fred Bamberger rührte drei gehäufte Teelöffel Zucker in seinen rabenschwarzen Kaffee und nahm vorsichtig einen Schluck.

„Der is ned von schlechten Eltern, Frau Kollegin", brummte er anerkennend.

Hattinger staunte. Er erlebte selten, dass ein Kaffee auf einer fremden Polizeistation dem schon kurz vor der Pensionierung stehenden Spurensicherer Bamberger Respekt abnötigte. Meist maulte er nur so was wie ‚Spülwasser' oder ähnlich Despektierliches in seinen buschigen Schnauzbart. Wenn er bei einer Tasse Kaffee zu früh den Grund erblickte, konnte er sogar richtig grob werden. Sonst war er eher der Typ gemütlicher Urbayer mit Augustiner-Spoiler. So nannte er selbst – nicht ohne einen gewissen Stolz – seinen stattlichen Bierbauch.

Andrea Erhard schmunzelte ob des Kompliments, während sie weiter Fundortfotos an der Pinnwand befestigte. „Ihnen eilt ja auch a furchteinflößender Ruf voraus, Herr Bamberger, da hab i ma scho a Mühe gebn …"

Frau Erhard war von der Priener Polizei bis auf Weiteres der *Soko Hand* zugeteilt worden, nicht nur weil sie in Prien jeden kannte oder weil sie gerade im Moment keinen unaufschiebbaren Fall zu bearbeiten hatte, sondern vor allem, weil sie es verstand, einen Haufen Männer ohne viel Aufhebens bei Laune zu halten.

Hattinger sichtete noch einmal die Unterlagen, als sein Handy eine SMS ankündigte: „Hab gedacht, du meldest dich. Vergiss es! Mia." las er.

Sofort fühlte er sich schuldig. Wieso eigentlich? Natürlich war er gestern gleich umgekehrt, um mit dem Polizeiboot von Prien auf die Herreninsel zu fahren. Was hätte er denn sonst machen sollen? Dann hatte er gar keine Gelegenheit mehr gehabt, und schließlich war es viel zu spät geworden, um anzurufen. Und heut Morgen wär's noch zu früh gewesen. Und überhaupt schien es praktisch unmöglich, einer Frau plausibel zu machen, dass der Beruf eben vorging. Im Zweifelsfall rief er dann lieber gar nicht an, als wieder in die Lage zu kommen, Mia etwas erklären zu wollen, was sie sowieso nicht zu verstehen gedachte.

Hattinger löschte die SMS. Er würde zurückrufen. Später.

Er versammelte die Runde um den Konferenztisch. „Oiso, schau'ma moi was ma ham …"

Die zweite aufgefundene Hand war offenbar das

passende rechte Gegenstück zur ersten. Es lag zwar noch kein detaillierter Bericht aus der Pathologie vor, aber schon die Fotos der Hände sahen fast aus wie seitenverkehrte Ausdrucke ein und desselben Objekts. Bis auf die dezenten Zahnabdrücke an der rechten Hand.

Die Hand hatte in dem großen Springbrunnen in der Mitte der Parkanlagen vor dem Schloss König Ludwigs II. auf Herrenchiemsee gelegen, dem Latonabrunnen, auf dem Rücken einer großen steinernen Schildkröte.

Der Winter war dieses Jahr so elend lang gewesen – in höheren Lagen lag immer noch überall Schnee – und Ostern war so früh, dass man erst letzte Woche die Winterabdeckung der Brunnen entfernt hatte. Die Becken waren zwar schon gereinigt, aber das Wasser war noch nicht aufgedreht worden, sie waren also leer.

Hans Reiter, ein 58-jähriger Priener mit Lodenmantel und Gamsbart am Hut, hatte mit seinem Schäferhund einen Spaziergang entlang des Kanals, der vom Westufer der Insel Richtung Schloss führt, und durch den angrenzenden Park unternommen. Der Hund war vorschriftswidrig nicht angeleint gewesen, und obwohl sein Herr noch versucht hatte, ihn zurückzupfeifen, war er plötzlich losgerannt und mit einem Satz in das leere Becken gesprungen. Dort hatte er begierig nach einem Gegenstand auf dem Rücken der

Schildkröte geschnappt. Ergebnis: Artus apportierte die Hand, Reiter rief die Polizei.

Wie kam man nur darauf, seinen Schäferhund Artus zu nennen, fragte sich Hattinger.

Die Suche nach weiteren Körperteilen oder anderen aussagekräftigen Spuren war an beiden Fundorten ergebnislos verlaufen. Die Polizeihunde konnten keine Fährte aufnehmen.

Wildmann brachte es auf den Punkt: „Die Hände sind vermutlich nicht selbst dorthin gelaufen, wo man sie gefunden hat. Da können die Hunde natürlich am Boden keine Geruchsspuren verfolgen."

Hattinger drehte seinen Bleistift zwischen den Fingern. „Und der Regn und de deppertn Touristen und der blöde Hund, de ham uns ah no alle andern Spuren verdorbn. Schaut schlecht aus." Er schaute Wildmann an: „Gibt's irgendwas Neues in Sachen Vermisste?"

„Fehlanzeige, Chef. Weder beim BKA noch in Österreich. Nichts."

„Habts ihr no irgendwas?" Hattinger wandte sich Bamberger zu, der seine nächste Tasse Kaffee zuckerte.

„Koane Fingerabdrück, koane Fußspurn, nix dergleichen. Auf der Insel hamma ah wieder a paar Kippn gfundn, aber ned welche, die in letzter Zeit graucht worn san. Dann no a Lidl-Plastiktütn, und zwoa Tempotaschentücher. Bei a bissl am Wind kennan de von überall sei. Oans vielleicht …"

Er griff in seinen Asservatenkoffer und holte zwei Plastikumschläge heraus und legte sie auf den runden Tisch, um den sie saßen. „Scho wieder des selbe Anzeigenblatt, is im Brunnen glegn, und ah diesmoi wieder ned vollständig."

Hattinger nahm die Plastikumschläge und legte sie nebeneinander. „Konn Zufall sei. De wern ja zigtausendfach verteilt, im ganzn Landkreis, oder? Konn i die scho rausnehma?"

„Naa, die miassn no ins Labor, die ham ma no ned untersucht."

„Irgendwie kommt mir die Ausgab bekannt vor." Andrea Erhard hatte sich zu ihnen gesellt und schaute sich die obenliegenden Seiten des Blattes genau an.

„Des Foto da hab i scho amoi gsehn." Sie zeigte auf ein Inserat mit der Abbildung einer üppigen barocken Kommode. „Kann natürlich sei, dass die öfters dieselbe … nein, da is sie ja!"

Ihr Zeigefinger blieb bei einer Anzeige etwas weiter unten stehen. „Da: Ölradiator zu verschenken, gegen Abholung."

„Ja und?" Hattinger verstand nicht. Die anderen wussten ebenso wenig, worauf sie hinauswollte.

„Die Anzeige is von Anfang Januar. Des weiß ich genau, die is nämlich von mir."

Sie sahen sich die auf der Vorder- und Rückseite in den Plastikumschlägen sichtbaren Blätter an. Es war kein Datum zu sehen, nur #-02 und die Jahreszahl. Diese Zahlen waren in beiden Tüten gleich.

„Und die Zeitungen sind beide aus derselben Woche.“ Wildmann wurde plötzlich lebendig. „Vielleicht sind es sogar zwei Teile desselben Exemplars.“

„Mhm. Da schau her. Des wär natürlich scho a bissl viel Zufall“, sinnierte Hattinger, „wenn bei jeweils einer, an verschiedenen Orten gefundenen Händen jeweils ein Teil desselben, inzwischen über zwei Monate alten Anzeigenblatts gefunden wird, ohne dass des was miteinander zu tun hätt.“

Wenn er komplizierte Sachverhalte beschrieb, versuchte Hattinger manchmal Hochdeutsch zu sprechen, was sich meist etwas umständlich und unbeholfen anhörte.

Bamberger legte die Plastikumschläge übereinander und verschob sie leicht gegeneinander. „Mhm. Des könnt scho desselbe sei. Die Zacken kanntn zammpassn. Wenn i ins Labor geh, konn i's genau sagn.“

„Wann?“, fragte Hattinger.

„Heit Nachmittag.“

„Sagn ma Mittag.“

Bamberger seufzte. Schon wieder keine Mittagspause.

Andrea Erhard mischte sich noch mal ein. „Aber

wenn des a einzelnes Exemplar is, dann fehlen auf jeden Fall einige Seiten. I schau mir des Blatt fast jede Woch durch, weil da manchmal ganz interessante Annoncen drin san … Und des is normalerweis immer mindestens doppelt so dick wie die zwoa Teile zusammen."

Was sie den Kollegen nicht sagte, war, dass sie in letzter Zeit vor allem die Bekanntschaftsanzeigen studierte, weil ihr Freund sich von ihr getrennt hatte. ‚Du hast ja eh nia Zeit, da kemma ah glei Schluss macha' – mit diesen lapidaren Worten hatte er sie in die Wüste geschickt. Schien ein typisches Polizistenschicksal zu sein …

Fred Bamberger packte seine Sachen zusammen. „Guad, dann geh i ans Werk, wenn 's mi nimmer brauchts."

„Meld di', sobaldst was woaßt, und nimm Proben für a DNA-Analyse aus dem Blattl, wennst was Verwertbares findst."

Hattinger wendete sich Wildmann zu. „Geh, rufen S' doch amal in der Redaktion oder bei der Druckerei von diesem, wia hoaßts … *Chiemgaublick* an, ob die no a komplette Ausgab für uns ham. Wer woaß, ob ma de ned no brauchan."

Ein Bereitschaftspolizist betrat den Raum und reichte Hattinger ein mehrseitiges Fax: „Von der Rechtsmedizin."

Hattinger begann den Bericht zu überfliegen und blätterte bald vor zur Zusammenfassung.

Wildmann, Andrea Erhard und der noch in der Tür stehende Bamberger schauten ihn erwartungsvoll an.

„Also, die Hände stammen von einer Frau, Alter 35 bis 40. Die Hände sind wahrscheinlich nach dem Tod abgetrennt worden … fast vollständig ausgeblutet … die Histologie steht no aus, aber sie sagn, dass beide Hände zumindest vorübergehend tiefgefroren waren … da schau her! Die Hände sind gründlich gesäubert worden, keine Hautreste oder Ähnliches unter den Fingernägeln – des hab i scho befürchtet. Was no … an den Fingern der linken Hand, nicht aber am Daumen, findet sich verstärkte Hornhaut an den Fingerkuppen, die charakteristisch ist für langjähriges Spielen eines Saiteninstruments, z. B. Violine, Viola etc., aber auch Gitarre wäre denkbar … und sie war vermutlich Rechtshänderin – klar, sonst wär's ja um'kehrt. Aus dem Gesamtzustand der Hände lässt sich schließen, dass die Frau keine schwere oder einseitig belastende manuelle Arbeit ausgeführt hat, zumindest nicht im Zeitraum der letzten Jahre … Des war's im Wesentlichen."

„Tiefgefroren!" Andrea Erhard schauderte.

„Dann könnte die Frau ja auch schon längere Zeit tot sein: Der Mörder friert ihre Hände ein, und dann holt er sie vielleicht Monate später wieder heraus, um sie öffentlich abzulegen. Aber warum macht er das?", fragte sich Wildmann.

Hattinger sah aus dem Fenster. Ein stetig größer werdender Pressepulk wartete draußen schon auf Neuigkeiten. Auch ein Wagen der *Bildzeitung* stand auf dem Hof. Die Geier sind schon da, dachte er.

„Offensichtlich will er, dass sie gfundn wern. Wenn er s' nur loswerdn wollen hätt, dann hätt er s' garantiert anders entsorgt. Des heißt, er will irgendwas sagen, irgendwas bezwecken damit …"

„Und wenn er jetz no die ganze Kühltruhe voll hat?", fragte sich Andrea Erhard. Trotz der Wärme im Raum bekam sie eine Gänsehaut.

„I glaub, des wern ma bald erfahrn, Frau Kollegin. Oder ah ned …"

Die Tür ging wieder auf und ein Polizist steckte seinen Kopf herein. „Die Presse wartet schon auf Sie, Herr Kommissar."

„I komm glei!"

Hattinger wendete sich wieder Andrea Erhard und Wildmann zu. „I woaß gar net, was i dene groß sagn kannt … Aber dann machma halt an Zeugenaufruf – ob jemand was gsehn hat, vor allem auf der Insel. Der Täter muss ja wohl mit'm Schiff nübergfahrn sei, oder?"

„Wenn er nicht geschwommen ist oder drüben wohnt", entgegnete Wildmann.

4

Die alte Kellertreppe knarzte beängstigend unter den Schritten, die sich vorsichtig, aber wohl vertraut mit den Hindernissen ihren Weg nach unten bahnten. Es handelte sich eigentlich eher um eine Art breite Holzleiter, die in den geräumigen, fensterlosen Kellerraum hinabführte, und sie gab federnd und wackelnd bei jedem Schritt ein bisschen nach. Wenn man die Bodenklappe in der ebenfalls fensterlosen Speisekammer des alten Hauses öffnete, die tagsüber immer sorgsam mit schwerem, altem Linoleum bedeckt war, ging automatisch das Licht an und zwei helle Halogenstrahler tauchten den Keller in ein unwirkliches, kaltes Licht.

Glücklicherweise gab es diesen Raum, der fast so groß war wie der gesamte Grundriss des über hundert Jahre alten Hauses darüber. Und niemand wusste mehr von der Existenz dieses Raumes – zumindest war das sehr wahrscheinlich, denn alle, die ihn noch gekannt hatten, waren ja inzwischen tot. Dieser Keller war der einzige Ort, an dem man wirklich seinen Frieden hatte, wo man in Ruhe denken und planen konnte. Und überhaupt hätte er gar nicht gewusst, ob er selbst ohne die Zuflucht dieses Kellers noch leben würde.

Das Archiv würde jetzt nach und nach seinen eigentlichen Sinn erfüllen. Eine lange Zeit des Sammelns und Recherchierens war in eine Zeit des Handelns übergegangen – das war nur folgerichtig. Jahrelang war er eher einem diffusen Gefühl gefolgt, als wirklich zu wissen, wohin ihn seine Arbeit am Ende führen würde. Und es gab natürlich nie eine Garantie, dass er sie jemals erfolgreich würde abschließen können. Aber er war tapfer durch diesen manchmal endlos erscheinenden Tunnel der Verwirrung und des Leids gegangen, wieder und wieder hatte er die Ohnmacht beiseitegeschoben, und jetzt war es umso erhebender, als sich endlich Klarheit eingestellt hatte – eine klare Perspektive, was er jetzt zu tun hatte und was er in Zukunft noch zu tun haben würde.

Seine Füße schlurften in den alten, ausgeleierten Lammfellhausschuhen über die noch vor nicht allzu langer Zeit auf dem ursprünglich nackten Betonboden verlegten Holzdielen, die dem Raum fast etwas Gemütliches verliehen, entlang an den raumhohen alten Holzregalen, die mit Zeitungsausschnitten, alten Magazinen, Fotoalben, Dokumenten und diversen obskuren Gegenständen gefüllt waren, vorbei an der ausladenden, dunklen Schreibtischplatte, die bis auf eine kleine Arbeitsfläche in der Mitte mit akkurat gestapelten Papieren und Fotografien beladen war, und hinter dem alten, speckglänzenden ledernen Ohrensessel und der Stehlampe mit dem ausgebleichten Stoffschirm voller Jagdmotive durch bis ganz nach hinten, in die schon fast im Dunkeln liegende Ecke.

Seine Hand griff nach der schweren schwarzen Taschenlampe, die dort auf einem schmalen Mauersims deponiert war und knipste sie an. Mit der anderen Hand öffnete er den Deckel der alten, weißen Kühltruhe, deren Scharniere ein hässliches Knarren von sich gaben. Die müssten dringend mal wieder geölt werden. Dazu war aber jetzt keine Zeit.

Der Schein der Taschenlampe wanderte über die verschiedenen, sorgfältig beschrifteten Plastikbehälter und Tüten und blieb in einer Ecke ruhen, worauf die andere Hand nacheinander zwei der Päckchen entnahm und in einen alten roten Weidenkorb am Boden neben der Truhe legte. Dann fiel der Deckel der Truhe mit einem Geräusch, das an einen in die Rippen getretenen, aufheulenden Hund erinnerte, wieder zu.

Die Schritte entfernten sich wieder aus der Ecke, der Korb wurde quer durch den Raum getragen und hinauf über die Treppe. Schließlich rastete die Bodenluke wieder ein.

Im selben Moment erlosch das Licht.

Bis auf das gleichmäßige Surren der Kühltruhe herrschte wieder bleierne Stille.

5

Hinter Hattinger war schon eine kleine Schlange entstanden. Die Leute wurden langsam unruhig.

„Duat ma leid, aber Passagierlisten führ'ma koane." Die Fahrkartenverkäuferin der Chiemsee-Schifffahrt in Stock, dem Priener Hafen, sah Hattinger verständnislos an.

„Des denk i ma scho. I hab ja ah nur gfragt, ob Ihnen irgendwer aufgfalln is."

„Mir ned. Da kommen jeden Tag so viel Leut … Sie können höchstens noch as Schiffspersonal fragen, vielleicht wissen de was."

„Von wo überall kommt ma denn überhaupt auf d' Herrninsel?"

„Um die Jahreszeit von Prien direkt, und von Gstadt aus über d' Frauninsel. Im Sommer natürlich ah von Seebruck, von Chieming, von Bernau …"

„Aber jetzt hamma ja ned Sommer, oder?"

„Da ham S' recht. Und dann gibt's natürlich no Sonderfahrten, Taxifahrten, die Fähre von Breitbrunn, die Bootsverleiher ham jetz scho alle offen, und von de privaten Segelboote san um de Zeit ah scho a ganze Menge im Wasser."

Die Frau deutete durch das Fenster auf den See hinaus, der heute in strahlendem Sonnenschein lag. Die Lufttemperatur war seit gestern um fast 10 Grad gestiegen, und tatsächlich waren schon etliche Segelyachten, Ruder-, Tret- und Elektroboote unterwegs.

„Und jetz muaß i wieder kassiern."

„Nur oans no – wie war denn gestern der Betrieb? War überhaupt was los?"

„Bis Mittag wenig, aber wia's zum Regnen aufghört hat, hamma an regelrechten Ansturm ghabt. An am Feiertag, des is ja klar, de Leut ham ja nur drauf gwart ..."

„Und wir warten jetzt auch schon lange genug, uns fährt noch das Schiff vor der Nase weg, wenn Sie jetzt nicht endlich mal zu Potte kommen!", beschwerte sich ein schwabbeliger, sonnenbebrillter Endfünfziger hinter Hattinger.

Der überlegte kurz, ob er dem Typen mal zeigen sollte, wo der Pott hängt, er ließ es dann aber doch bleiben. Einen kleinen Adrenalinstoß hätte er zwar schon vertragen können, aber dieser Kerl war die Zeitverschwendung nicht wert. Er bedankte sich stattdessen bei der Kassendame und ging zu den Schiffen hinüber.

Der wunderbare alte Schaufelraddampfer, mit Abstand das schönste Schiff der Flotte, war offensichtlich noch nicht in Betrieb genommen worden dieses Jahr, er war noch mit der Winterpersenning abgedeckt.

Als der kleine Alfons Hattinger die ersten Male mit seinen Eltern am Chiemsee gewesen war, hatte es mindestens noch einen anderen Schaufelraddampfer gegeben, wenn nicht sogar zwei, aber da war er sich nicht mehr ganz sicher. An seine erste Rundfahrt mit diesem Schiff damals konnte er sich aber ganz genau erinnern. Seine Eltern hatten ihm während der Fahrt immer wieder in den Ohren gelegen, er solle doch auch mal nach draußen schauen, weil der See und das Wetter und die Berge und die Inseln und überhaupt alles doch so schön seien heute, wie selten. Er hatte aber nur Augen gehabt für diese gigantische Dampfmaschine, die das Schiff antrieb.

Es gab da eine Galerie in der Mitte des Schiffes, so was wie ein großes Loch im Deck, ringsherum gesichert durch eine Reling aus Stahl, Holz und poliertem Messing, wenn er sich recht erinnerte, und durch dieses Loch konnte man der Dampfmaschine bei der Arbeit zusehen, die meterlangen silbern glänzenden, schweren, stampfenden Pleuelstangen mit den gläsernen Ölbehältern, die die Lager schmierten, konnte beobachten, wie sie wuchtig hin und her schwangen und die massive Kurbelwelle mit den draußen durchs dunkelgrüne Wasser pflügenden Schaufelrädern antrieben. Da unten zischte und dampfte und zitterte und rüttelte es, es roch nach Qualm und Öl, und wenn diese Maschine beschleunigte oder abbremste, dann konnte er ihre träge Kraft mit seinem ganzen Körper spüren. Er war wie gebannt von dieser Erfahrung, und für nichts anderes hatte er Augen gehabt während der ganzen Rundfahrt.

Auch eine Geschichte seines Großvaters war ihm damals in den Sinn gekommen, der hatte ihm einmal erzählt, dass in seiner Jugendzeit der beste Freund von einer Schaufel dieses Dampfers erschlagen worden war, weil er leichtsinnig im letzten Moment noch vor dem Bug des gerade Fahrt aufnehmenden Schiffs vorbeizuschwimmen versuchte, und jetzt malte er sich aus, wie aussichtslos es wäre, es mit der Kraft dieser Maschine aufnehmen zu wollen. Er stellte sich schaudernd das Krachen und Splittern der Schädelknochen vor und sah den leblosen Körper des Jungen durch das klare grüne Wasser auf den Grund sinken …

Hattingers Blick fiel auf die Schwäne und Enten im Hafenbecken, sie schnappten nach dem Brot, das Touristen ins Wasser warfen, und er kam wieder im Jetzt an. Überall stand, dass man die Viecher nicht füttern sollte, und das aus gutem Grund, aber so blöd waren die Leute eben.

Während er zu einem der neueren Schiffe hinüberging, wo gerade Passagiere einstiegen, erinnerte er sich, wie maßlos enttäuscht er gewesen war, als er vor ein paar Jahren, nach langer Zeit wieder einmal, mit dem letzten verbliebenen Schaufelraddampfer auf die Fraueninsel gefahren war: Man hatte die wundervolle Dampfmaschine durch zwei öde Schiffsdiesel ersetzt, die jetzt, wie auf jedem anderen Nullachtfünfzehnschiff auch, seelenlos vor sich hin dröhnten. Was für eine Schande! Er hatte Mitleid mit den Kindern, die jetzt mit diesem Dampfer – ach was, Dampfer konnte man ja zu diesem kastrierten Teil nicht mehr sagen, ohne rot zu werden –, denen vielleicht eine der schönsten Erfahrungen ihrer Kindheit versagt bliebe, nur weil der schnöde Mammon …

Gut, vielleicht war das übertrieben und nur seine private sentimentale Erinnerung. Wahrscheinlich gab es tausend vernünftige Gründe für diese Umbaumaßnahme. Trotzdem blieb es eine armselige Stillosigkeit.

Am Abfahrtssteg zu den Inseln angekommen, befragte er den Kontrolleur, der gerade nichts zu tun zu haben schien.

„Ob mir was Bsonders aufgfalln is gestern? Was glaum Sie, wiavui Leit i jeden Tag kontrollier? Hunderte, ah was sag i, Tausende oft … Oiso wenn oana net grad mit der Panzerfaust im Anschlag aufs Schiff wui, oder wenn er net grad ausschaut wia Frankensteins Monster, dann glaub i net, dass der an bleibenden Eindruck bei mir hinterlasst!"

Der Kartenkontrolleur machte einen ziemlich genervten Eindruck. Er schnippte seine Kippe ins Wasser.

„Und jemand, der Gepäck dabei hätt?", hakte Hattinger nach.

„A geh was glaum denn Sie, de ham alle was

dabei, Handtaschen, Rucksäck, Fotokoffer, Videokameras, Kühltaschn, de schleppn ihren halbn Hausstand auf d'Insel, was glaum denn Sie?"

„Kühltaschn?"

„Ja freili, de bringan ah no ihr eigns Bier mit!"

„Ham Sie gestern vielleicht zufällig jemand mit a Kühltaschn …"

„Bei der Temperatur gestern? Wer braucht'n da a Kühltaschn?" Der Mann sah Hattinger an, als habe er einen geistig etwas Minderbemittelten vor sich.

Hattinger ahnte, dass ihn das hier nicht weiterbringen würde. Er beschloss eine Pause einzulegen und ging hinüber zur Uferpromenade. Im ersten Café setzte er sich an einen gerade frei gewordenen Tisch und bestellte einen Cappuccino. Das Café war gut gefüllt. Am Nebentisch saß ein kleines Mädchen mit seinen Eltern. Es rührte mit einem Strohhalm in seiner heißen Schokolade und sah Hattinger neugierig an.

Der Cappuccino ließ auf sich warten.

Hattinger beschloss, Mia anzurufen. Wenn nicht jetzt, wann dann? Er wählte und lauschte dem Läuten, nach viermal ging der Anrufbeantworter dran: „Hier ist Mia Berger. Ich kann im Moment leider nicht ans Telefon kommen, aber wenn Sie nicht Hattinger heißen, können Sie mir nach dem Piepton eine Nachricht hinterlassen."

Es piepte.

„Ja, ähm … oiso, du bist ja guad …“, stopselte Hattinger der Ansage zum Trotz auf den Anrufbeantworter. „Is des dei Ernst? … Jetzt geh halt dran, wenns d’ da bist … Na dann ned … ähm … i wollt nur sagn, dass mir des leidduat, mit deim Geburtstag …“

Er hielt inne, denn der Kellner kam endlich und stellte seinen Cappuccino auf den Tisch.

„… aber i konn ja ah nix dafür, wenn i an Einsatz hab und …“

Es piepte wieder. „Das Band ist jetzt leider voll. Vielen Dank für Ihren Anruf.“

„Scheiße!“, entfuhr es Hattinger, so laut, dass sich Leute an den Nachbartischen nach ihm umdrehten. Er warf das Handy auf den Tisch.

Das kleine Mädchen vom Nebentisch strahlte ihn an: „Meine Mami sagt immer, dass man nicht Scheiße sagen darf, aber ich sag auch immer Scheiße!“

Hattinger nahm schnell einen Schluck Cappuccino. Der war leider so heiß, dass er sich höllisch die Zunge verbrannte. Das Mädchen strahlte ihn immer noch an. Hattinger versuchte den Schmerzensschrei zu unterdrücken, der ihm auf der Zunge lag. Es tat so weh, dass er instinktiv dem Kellner, der gerade vorbeiging, eine Flasche Mineralwasser von seinem vollen Getränketablett riss. Dessen Tablett geriet dadurch völlig aus dem Gleichgewicht, und er wäre beinahe in den Nachbartisch gekracht.

„Ja hallo ...! Geht's no?“ Der Kellner war verdattert.

Hattinger ließ das kühlende Wasser über seine verbrannte Zunge laufen, mit dem verbliebenen Rest gurgelte er noch ein bisschen. Inzwischen verfolgten schon einige Gäste im Café seine Handlungen mit unverhohlener Skepsis. Nur das kleine Mädchen hatte sich wieder ganz seiner Schokolade zugewandt.

„Duat ma leid ... mei Zung ...“

Mit diesen Worten, die manche der anwesenden Touristen für Chinesisch halten mochten, stellte Hattinger die leere Flasche auf den Tisch. Er kramte in der Jackentasche nach Kleingeld. Sein Handy auf dem Tisch klingelte. Hattinger klappte es auf. Es war dienstlich. Er nahm ab.

„Ja? ... Was? Jetz hör aber auf!“ Spontan setzte er sich in Bewegung, Richtung Ausgang.

Der Kellner hinterher.

„Halt! Erst zahln vielleicht? Jetz bleim S' da, sonst hol i die Polizei!“

Hattinger machte kehrt.

„Die Polizei ... soso ...“

Langsam wurde er echt grantig. Er hatte den Eindruck, dass ihn inzwischen das ganze Lokal anstarrte. Das kleine Mädchen hatte sich hinter seiner Mutter versteckt.

„I glaub, die brauch'ma ned ...“

Hattinger atmete ganz tief durch. Er beschloss,

dass er sich hier schon genug blamiert hatte. Er wühlte weiter vergeblich in seiner Jackentasche nach Kleingeld, bis er endlich einen Zehner fand, den er dem Kellner hinhielt.

„Stimmt so …", knurrte er genervt.

Bloß nix wie weg hier.

6

In der erweiterten Runde am Samstagabend fasste Hattinger in der Priener Polizeistation die Ereignisse der letzten 30 Stunden zusammen: Zwei abgetrennte Frauenhände waren gestern gefunden worden, am Herrnberg in Prien und vor Schloss Herrenchiemsee auf der Herreninsel.

Und heute war ein linker Fuß dazugekommen.

Der stammte vermutlich auch von einer Frau, denn Männer, die schlanke, gepflegte Füße mit perfekt weinrot-metallic lackierten Zehennägeln haben, dürften wohl eher die Ausnahme sein. Außerdem war die Form des Fußes offensichtlich vom Tragen spitzer Pumps geprägt.

Der Fuß lag in einem Beichtstuhl, in der Klosterkirche auf der Fraueninsel im Chiemsee, und er war am Nachmittag von einem kleinen Jungen entdeckt worden, der mit seinen Eltern die Kirche besichtigte und neugierig war, was wohl in diesem großen dunklen Schrank drin wäre. Der Junge würde seiner Neugier in Zukunft vermutlich nicht mehr so schnell nachgeben. Und die Klosterkirche musste ausgerechnet am Ostersonntag geschlossen bleiben.

Verwertbare Spuren hatten sie bisher kaum gefunden, aber Bambergers Leute waren noch an der Arbeit. Ein, dem Cover nach zu urteilen, kitschtriefender Liebesroman hatte unter der

Bank auf dem Boden des Beichtstuhls gelegen: *Oh mein geliebtes Leben* von einer gewissen Elvira Marschall. Der Titel passt wie die Faust aufs Auge, dachte Hattinger. Wahrscheinlich war das Buch einer alten Dame beim Beichten aus der Handtasche gerutscht.

Der Fuß war jetzt in der Gerichtsmedizin. Noch lag die DNA-Analyse nicht vor, aber alle Anwesenden vermuteten, dass er von derselben Frau stammte wie die Hände.

Hattinger stand am Fenster und schaute hinaus auf den dunklen Hof. Die Presse war am Nachmittag zum Großteil wieder abgezogen, aber nach dem Fund des Fußes schienen sie mit Verstärkung wieder zurückgekehrt zu sein, jetzt stand jedenfalls die ganze Umgebung der Polizeistation voll mit den Autos der Journalisten. Und so abenteuerlich, wie sie zum Teil geparkt hatten, schienen sie entweder auf Immunität in puncto Strafzetteln zu vertrauen oder darauf, dass sowieso keiner Zeit haben würde, sie aufzuschreiben. Sogar das Fernsehen war inzwischen vertreten. Andrea Erhard meinte, dass sie sich an so ein Presseaufgebot in Prien während ihrer Zeit bei der Polizei nicht erinnern könne. Und vorher auch nicht.

Im Spiegelbild des Fensters sah Hattinger Karl Wildmann in den Raum kommen, mit einem inzwischen schon enorm angeschwollenen Stapel von Papieren unter dem Arm. Mit der freien

Hand telefonierte er. Bei Wildmann als Einzigem glaubte Hattinger sich sicher zu sein, dass ihm der unfreiwillige Osterfeiertagsdienst nichts ausmachen würde. Er war Single, ob unfreiwillig oder nicht, wusste Hattinger zwar nicht so genau, aber dass Wildmann bei diesem alles andere als alltäglichen Fall ganz in seinem Element war, das konnte jeder sehen. Wenn man keinen hat, mit dem man Ostereier suchen kann, dann sucht man eben Verbrecher, dachte Hattinger. Dabei kam ihm Mia in den Sinn, er verdrängte den Gedanken aber schnell wieder.

Mit wem die Priener Polizisten, die eigens für diesen Fall abgestellt worden waren, Ostereier suchten, oder dieses Mal eben nicht, das wusste er nicht, er kannte nur den einen oder anderen vom Sehen. Und er wollte es auch nicht wirklich wissen.

Es waren noch zwei weitere Kriminaler aus Rosenheim zum Team gestoßen, Martin Haller und Petra Körbel, zwei jüngere Beamte, die als Rechercheteam erprobt waren und meistens die mühsame Arbeit übernahmen, den so genannten Hinweisen aus der Bevölkerung nachzugehen. Das bedeutete meist nichts anderes, als zu versuchen, die Spreu vom Weizen zu trennen, wobei das Verhältnis Weizen zu Spreu vielleicht höchstens 1:1 000 betrug. Es war eine ziemlich frustrierende Sisyphos-Arbeit, aber weil sie die akribisch erledigten, mit einem feinen Gespür für die eine interessante unter tausend mehr oder weniger abstrusen Meldungen, hatten neidische Kollegen sie in letzter Zeit immer öfter als das „Dreamteam Haller & Körbel" bespöttelt. Sie hatten den ganzen Tag über Anwohner rund um den Priener Herrnberg befragt, bis jetzt ohne greifbares Ergebnis.

Andrea Erhard stellte gleich drei Kannen ihres pechschwarzen Kaffees auf den Tisch, sie hatte auch ein paar Gebäckteile besorgt und alle bedienten sich dankbar, allen voran Fred Bamberger. Der war ziemlich angefressen, weil er eigentlich über die Feiertage einen Ausflug mit der Familie an den Gardasee geplant hatte. Inzwischen waren sie ohne ihn gefahren. Seine Frau und die zwei schon fast erwachsenen Söhne, beide begeisterte Segler, die für ihren Verein immer öfter an internationalen Regatten teilnahmen, waren es schon seit Jahren gewohnt, im Zweifelsfall ohne den Papa loszuziehen. Bamberger versuchte zwar, sich nichts anmerken zu lassen, aber Hattinger kannte ihn jetzt schon so lang, dass er genau wusste, wie gern er bei der diesjährigen Osterregatta am Gardasee dabei gewesen wäre. Seine Söhne schienen inzwischen ernsthafte Siegchancen zu haben, und er konnte nicht da sein. Aber bald würde er ja in Pension gehen, dann konnte er fahren, wann und wohin er wollte.

Als alle da waren, sich auf ihren Stühlen und

hinter den Schreibtischen eingerichtet hatten, fasste Hattinger die bisherigen Ereignisse auf seine Art zusammen.

„Oans muaß ma feststelln: Mir tappen praktisch total im Dunkeln. Mir ham koane vernünftigen Spuren, koane Hinweise, koane Vermissten, koa Motiv, mir ham no ned amoi a ordentliche Leich … Alles was ma ham, san zwoa gfrorene Frauenhänd und an Fuaß. Und irgendwo muss jemand rumlaufen, der die bei uns in der Gegend verteilt, praktisch öffentlich auslegt, und zwar so, dass s' auf jeden Fall früher oder später gfundn wern. Mir wissen no net amoi, ob sich's überhaupt um an Mord handelt, es wär genauso möglich, dass irgend a Geistesgstörter a Tote verstümmelt hat, die an ganz was anderm gstorbn is. Des halt i zwar ned für wahrscheinlich, aber möglich wär's."

Er schaute in die Runde, nicht wirklich erwartungsvoll: „Hat jemand a Idee?"

Wildmann hatte sich bis jetzt zurückgehalten. Dafür hatte er sich reichlich Notizen gemacht, ständig etwas in sein Ringbuch gekritzelt. Hattinger fragte sich, was er da eigentlich aufschrieb.

„Ich habe mal versucht, ein vorläufiges Bewegungsprotokoll des Täters zu erstellen. Ich nenne ihn jetzt einmal Täter, weil ich es doch für sehr wahrscheinlich halte, dass es sich um einen Mord handelt, und dass wir von einer einzelnen Person reden, die diesen Mord begangen und die Hände und den Fuß abgetrennt und verteilt hat, denn dass mehrere Menschen gemeinsam so ein Verbrechen verüben, das kommt in der Praxis so gut wie nie vor. Es sind fast immer hochgradig psychisch gestörte Einzelgänger, die solche Taten begehen, ich hab da mal die entsprechenden Statistiken durchgearbeitet, so gut es in der Kürze der Zeit eben ging. Immer vorausgesetzt natürlich, dass es sich bei der Sache nicht doch um groben Unfug handelt."

„Woran denkn S' da zum Beispiel?", brummte Bamberger.

„Zum Beispiel an eine Aktion von durchgeknallten Medizinstudenten, die eine Wette am Laufen haben, oder etwa einen entlassenen Krankenpfleger, der sich an seinem Krankenhaus rächen will, das sich dann für verschwundene Körperteile rechtfertigen muss etc., da würden mir schon einige Möglichkeiten einfallen. Aber je mehr Körperteile wir finden, je öfter und stringenter sich ein System darin wiederholt – also in unserem Fall: sauber abgetrennte, gut gereinigte, eingefrorene Extremitäten, die an häufig frequentierten Orten zur Schau gestellt werden –, um so unwahrscheinlicher wird so etwas. Scherzbolde geben sich in aller Regel mit einer einzigen solchen Aktion zufrieden, dann verlässt sie der Mut, sie haben ihren Dampf abgelassen, und eine weitere Aktion wäre ihnen schon zu gefährlich – auch darüber hab ich eine Statistik gefunden."

Wildmann reckte einen Stapel Papier in die Luft.

„Die Systematik in unserem Fall lässt aber eher auf eine sorgfältige Planung und Durchführung schließen. Daher denke ich, dass es sich um Mord handelt. Und ich glaube, dass der Täter gefährlich ist, weil er berechnend und kontrolliert handelt."

Hattinger nickte zustimmend. Vielleicht hatte es sich doch gelohnt, dass sie Wildmann zu diesem psychologischen Seminar abgestellt hatten. Jedenfalls deckte sich Wildmanns fast druckreife Analyse absolut mit Hattingers simplem Bauchgefühl. Nur konnte er das nicht halb so eloquent ausdrücken.

„Mhm. Und wie war des mit dem Bewegungsprotokoll?", hakte er nach.

Bevor Wildmann antworten konnte, machte sich Fred Bamberger bemerkbar. Ihm schien plötzlich etwas eingefallen zu sein: „Wenn i amoi a Zwischenfrage stellen derfat: Auf der Fraueninsel, samma da überhaupt no zuständig?" Er schaute erwartungsvoll in die Runde. „Müssten des net die Traunsteiner machen? So vui i woaß, ghört der Chiemsee doch zum Landkreis Traunstein."

„Aber nur der See selber", entgegnete Andrea Erhard, „die Inseln ghörn zu uns, beziehungsweise nach Rosenheim. Die Gemeinde Chiemsee is des, verwaltungstechnisch gseng."

„Wo gibt's denn so was?", warf Martin Haller

ein. „Der See und die Inseln gehören also zu verschiedenen Landkreisen? Da könnten ja die Traunsteiner theoretisch den See blockieren und die Inseln aushungern."

„Aber wir könnten im Gegenzug den Traunsteinern verbieten, die Inseln zu betreten!", frotzelte Petra Körbel.

„Wie viel Einwohner hat denn diese Gemeinde Chiemsee?", wollte Hattinger von Andrea Erhard wissen.

„I glaub, so zwischen drei- und vierhundert. Die meisten davon wohnen auf der Fraueninsel. Die Krautinsel is unbewohnt."

„Dann schlag ich vor, Frau Körbel und Herr Haller, Sie beide fahren gleich morgen Früh nüber und befragen die mal, obs irgendwas beobachtet ham", meinte Hattinger.

„Alle?" Haller traute seinen Ohren nicht.

„Ja, so weit S' halt kommen … Lassen Sie sich von der Frau Erhard a Liste vom Einwohnermeldeamt geben. Wenn da nur a paar hundert Leut lebn, die alle nur mit'm Schiff auf d' Insel kommen, die kennen sich doch unteranand. Also wissens auch, wer fremd is, wer ned dazughört. Da könnt doch jemand was aufgfallen sein …"

„Gibt's eigentlich die Klosterschul ah no, des Mädcheninternat auf der Fraueninsel?", wollte Bamberger wissen.

„Scho seit über zehn Jahr nimmer." Andrea

Erhard hatte wohl auf alle lokalen Fragen eine Antwort. „Warum?“

„Dann waarn's ja vielleicht no a paar hundert mehr …“

„Aber vermutlich nicht in den Ferien“, warf Wildmann ein.

„Stimmt, des Internat … I konn mi no genau erinnern, wenn ma da früher nachmittags am Kloster vorbeigangen is, dann ham überall de jungen Madl aus de Fenster nauspfiffen, hinter uns Buam her! Des is ma sonst no nirgendwo passiert …“ Hattinger wusste auch nicht genau, warum er das jetzt erzählte.

„De san ganz schee kurz ghaltn worn, glaub i“, fügte Bamberger hinzu. Da er es aufgegeben hatte, aufgrund möglicherweise nicht gegebener eigener Zuständigkeit vielleicht doch noch Richtung Italien entschwinden zu können, zog er sich mit seinem Handy und einer weiteren Tasse Kaffee nebst Apfeltasche in eine Ecke zurück und telefonierte.

Wildmann stellte sein mutmaßliches Bewegungsprofil des Täters vor und schloss aus dem relativ kurzen Zeitraum, der ihm vor allem am Karfreitag zur Verfügung gestanden hatte, um die Hände auszulegen, dass es auf jeden Fall jemand sein musste, der sich in der Gegend und mit den Schiffsfahrplänen gut auskannte – wenn er denn mit dem Schiff gefahren war. Jemand, der möglicherweise auch ganz in der Nähe wohnte. Es war zumindest eher unwahrscheinlich, dass einer mit seinem Gefrierschrank in den Osterurlaub an den Chiemsee gekommen war, um jeden Tag ein paar Leichenteile zu verteilen.

Als Hattinger ankündigte, dass er jetzt zur Pressekonferenz gehen würde und man sich dann bis Ostersonntag vertagen könne, bis auf die Rufbereitschaft, meldete sich Bamberger noch einmal, wie zum Beweis sein Handy hochhaltend: „Oiso, es san mit Sicherheit Teile von ein und demselben Anzeigenblatt, was ma bei de zwoa Händ gfundn ham. Und es fehln zwanzig Seiten in der Mittn. Des is doch scho amoi was …“

7

Was mit dem angebrochenen Samstagabend noch anfangen? Es war schon zehn vorbei und Hattinger überlegte kurz, heim nach Wasserburg zu fahren, um mal wieder ausgiebig zu duschen und sich mit frischen Klamotten einzudecken. Er hatte zwar immer eine gepackte Tasche mit Ersatzzeug im Auto, das würde schon ein paar Tage reichen, und sie hatten ihm in Prien ein Zimmer gleich neben der Polizeistation zur Verfügung gestellt für die Zeit der Ermittlungen, das war sicher sehr praktisch, aber …

Sein Blick fiel auf die Sektflasche, die immer noch im Auto lag – schön warm und gut durchgeschüttelt – und er entschloss sich, es noch mal bei Mia zu versuchen.

Als er in Breitbrunn in die kleine Straße nicht weit vom Chiemsee einbog, stellte er erleichtert fest, dass sie zuhause war, zumindest war Licht in ihrer Wohnung im ersten Stock. Die Straße war fast komplett zugeparkt, also stellte er den Wagen an der Ecke ab und machte sich mit der Flasche auf den Weg. Als er sich dem Haus näherte, sah er oben an Mias Küchenfenster jemanden mit langen Haaren mit dem Rücken zum Fenster lehnen.

Es war aber nicht Mia.

Er erkannte an der Silhouette sofort, wer dort stand. Als er zögernd weiter ging, kam auch Mia ins Bild und ging auf die Person am Fenster zu. Sie umarmte die Person und gab ihr einen Kuss. Keinen besonders langen, eher gerade noch ein Busserl, oder irgendwas dazwischen …

Hattinger blieb stehen.

„Geh Mia … doch ned der wieder …", murmelte er.

Der Typ mit den langen dunklen Haaren war Bertram Meier, ein früherer Freund von Mia, oder was auch immer er gewesen war, das hatte sie Hattinger nie so genau enthüllt.

Aber auf jeden Fall hatten die beiden immer mal wieder was miteinander gehabt, das wusste er nur zu genau, weil ihm Mia in einem jähen Anfall von Rachsucht einmal unter die Nase gerieben hatte, was für ein guter, leidenschaftlicher, zärtlicher und überhaupt … rundum perfekter und rattenscharfer …! Liebhaber der Bertl gewesen sei – im Gegensatz zu ihm …! und überhaupt! Und wo sie es schon überall getrieben hätten! In der Aufzählung kam alles vor, nur kein Bett …

Später hatte sie dann das Geständnis zwar widerrufen, aber Hattinger war diese inbrünstige Schilderung ihres sexuellen Kreuzzugs wider seine Langweiligkeit und Unerreichbarkeit wesentlich glaubwürdiger erschienen als das folgende Dementi.

Er blieb stehen und schaute hinauf zu dem Fenster.

Ausgerechnet der … Der Klampfenbertl! So nannten ihn nämlich fast alle, weil er seit Urzeiten in einer lokalen Top-40-Band Gitarre spielte. Die Band war ja ganz okay, Hattinger hatte sie selbst mal gehört, auf einer Hochzeit von einer Bekannten, aber so gut eben auch wieder nicht, dass man vor Neid hätte niederknien müssen. Für Partys eben, oder fürs Bierzelt … Im Grunde war der Typ doch ein Versager, der war Ende 30 und hatte außer der Band noch nichts auf die Reihe gekriegt in seinem Leben.

Der Klampfenbertl!

Aber jetzt stand der Klampfenbertl da oben am Fenster und nicht er, so viel war klar.

Hattinger fühlte einen dumpfen Zorn in sich aufsteigen. Er überlegte, dann klemmte er die Flasche unter den Arm und fischte sein Handy aus der Jacke. Er wählte …

Er konnte das Läuten bis hier herunter auf die Straße hören.

Während Mias Anrufbeantworter seinen Anruf entgegennahm, immer noch mit demselben blöden Spruch, ging Mia oben am Fenster auf Bertram Meier zu.

Sie legte die Arme um seinen Hals …

Sie küsste ihn wieder … dieses Mal sehr lang …

Als Hattinger sein Handy wieder zuklappte, rutschte ihm die Flasche unter dem Arm weg und zerschellte mit lautem Klirren auf dem Pflaster.

Ein kurzes Aufschäumen noch, dann war wieder Ruhe.

„Scheiße! Kruzifix no amoi!", fluchte er in die Stille.

Die beiden oben am Fenster spähten kurz hinaus in die Dunkelheit und sahen einen Mann weggehen. Dann wendeten sie sich wieder interessanteren Dingen zu.

„Leckts mi doch am Arsch."

Hattinger machte noch mal kehrt und schob schnell mit den Füßen die Scherben in einen Gulli. Dann setzte er sich ins Auto und fuhr los Richtung Wasserburg.

Er hatte offensichtlich kein Glück mit Schampus.

8

Ostersonntag

Am Sonntag bekam der Fall schon fast so etwas wie Routine. Wenn man die Reihe der bisherigen Funde von Leichenteilen logisch fortsetzte, wie zum Beispiel in den Reihen, die in Intelligenztests vorkamen: *Zwei, drei, fünf, sieben, elf … Führe die Reihe fort,* was jeden halbwegs intelligenten und mathematisch nicht völlig unbegabten Menschen auf die Reihe der *Primzahlen* und folglich als nächstes Glied der Reihe auf die *dreizehn* bringen würde, dann war eigentlich klar, was in der Reihe: *Hand, Hand, Fuß …* als nächstes folgen würde.

Und genau so kam es auch: Gegen sechs Uhr wurde im Morgengrauen des Ostersonntags in Gstadt am Chiemsee der noch fehlende zweite Fuß der Frauenleiche entdeckt, am Ende eines Dampferstegs, von einem älteren Ehepaar, das die senile Bettflucht bereits um diese unchristliche Zeit zu einem Spaziergang hinausgetrieben hatte. Möwen, die ebenfalls schon früh unterwegs waren, hatten ihm allerdings etwas zugesetzt, so dass er nicht so hübsch aussah wie der andere. Wahrscheinlich war es ein Glück, dass er überhaupt noch da war und nicht aufgefressen oder ins Wasser gezerrt worden war. Wie auch immer, man musste inzwischen wohl davon ausgehen, dass der Verteiler der Leichenteile ein logisch vorgehender Mensch war, oder zumindest ein Pedant. Außerdem schien er sich wirklich geschickt und unauffällig zu bewegen, denn auch dieses Mal hatte niemand irgendetwas bemerkt von der Deponierung des Fußes.

Haller und Körbel hatten zwar sofort damit begonnen, alle Gäste der umliegenden Hotels und Pensionen und deren Personal zu befragen, und das waren nicht wenige, denn ganz Gstadt bestand fast nur noch aus Hotels und Pensionen und Restaurants und Cafés. Alles was auch nur einigermaßen in Seenähe lag, war von einstmals schlichten, stilvollen bayerischen Landhäusern zu monströs aufgeblähten pseudobajuwarischen Wohnsilos aufgebrezelt worden, damit nur ja kein Euro an den Besitzern vorbeiginge. Aber der Täter schien wohl noch im Schutz der Dunkelheit gekommen und auch wieder verschwunden zu sein.

„Was hat der eigentlich vor? So a Art Schnitzeljagd um an Chiemsee rum, oder was?"

Hattinger winkte die Bedienung herbei und bestellte noch einen großen Cappuccino und eine Flasche Mineralwasser: „Mit Sprudel und eiskalt, wenn's geht."

Er wirkte ziemlich angegriffen an diesem Morgen. Letzte Nacht hatte er sich daheim sträflicherweise die Kante gegeben und einige Weißbiere vernichtet, um den Frust über Mia und ihren halbseidenen Gitarrenheini zu ertränken.

Was der Typ kann, kann ich schon lange, dachte er, und nach dem zweiten Weißbier befreite er seine „Black Beauty“ – eine schwarze Gibson Les Paul Custom, Baujahr 1977, die er vor langer Zeit in San Francisco erworben hatte, endlich mal wieder aus ihrem weinrot samtgepolsterten Gitarrenkoffer. Sie war wirklich eine klassische Schönheit, und allein der Koffer war schon zum Reinlegen …

Er durchforstete seine umfangreiche Plattensammlung, auf die er ziemlich stolz war. Schallplatten, jawohl, so runde dunkelschwarze Scheiben mit einem Loch in der Mitte, wie der Karl Valentin gesagt hatte. Leicht zersetzbar, voll analog und saugeiler Sound, mit einer vernünftigen Anlage. Dafür hätte er auf jeden MP3-Player verzichtet. Schließlich zog er die „After Math“ von den Rolling Stones aus dem Regal, legte sie auf und begann mit Kopfhörern in amtlicher Lautstärke zu „Under My Thumb“ und „Goin Home“ zu jammen.

1966. Wahnsinn! Großartige Scheibe. Er begleitete den damals noch relativ unzerknitterten Keith Richards und fragte sich wieder mal, warum er nicht öfters Gitarre spielte. Hatte schließlich früher auch in ’ner Band gespielt, und das war nicht die schlechteste gewesen … Die *Flying Fingers*, yeah! Die Finger waren inzwischen ein bisschen eingerostet, aber das Gehör nicht, Gott sei Dank!

Er trank noch ein bisschen weiter und entschied sich als nächstes für Uriah Heep. Ewig nicht gehört …

Irgendwann war er voll angezogen auf dem Sofa vor dem Fernseher eingepennt, die Les Paul im Arm.

Um halb sechs Uhr morgens wurde er vom Krach seiner ins Schloss fallenden Wohnungstür aus dem Schlaf gerissen.

„Was … was is'n …?“

Hattinger schreckte hoch, gebremst vom stattlichen Gewicht der Gitarre und dem Kopfhörerkabel, das um seinen Hals gewickelt war. Als er realisierte, wo er war – und dass gerade jemand in seine Wohnung eindrang! –, war er schlagartig wach. So wach man halt sein konnte mit einem dumpfen Schädel.

Aus dem Flur hörte er ein Poltern und Schritte.

Er musste sein Heim verteidigen! Seine Waffe im Schulterhalfter hing blöderweise am Schreibtischstuhl, auf der anderen Seite des Couchtischs. Auf dem Weg dorthin registrierte er, dass der Fernseher lief, auf einem dieser Ruf-mich-an!-Kanäle, die einem alle paar Sekunden ein neues Paar martialisch hochgerüsteter Brüste entgegenschleuderten. Er verhedderte sich im Gitarrenkabel und versuchte sich zu befreien, verdammter Mist, das durfte doch nicht …

Die Schritte waren schon an der Tür, er hatte

seine Waffe noch nicht erreicht – egal! Er war bereit, sich dem Eindringling entgegenzuwerfen, wie auch immer, die Tür ging auf, er drehte sich um …

„Lena …? Du?"

Hattinger starrte verblüfft seine 15-jährige Tochter an.

„Was … ah …"

Die stand mit lässig in die Hüften gestemmten Armen im Türrahmen und sah ihn ein bisschen mitleidig an.

„Hallo Paps. Na, wie geht's?"

„Ah, hallo … ja, geht scho, danke …" Er hatte es endlich geschafft, sich aus dem Gitarrenkabel zu wickeln. „Sag amoi, wie … wo … kommst'n du jetz …?"

„Hast mich vergessen, was?", meinte sie und sah sich interessiert das Fernsehprogramm an, wobei sie die linke Augenbraue hochzog. Hattinger suchte die Fernbedienung und stellte den Fernseher ab.

„Hab gestern no … Nachrichten … dann bin i glaub i eingschlafn … I hab gedacht, du kommst erst am Dienstag?"

Soweit er sich erinnerte, hatte sich Lena, die normalerweise bei seiner geschiedenen Frau in Hamburg lebte, für die Ferienwoche nach Ostern angesagt.

„Ich hab dir doch gesimst, dass ich eher komm!"

Lena stellte ihre Tasche ab und zog die knallenge schwarze Lederjacke aus. „Ich war auf der Party vom Peter, weißt schon, den hab ich doch schon so lang nicht mehr gesehen, und die ganzen andern Typen vom alten Gymmi. War awesome! Der Peter hat mich noch hergebracht."

„Ach so … Und wia bist jetz da reikomma?"

„Papa, ich weiß doch, wo dein Ersatzschlüssel liegt. Das weiß doch jeder, oder?"

Hattinger musste zugeben, dass er in puncto Sicherheit der eigenen Wohnung kein gutes Vorbild abgab, schon gar nicht als Kriminalkommissar. Er hatte sich schon ewig vorgenommen, mal ein besseres Versteck zu finden als den obligatorischen Yuccapalmentopf im Treppenhaus. Wie das eben so war mit Sachen, die man sich ewig vornahm …

Lena drückte ihn zur Begrüßung. Ihre schulterlangen Haare waren tiefschwarz, letztes Mal war sie noch blond gewesen. Sie bemerkte seinen Blick und wühlte in ihrer Frisur herum. „Genial, oder? War gestern noch beim Friseur." Sie drehte sich zweimal um die eigene Achse und wartete auf Bestätigung.

„Na ja, oiso … mir hat des Blond eigentlich besser gfalln."

„Ich find's awesome!"

Die Augen hatte sie dazu passend dick schwarz umrandet, dazu trug sie eine tief … nein, eine sehr tief ausgeschnittene kurze schwarze Weste, die auch ihren nabelgepiercten Bauch freiließ. Bis auf die übertriebene Schwarzmalerei sah sie ziemlich umwerfend aus. Hattinger war sich wie schon öfter in letzter Zeit nicht ganz sicher, ob er ihren Anblick genießen oder sich als Vater um sie sorgen sollte. Aber zum Glück war sie ja ziemlich selbständig und schlagfertig. Sie war alles andere als ein Opfertyp, die würde einen zudringlichen Typen schon in die Flucht schlagen.

„Ich muss jetzt sofort eine rauchen. Hast du eine für mich?", schnurrte sie ihn an.

„I hab doch aufghört."

„Schon wieder?"

„Und du sollst ah aufhörn, des is so ungsund, vor allem in deim Alter ..."

„Ach komm Paps. Schau, ich komm von 'ner Party und bin überhaupt nicht betrunken! Wäre viel besser, du würdest das gut finden, oder?", meinte sie, mit einem dezenten Seitenblick auf die Ansammlung von Bierflaschen auf dem Couchtisch.

„Ja, des find i ja guad, aber ..."

„Krieg ich wenigstens Kaffee? Dann muss ich ins Bett."

Das war ja völlig logisch ... Egal, Hattinger warf die Espressomaschine an und erzählte Lena kurz, dass er gerade in so einem blöden Fall ermittelte und vermutlich nicht viel Zeit für sie hätte.

Der Kaffee war noch nicht fertig durchgelaufen, da klingelte auch schon sein Handy und Wildmann übermittelte die Nachricht vom zweiten Fuß. Hattinger machte sich sehr müde auf die Socken, Lena ging ins Bett.

Jetzt saß er mit Wildmann und Bamberger in dem Café in Gstadt und fühlte sich ziemlich mies. Das passierte ihm vielleicht ein-, zweimal pro Jahr, dass er so viel trank, und normalerweise nie, wenn er einen Fall zu klären hatte. Er warf sich selbst vor, dass das alles andere als professionell war.

Aber Bamberger und Wildmann sahen auch nicht gerade frisch aus. Sie waren alle drei ziemlich ratlos und schauten hinaus auf den See, hinüber zur Fraueninsel.

„I glaub, der hat was gegen uns …“ Bamberger hatte auch diesmal wieder nichts Brauchbares gefunden, noch nicht einmal ein altes Anzeigenblatt. „Vielleicht a Sadist, der uns einfach nur die Feiertag vermiesn wui … weil er sonst nix zum doa hat.“

Wildmann warf einen Blick auf seine Landkarte: „Das würde natürlich schon eine schöne Schnitzeljagd ergeben. Wenn man gerne Hände und Füße als Schnitzel hat. Hier, sehen Sie: Prien, Herreninsel, Fraueninsel, Gstadt – das liegt fast auf einem Kreis. Naja, hier nach Gstadt herüber wird er wesentlich enger, also eher eine Parabel …“

„Gschdaaad bittschön, Herr Kollege, des spricht'ma ned so wia ma's schreibt“, wies ihn Bamberger zurecht.

„Gut, also Gschdaad … Ich weiß ja nicht, ob das was zu bedeuten hat, aber wenn wir davon ausgehen, dass unser Mann …“

„… oder unsere Frau …“, warf Hattinger ein. Seit gestern Abend traute er Frauen wieder alles zu.

„… oder unsere Frau, also dass er oder sie jemand ist, der alles bis ins Detail unter Kontrolle hat, ein Kontrollfreak eben – oder eine Kontrollfreakin …“

„Ja, was wär dann?“ Bamberger wurde langsam ungeduldig.

„Wenn's ein Kreis wäre, hätten wir den zweiten Fuß eigentlich eher hier …“ Wildmann kreiste mit dem Zeigefinger über seiner Chiemgaukarte, „… in Seebruck finden müssen.“

„Hamma aber ned!“ Bamberger hielt offensichtlich nichts von Wildmanns Theorien.

„Guad, is ja vielleicht a Schmarrn, aber jetz lass halt den Wildmann erst amoi redn …“

„Schmarrn … vielen Dank.“ Wildmann wusste nicht, ob er sich mehr über Bambergers Angriff oder Hattingers Verteidigung ärgern sollte. „Dann frage ich mich allerdings, warum Sie mich auf ein Seminar schicken, das für …“

„Geh Wildmann, des war doch ned so gmoant, der Herr Kollege Bamberger …“

„… hält sich ausschließlich an Fakten …“, ergänzte der Besagte.

„… is a bisserl übermüdet, wie wir alle, und …“

„Aber wenn man die Fakten dann nicht richtig einordnet, helfen sie auch nichts, oder, Herr Bamberger?“

„Guad, dann gebn S’ uns doch amoi a Prognose: Was find’ma ois nächstes, und vor allem: wo? Dann kannt ma uns ja einfach da hinstelln und auf den Kerl warten – dann kannt i ma mei ganze Arbat sparn, des waar ja ned schlecht. Dann fahrat i jetz nach Italien …“

Wildmann inspizierte die Karte. „Also gut, ich bin zwar kein Hellseher, aber wenn Sie drauf bestehen …“ Er warf Bamberger den erwarteten Knochen hin: „Ad eins: ein linker Unterarm. Ad zwei: Wenn man die Parabel fortführt … hier irgendwo, im Raum Eggstätt. Aber natürlich nur, wenn der Täter einem geographischen Verteilungsmuster folgt.“

„Guad, wenn des stimmt, gib i an Kasten Weißbier aus, wenn ma’n derwischt ham.“

Hattinger verzog das Gesicht. Im Moment wurde ihm allein beim Gedanken an Weißbier schon übel.

„Was is jetzt eigentlich mit dem Anzeigenblatt, hamma des scho?“

„Ich hab leider noch niemand von der Redaktion erreicht, Chef, die sind offensichtlich alle …“

„… in Italien …“, ergänzte Bamberger.

„Dann könnt'ma uns doch wenigstens des Original schon amal anschaun, oder?“

„Duat ma leid, aber meine Leut san mit der DNA-Sicherung no ned durch. Des dauert, wenn ma da a jede Seitn Millimeter für Millimeter absuacht.“

„Des sollt'ma übrigens mit dem Buch, des ma auf der Faueninsel gfundn ham, auch machen, wer weiß? Wenn jetz an beiden die gleiche DNA dran wär …“

Bamberger stöhnte leise auf.

„Dann fahr i jetz amoi meine Leut helfn, wenn's mi da nimmer brauchts.“ Er stand auf und ging zahlen. Dann kam er noch mal zurück und zog eine Fotokopie aus seiner Aktentasche. „Des Buach is übrigens signiert: Für Alfred, Herzlichst … die Unterschrift konn ma wirklich ned lesn, vielleicht von der Autorin, vielleicht ah ned. Da … oiso servus.“

Hattinger und Wildmann sahen sich die Kopie an.

„Vielleicht könnten Sie des heut no rausbringen, kontaktieren S' doch den Verlag, oder glei die Autorin selber. Wenn die des selber signiert hat, kann sie sich ja vielleicht erinnern, für wen …“

„Heute, am Ostersonntag?“ Selbst der beflissene Wildmann hatte Zweifel.

„Ja mei … Im Moment müss'ma uns an jeden

Strohhalm klammern. Fahrn S' nach Prien und lassn S' sich von der Frau Erhard unterstützen, vielleicht kennt die wieder amoi jemand … Der Haller und die Körbel san jetz auf der Insel drüben, und i schau mi da in Gstadt no a bisserl um …"

Nachdem sie das Café verlassen hatten und Wildmann losgefahren war, stieg Hattinger in seinen Wagen und fuhr einfach drauflos, Richtung Gollenshausen. Als er durch den ersten Wald kam, suchte er nach einem Waldweg und steuerte hinein. Am Rand einer kleinen Lichtung stellte er den Motor ab, schob den Sitz ganz zurück und drehte die Lehne herunter. Zwei Minuten später war er fest eingeschlafen.

Währenddessen wurde in Gstadt am Strand eine Alditüte angeschwemmt. Darin nichts weiter als ein paar aufgeweichte Seiten eines alten Chiemgauer Anzeigenblatts. Ein Bootsverleiher fischte sie aus dem Wasser und warf einen kurzen Blick hinein.

„Scheiß Touristen, lassn überoi ihrn Dreck liegn …", brummte er vor sich hin, in der festen Überzeugung, dass der Einheimische zu so etwas niemals fähig wäre, und entsorgte die Tüte mit dem durchnässten Papier in seinem Abfalleimer.

9

Seine ersten Schritte hatten eine Menge Staub aufgewirbelt. Das war gut so. Die Zeitungsausschnitte der Osterausgaben lagen vor ihm auf dem Schreibtisch im Keller, und zumindest die lokalen Blätter berichteten ausnahmslos von den Funden.

Sogar in der *Bild am Sonntag* war ein Artikel erschienen: *Horrorurlaub am Chiemsee – Osterurlauber finden Leichenteile!*

Natürlich war gerade dieser Artikel maßlos übertrieben und unnötig spektakulär aufgemacht, aber was konnte man von diesem Revolverblatt schon anderes erwarten. Über mangelnde Aufmerksamkeit der Öffentlichkeit konnte er sich im Moment jedenfalls nicht beklagen. Wenn überhaupt, dann reute ihn nur das Geld, das er für die *Bildzeitung* ausgegeben hatte. Aber selbstverständlich hätte er sie niemals einfach gestohlen, das wäre gegen seine Ehre gewesen.

Damals, da hatte er auch manchmal eine gekauft, in der Hoffnung, dass etwas drinstehen würde. Aber das war natürlich absurd gewesen, anzunehmen, dass die sich dafür interessieren würden. Es hatte ja überhaupt fast niemand interessiert, das war ja das Unfassbare. Wie lange hatten sie gehofft, dass ihnen irgendjemand einmal helfen würde, dass irgendjemand einmal aufstehen und sagen würde: Das ist eine schreiende Ungerechtigkeit, dass dafür niemand zur Rechenschaft gezogen wird! Dass sich nicht wenigstens einmal jemand auch nur ein einziges Mal entschuldigte, das wäre doch wirklich das Mindeste gewesen.

Es tut mir leid … Es tut uns leid …

Nichts dergleichen!

Das hätte ja noch nicht einmal das Anerkennen einer Schuld bedeutet. Ein kleines Zeichen. Das hätte man doch als Allermindestes erwarten können. Von Gerechtigkeit ganz zu schweigen. Man konnte keine Gerechtigkeit erwarten in dieser Welt. Das wusste er spätestens seit damals.

Was hatte er Briefe geschrieben … Und was hatte er an nichtssagenden, abwiegelnden Antworten bekommen: Es tut uns leid, dass wir … leider kann ich Ihnen in diesem Fall … in ein schwebendes Verfahren einzugreifen, ist uns leider … Da redeten plötzlich alle davon, dass es Ihnen leid tat, dass sie in diesem Fall leider gar nichts tun konnten!

Aber seiner Frau war das alles zu viel geworden, die war nicht so zäh gewesen wie er selbst. Das war einer der Momente in seinem Leben, die er niemals vergessen würde – wie sie sich ans Herz griff, am Küchentisch …

Sie hatte sich so aufgeregt über das alles, und dann griff sie sich plötzlich ans Herz und sank tot zusammen. Gerade hatte sie noch geschrien und geheult, als sie erfahren hatten, dass das Verfahren endgültig eingestellt worden war, und dann war plötzlich alles vorbei gewesen, von einem Augenblick auf den andern.

Sie lag auf dem Küchenboden und eine Fliege krabbelte ungehindert über ihre tiefblau angelaufenen Lippen.

Und von da an war er plötzlich ganz allein gewesen …

Er wandte sich wieder den sorgfältig ausgeschnittenen Zeitungsschnipseln zu und begann, sie auf den ersten Seiten eines dicken, neuen Fotoalbums einzukleben. Er verteilte den Uhu sparsam, aber gründlich auf den Rückseiten, so dass es gut klebte, aber auch so, dass nichts von dem Kleber an den Rändern austrat, wenn er das Zeitungspapier andrückte. Sorgfältig eben, wie er alles machte.

Als er die heutigen Ausschnitte fertig eingeklebt hatte, waren schon einige Seiten gefüllt und er war froh, dass er doch gleich in ein richtig dickes Album investiert hatte. Das würde sich schnell füllen, das wusste er.

Er blickte auf die große, detaillierte Wanderkarte des Chiemgaus, die er vor einigen Monaten sorgsam auf eine ebenso große Korkplatte aufgezogen hatte. Sie hing an der Wand über dem Schreibtisch und wurde dezent von einer kleinen Halogenlampe beleuchtet. In diesem Licht, wenn er die zwei großen Halogenscheinwerfer ausschaltete, traten besonders gut die Köpfe der verschiedenfarbigen Stecknadeln hervor, die in der Karte steckten. Gelb bedeutete Planungsphase, rot aktuelle Schritte und blau abgeschlossene.

Klar und übersichtlich, ein beruhigender Anblick.

Er schloss das Album und stellte es in das Regal an der gegenüberliegenden Wand, an den freien Platz am Ende einer langen Reihe von Ordnern, von denen es sich durch seinen schönen, bunt gemusterten Rücken deutlich unterschied. Er hatte diesen Platz lange dafür freigehalten.

Heute war er sehr zufrieden.

10

„Wenn mir scho oamoi a paar Tag frei ham!“

Das „oamoi“ dehnte der Mitarbeiter des *Chiemgaublicks* so in die Länge, als wolle er wenigstens diese Zeitspanne noch als Urlaubszeit reklamieren, wenn man schon die Unverfrorenheit hatte, ihn mitten in selbigem zu stören.

„Sie woin ma doch net ernsthaft weis macha, dass des jetz net bis Dienstag hätt wartn kenna!“

Während er sich bemühte, die Server hochzufahren, die sie bis auf den für die Website und die Mails über Ostern abgestellt hatten, versuchte Karl Wildmann dem Mann den Ernst der Lage klarzumachen, aber der hörte sowieso nicht hin.

„Ich dachte eigentlich, bei Ihnen müsste sowieso immer jemand da sein“, meinte Wildmann entschuldigend, obwohl er aufgrund seiner vergeblichen Versuche natürlich genau wusste, dass keiner da war.

„Ja mir san ja koa Tageszeitung, oda? Mir hängan da zwar scho irgendwia dro, mit da Druckerei und so, aber mia komman oamoi in da Woch raus, am Samstag, und wenn Feiertag san, Ostern, Pfingsten, Weihnachten und so, dann arbat ma hoid oiwei scho vor … Oiso, de Ausgab von nächster Woch is praktisch scho fertig bis auf de Anzeigen, de wo no kemma, verstehn S’?“

„Ich denke schon, ja.“

„Und welche Ausgab brauchan S' jetz?"

„Nummer zwei vom Januar."

„Ja na schauma hoid amoi …"

Ein paar Minuten später rauschte die gesuchte Ausgabe aus einem der Laserdrucker in der Redaktion.

„Das ist schon ziemlich praktisch, heutzutage." Wildmann bemühte sich nur noch, die Zeit zu überbrücken.

„Jaja, früher hätt ma's ned einfach nachdruckn kenna, bloß weil Sie bei uns aufkreuzn … hat oiso ah Vorteile ghabt!"

Wildmann bedankte sich höflich und wollte gehen.

„Übrigens, wenn Sie amoi jemand wissatn für uns … mir ham da seit letztem Jahr a so a Reihe, so a Art Chiemgau-Celebrities, verstehn S'? An Haufn Schauspieler und ois mögliche hamma scho ghabt, aber … kannt ja ah amoi a interessanter Verbrecher sei, oder a Kriminaler oder so was! Oiso wenn Eahna da jemand in Sinn kommt …"

„Gut, gern, ich werde drüber nachdenken … Vielleicht schicke ich einfach mal unseren Chef her, Hauptkommissar Hattinger. Also dann, noch mal vielen Dank für Ihre Mühe."

Wildmann war heilfroh, als er aus dem Laden wieder rauskam. Der Typ hatte ihn so was von genervt. Der schien sich für den Nabel der Welt zu halten. Wie kam man eigentlich zu so einer Einschätzung, wenn man nicht völlig realitätsfremd war?

Er hatte noch ein bisschen Zeit, bevor er Andrea Erhard treffen würde, also konnte er sich noch schnell was zum Essen besorgen. Für einen gebratenen Osterhasen würde die Zeit nicht reichen, aber wenigstens für einen Cheeseburger mit Pommes. In diesem Beruf musste man wirklich aufpassen, nicht fett zu werden, bei dem ganzen Junkfood und den Leberkäs-Semmeln, die man sich zwischen Tür und Angel reindrücken musste.

Unterwegs rief er Hattinger an. Als der endlich an sein Handy ging, hörte er sich an, als wäre er gerade aus dem Tiefschlaf aufgewacht. Vielleicht hatte er sich ja erkältet.

„Chef?"

„Ja? Was gibt's?"

„Ich wollte nur berichten, dass ich die Ausgabe vom *Chiemgaublick* bekommen habe. Und Frau Erhard hat am Telefon jemand von diesem Oosterlind Verlag erwischt. Vielleicht …"

„Guad, dann treff'ma uns in oaner Stund in Prien."

Und schon hatte er aufgelegt. Wildmann fragte sich, was mit dem heute los war. War offensichtlich mit dem falschen Fuß aufgestanden.

11

Eine Stunde später saßen sie mit Andrea Erhard in der Priener Polizeistation und durchforsteten den *Chiemgaublick*, jeder von ihnen hatte eine Kopie vor sich liegen:

Ein ziemlich wildes Sammelsurium von großen und kleinen, privaten und geschäftlichen Anzeigen – von lokalen Billigwurstmärkten, Friseuren, Heilpraktikern, Autohäusern, Küchenstudios, Sprachschulen, Fußreflexzonentherapeuten, Alleinunterhaltern, Dickdarmspülern, Leberentgiftern und ähnlichen Gute-Laune-Profis über Motivations-Trainingskurs-Angebote, Volkshochschulkursfahrpläne, Tanzkurse, Piercingstudios und Grabsteingroßhändlern bis hin zu Immobilienmaklern, Fußpflegern, Logopäden, Blockflötenlehrerinnen und natürlich den professionellen Pflegerinnen des Intimbereichs und des Telefongestöhnes …

Nicht zu vergessen die Banken, die Kredithaie, die Schlüsselnotdienste, Pfandleiher, Autovermieter, Masseure, Buchhändler, Zahngoldaufkäufer, die Sushilieferanten, die Wirtschaftsakademien, Ölhändler, Altölentsorger, Pizzabäcker, Fensterprofis, Fischbrater, Klempner, Kleintierpsychiater, Sales-Promoter, Wertstoffgewinner und den unvermeidlichen *Ich-bin-doch-nicht-blöd-Markt* auf zwei Doppelseiten in der Mitte des Blattes.

Und dann gab es natürlich noch alles, was man

sich nur vorstellen konnte an privaten Verkaufs-, Verschenk- und Suchanzeigen, vom „IKEA-Bett, absolut neuwertig, erst 30 Jahre alt"-Inserat über den entlaufenen fünf Monate alten Stubentiger bis zu den einschlägigen Er-sucht-Sie und Sie-sucht-Ihn und Sie-sucht-Sie und Er-sucht-Ihn Rubriken.

Das war nur ein kleiner Ausschnitt der Anzeigen, dazwischen gab es dann noch locker verstreut die mehr oder weniger redaktionellen Anteile, die Ratgeber, Kalender, Horoskope, Diät-Tips, die Veranstaltungshinweise vom Bürgerfest oder Rockkonzert bis zur Kräuterwanderung und dem Kurzgeschichten-Wettbewerb, und mehr oder weniger aufregende Artikel über die Folgen der Gesundheitsreform, die aktuellen Benzinpreise, über Bürgerversammlungen, Volkskrankheiten, Ehrenmedaillen für Altbürgermeister, lokale Größen, Literaturpreise oder Umbaupläne für Fußgängerzonen.

„Da is ja wirklich fast für jeden was dabei, fehlt bloß no so was wie Zwergewerfen für Senioren!", brummte Hattinger. „Was kannt jetz da für unsern Fall interessant sei?"

Hauptaufmacher der Woche war ein kritischer Artikel über eine lokale Tourismusgesellschaft, die seit Jahren nur mit Hilfe von öffentlichen Geldern über Wasser gehalten wurde und offensichtlich ein Fass ohne Boden war.

„Über die streiten s' scho ewig", meinte Andrea

Erhard. „Die solln si' vor allem selber guad zahlt ham … Da hats scho Prozesse gebn und alles …"

„Oder hier: Da wird ein Gymnasium zum fünften Mal erweitert, und jetzt muß das Nachbarhaus endgültig weichen …", steuerte Wildmann nicht ganz im Ernst bei.

„Ja und? De kriagn doch bestimmt a amtliche Entschädigung. Und außerdem, wen solltns denn da umbringen – an Kultusminister? Oiso, Spaß beiseite, mir kommt des im Moment grad ned b'sonders sinnvoll vor, was wir da machen. Gesetzt den Fall, da wär wirklich a Hinweis für uns drin, dann könnt der ja in jeder Kleinanzeige versteckt sei, in jedem Bericht, in jedem Artikel …" Hattinger stöhnte genervt auf. „Dann bleibt uns nix anderes übrig, als des ganze Kasblattl durchzuarbeiten, ah wenn ma gar net wissn, was ma suchen. Teiln ma's auf und fangen bei de Artikel an."

„Ich schlage vor, bei den Seiten anzufangen, die gefehlt haben. Wenn da Absicht dahinter steckte, hätte uns der Täter das Interessanteste vermutlich am längsten vorenthalten …", überlegte Wildmann. Er putzte schon mal seine Brille.

Hattinger war einverstanden. Sie teilten die Seiten auf, und geraume Zeit lasen alle drei schweigend und konzentriert die Artikel des *Chiemgaublicks*, als handele es sich um Leitartikel der *Süddeutschen Zeitung*.

Nach einem Bericht über das 50-jährige Jubiläum eines Dackelzüchtervereins und einem Artikel über die Volkskrankheit Diabetes, der ganz gut und informativ geschrieben war, las Hattinger mit gemäßigtem Interesse über eine Schriftstellerin, die im Chiemgau lebte und für ihren ersten Roman *Alles auf Anfang* den *Werner von Auersperg-Preis*, einen mit 10 000 Euro dotierten Literaturpreis gewonnen hatte. Sie hieß Annette Kauffmann und war 40 Jahre alt. Sie bezeichnete sich selbst als eine Spätberufene, die vorher alles mögliche in ihrem Leben gemacht habe. Sie habe viele Jahre auf Reisen im Ausland verbracht. Ob *Alles auf Anfang* denn ein autobiographischer Roman sei? Ja und nein, viele autobiographische Elemente seien eingeflossen, vor allem habe sie ihre Kindheit verarbeitet, viel aus alten Tagebüchern einbezogen. Es gebe aber auch fiktionale Teile. Sie sei glücklich, dass das Buch so ein überraschender Erfolg geworden sei, damit habe sie wirklich nicht gerechnet und so weiter und so weiter …

10 000 Euro! Warum gab's eigentlich für Polizisten keine Preise, fragte sich Hattinger. Wenn's hoch kam, kriegten sie vielleicht mal so eine blöde Medaille …

Er notierte den Namen Annette Kauffmann auf seinem Block, dazu den Titel des Romans. Er wusste auch nicht genau warum, aber bei den Stichworten autobiographisch, Kindheit, Tagebücher, da konnte immer Sprengstoff verborgen sein.

Das Telefon klingelte. Andrea Erhard ging dran. Hattinger ertappte sich bei dem Gedanken, dass vielleicht wieder ein Leichenteil angekündigt würde. Zurzeit rechnete er bei jedem Läuten damit. War es aber nicht. Es war nur der Bürgermeister von Gstadt. Andrea Erhard gab Hattinger den Hörer. Der Bürgermeister beschwerte sich, dass seine Polizisten „im helllichten Morgengrauen" die ganzen Feriengäste aus dem Bett geklingelt hätten, um sie über einen Fuß zu befragen! Am Ostersonntag! Ob das nicht vielleicht etwas feinfühliger und dezenter gegangen wäre, oder wenigstens zu einer angemessenen Uhrzeit!? Sechs Feriengäste aus seinem eigenen Hotel seien heute vorzeitig abgereist! Er bemühe sich seit Stunden um Schadensbegrenzung …

„Duat ma leid, as nächste moi wart'ma bis nach de Ferien. Und jetzt entschuldigen S' mich, ich bin auch mit Schadensbegrenzung beschäftigt." Er legte auf. „Spinnt der?", raunzte er das Telefon an.

Es klingelte gleich wieder.

„Und hartnäckig is er ah no. I glaub, es is besser, Sie gehn dran …"

Andrea Erhard nahm wieder ab und zog sich mit dem Telefon an ihren Arbeitsplatz zurück, um Kommissar Hattinger erst einmal vor weiterer Unbill abzuschirmen. Der widmete sich wieder dem Studium der Anzeigenpostille. Nach einer Weile kam Frau Erhard zurück an den großen Konferenztisch.

„Des war die Chefsekretärin vom Oosterlind Verlag, wegen dem Buch aus'm Beichtstuhl. Also sie hat gsagt, dass die Frau Marschall scho seit über zwei Jahren nimmer für den Verlag schreibt. Nur die Bücher wern noch aufglegt. Sie hätt scho lang kein persönlichen Kontakt mehr mit ihr ghabt, sie überweisen ihr nur noch regelmäßig ihre Honorare nach München."

„Ham S' a Adresse oder a Telefonnummer?"

„Sie hat gsagt, sie hat überhaupt keine Unterlagen dabei, sie is grad im Urlaub in Italien, in der Toskana, aber sie wird versuchen, dass sie irgendjemand erreicht. Sie hat nur no a Münchner Festnetznummer in ihrem Handy, hat aber net gwusst, ob die no aktuell is. I hab's scho probiert, da geht keiner hin."

„Guad, dann finden S' die Adresse raus und bleiben S' dran."

Wildmann sah von seiner Pflichtlektüre auf. Er hatte sich ein paar Notizen gemacht. „Also das ist alles ziemlich unergiebig. Ich kann da unter den Artikeln nichts entdecken, was irgendwie das Potential hätte, mit so einer Tat in Zusammenhang zu stehen."

„Guad, dann machma uns halt jetzt an die Kleinanzeigen ..."

12

Abends um zehn schickte Hattinger alle Beteiligten bis auf die Bereitschaft für ein paar Stunden Schlaf nach Hause. Seit sechs Uhr Früh waren sie pausenlos unterwegs gewesen.

Bis auf den Fuß hatte der Tag nichts Greifbares gebracht. Allenfalls noch dieses Anzeigenblatt und die vage Hoffnung, dass darin irgendein Hinweis zu ihrem Fall enthalten sein könnte. Er neigte aber inzwischen fast mehr zu der Ansicht, dass der Täter darin vorübergehend die Leichenteile eingeschlagen hatte, um sie mit ihrer Hilfe aus der Tasche, oder was auch immer er zu ihrem Transport dabeihatte, zu entnehmen, oder sie dann damit abzudecken, damit sie nicht gleich auffielen – alles war denkbar.

Martin Haller und Petra Körbel hatten nach dem Vormittag in Gstadt den ganzen Rest des Tages auf der Fraueninsel verbracht und Haus für Haus abgeklappert, Einheimische wie Touristen befragt, leider ergebnislos. Zu viele waren hier mit Handtaschen, Rucksäcken, Fototaschen oder gleich mit Keramik-Paketen aus den Töpferwerkstätten der Insel unterwegs, als dass es irgendjemandem auffallen würde. Die beiden waren müde und ziemlich frustriert.

Bei allem, was die Soko unternahm, musste sie sich zunehmend auf Begleitung beziehungsweise

Behinderung durch die Presse einstellen. Allein auf der Fraueninsel waren heute schon zwei Fernsehteams von Privatsendern unterwegs gewesen. Die Insel gab natürlich auch einen besonders malerischen Hintergrund für Reportagen ab. Als Petra Körbel Gäste des Lindenwirts befragen wollte, die trotz der frühen Jahreszeit nachmittags im wärmenden Sonnenschein den Biergarten bevölkerten, musste sie sich mehr als einmal anhören: „Des hat uns doch grad vorher as Fernsehn scho gfragt …"

Gegen Abend war noch ein Anruf eingegangen von Hans Reiter, dem Finder der Hand auf der Herreninsel, dem noch eingefallen war, dass er bei seinem Spaziergang mit dem Hund unweit des Schlosskanals am Ufer ein kleines grünes Schlauchboot gesehen habe, das dort festgebunden war. Er wisse ja nicht, ob es was zu bedeuten habe, aber er habe sich gewundert, dass gar niemand in der Nähe war, das sei ihm gerade wieder in den Sinn gekommen, nachdem er es vor lauter Aufregung über diese Hand ganz vergessen gehabt habe … Niemand im Team konnte sich allerdings vorstellen, dass der Täter mit so einem auffälligen Gefährt gekommen wäre. Man bat Reiter natürlich, es so genau wie möglich zu beschreiben, aber wahrscheinlich gehörte das Ding einem Fischer.

Die Chefsekretärin des Oosterlind Verlags hatte sich nicht mehr gemeldet. Sie hatte ihr Handy abgeschaltet. Offensichtlich hielt sie ihre bisherige

Mitwirkung für ausreichend. Zu der Münchener Telefonnummer, die sie von ihr bekommen hatten, gehörte der Anschluss einer gewissen Vera Antholz, die in der Türkenstraße in Schwabing wohnte. Sie war aber nicht erreichbar.

„Italien …“, orakelte Wildmann. Italien schien sich in diesem Fall langsam zum Synonym für Unerreichbarkeit zu entwickeln.

Die Pressekonferenzen wurden für Hattinger von Mal zu Mal unangenehmer. Was hätte er sagen können, außer dass sie mit Hochdruck an der Arbeit seien? Dass sie alle Spuren verfolgen würden? Nichtssagende, beschwichtigende Floskeln absondern, das war nicht sein Ding. Er fühlte sich sichtlich unwohl in diesem von Zeitungsreportern, Radio- und Fernsehteams mittlerweile bis in den letzten Winkel gefüllten Raum. Wenn der Andrang so weiterginge, würden sie ab morgen in den gleich neben der Polizeistation gelegenen Kleinen Kursaal umziehen müssen.

Hattinger spürte vor allem in diesem Presseraum überdeutlich, wie der Druck von allen Seiten stündlich wuchs, der Sensationsdruck der Medien, Staatsanwalt Reißberger erwartete Ergebnisse, der Druck der Öffentlichkeit … Diese unangenehme Sache musste schleunigst beendet werden. Und sie hatten noch nichts in der Hand, was er wenigstens als kleinen Fahndungserfolg hätte verkaufen können, auch nicht mit viel Fantasie. Weit und breit schien es keine einzige Vermisste zu geben, die für diesen Fall in Frage gekommen wäre. Um wenigstens irgendetwas Konkretes zu sagen, gab er die Meldung mit dem Schlauchboot heraus: Wer in der fraglichen Zeit ein grünes Schlauchboot auf dem Chiemsee gesehen habe oder wer wisse, wem es gehören könnte, solle sich melden …

Als er gerade beschloss, für heute Feierabend zu machen, kündigte Hattingers Handy eine SMS an, von seiner Tochter: „Bin heut Abend bei Peter, weiß nicht, ob ich heimkomme. HDL Lena."

HDL hieß: Hab Dich Lieb, so viel hatte er inzwischen gelernt. Ganz schön flügge, der kleine Vogel, dachte er. Ob sich da was anbahnte mit ihrem alten Sandkastenfreund? Sollte er da irgendwie Einspruch einlegen? Eher nicht. Hätte auch wenig Sinn … Seit Lena 14 war, hatte sie mehr oder weniger gemacht, was sie wollte. Es hatte harte Kämpfe gegeben um Ausgehzeiten, Outfit, Alkohol und Ähnliches, aber irgendwann hatten Elke, mit der er damals noch verheiratet gewesen war, und er gemerkt, dass sie Lena besser an der langen Leine laufen ließen, als zu versuchen, sie aus lauter Vorsicht wegzusperren. Solange sie einigermaßen gut in der Schule blieb … Von dem Moment an war alles besser geworden, die Lage hatte sich entspannt. Und jetzt, wo sie sowieso nur so selten bei ihm war, was sollte er sich da sinnlos rumstreiten, solange sie es nicht übertrieb?

Hattinger schaute auf die Uhr. Er fasste einen Entschluss: Er würde Mia anrufen. Er wollte diese Sache klären. Und zwar jetzt gleich.

Er wählte …

Den ganzen Tag über hatte er immer mal wieder an gestern Abend gedacht, den Anblick des Küchenfensters vor Augen, die Silhouetten … er verspürte einen Stich, wenn er daran dachte.

Mias Telefon klingelte.

Irgendwie war er ganz schön sauer.

Das Telefon klingelte weiter.

Aber irgendwie auch wieder nicht. Eher resigniert eigentlich … Wenigstens ging der Anrufbeantworter nicht dran. Er hatte sich sowieso in letzter Zeit manchmal gefragt, ob das mit ihnen noch einen Sinn hatte. Er ließ es weiterklingeln.

„Ja? Berger."

Mias Stimme klang genervt. Er zögerte kurz und überlegte, ob er nicht wieder auflegen sollte. Sie hatte noch einen alten analogen Anschluss ohne Nummernerkennung.

„Hallo, i bin's …"

„Du?"

„Ja …"

„Und …?"

„I hab ma grad denkt, mir kannten vielleicht was essn gehn …"

„Woaßt du eigentlich, wia spät's is?"

„Ja, dreiviertel elf, warum?"

„Du hast Nerven, Hattinger. Du verschwindst ausgrechnet an meim Geburtstag, und drei Tag später ruafst mitten in der Nacht o und wuist mit mir Essen gehn?"

„Zwoa Tag ..."

„Um de Zeit kriagn'ma doch sowieso nix mehr ..."

„Guad, dann b'sorg i uns halt a Pizza und komm zu dir. I wollt ..."

„Duat ma leid, aber heut geht's net bei mir ..."

„Wieso?"

„I hab Besuch ..."

„Aha ..."

„Weißt, wenn i des vorher gwusst hätt, dass du heut Zeit hast ..."

... dann hättst am Klampfenbertl abgsagt ..., lag ihm auf der Zunge. Er verkniff es sich aber.

„Ja guad, dann ... an schönen Abend no."

Hattinger legte schnell auf.

Jetzt war er doch sauer.

13

Er dachte an den Tag, an dem ihm klar geworden war, dass Gott ihn verlassen hatte. Glasklar hatte er es erkannt, von einem Moment auf den anderen.

Eine Erleuchtung.

Von da an war plötzlich alles ganz einfach geworden. Von da an hatte er nicht mehr auf Gottes Hilfe gewartet. Er hatte erkannt, dass er die Dinge selbst in die Hand nehmen musste, und das hatte er von dem Moment an auch getan. Sein Leben hatte eine völlig neue Ausrichtung bekommen. Jahrelang war er in der Wut, in der Ohnmacht, in der Verzweiflung steckengeblieben, immer hatte er am Glauben festgehalten, bis er in jenem erleuchteten Moment ohne jeden Zweifel erkannte, dass sich dadurch nie etwas zum Positiven ändern konnte in seinem Leben. Gott würde nicht kommen und sein Leben für ihn richten …

Er war durch das Haus gegangen und hatte in jedem Raum die Kruzifixe eingesammelt, die Bibeln und auch den kleinen Hausaltar in der Stube.

Dann war er hinausgegangen in den Garten, mitten im Winter, und hatte alles verbrannt.

Nie in seinem ganzen Leben hatte er auch nur geahnt, dass er zu so etwas fähig wäre, das lag außerhalb seiner Vorstellungskraft, doch in dem

Moment, als er in die Flammen blickte, erschien es ihm als das Selbstverständlichste der Welt. Es war eine ungeahnte Befreiung.

Danach änderte sich alles.

Anfangs war ihm der Zufall zu Hilfe gekommen – oder war es nicht doch vielmehr Vorsehung gewesen, die sie ihm ins Netz trieb? Er hatte sie eingefangen, lange bevor sie auch nur ahnen konnte, was mit ihr geschehen würde. Am Anfang hatte er es selbst noch nicht gewusst, er hatte sie nur beobachtet. Sie war eigentlich von selbst gekommen, sie hatte es herausgefordert. Er hatte sich nur die Zeit genommen, die Fäden zu spinnen, alle Zeit der Welt hatte er jetzt dafür, denn nichts in seinem täglichen Leben gab es mehr, was ihn davon abgehalten hätte. Er hatte keine Eile gehabt, denn er war sich absolut sicher gewesen, dass der Zeitpunkt kommen und dass er ihn auch erkennen würde.

Als die Beute im Netz festsaß, musste er nur noch dafür sorgen, dass sie nicht wieder entkam. Natürlich gab es ungeahnte Probleme zu lösen, aber er hatte schließlich Jahre Zeit gehabt, sich damit zu befassen, zu forschen, zu lernen. Auf allen Gebieten hatte er seine Fertigkeiten geübt und verfeinert, er hatte organisiert und minutiös geplant, er hatte sich befreit von Angst und Ekel, von Mitleid und anderen hinderlichen Gefühlen, sogar von seinem Hass hatte er sich befreit, als er erkannt hatte, dass er ihm nicht dienlich sein würde bei der Durchführung seines Vorhabens. Hass macht blind – so sagte man doch. Manchmal lag der Volksmund gar nicht so daneben. Aber wenn das Volk seine Pläne erahnt hätte, wäre ihm der Hass gnädig erschienen.

Es war aber letztlich nicht mehr um Dinge wie Hass oder Rache gegangen, es war darum gegangen, seine Mission zu Ende zu bringen. Irgendwann war der Inhalt der Mission ganz klar geworden. So wie die Mission der Spinne ist, ihre Beute einzuspinnen und aufzulösen, um sie aufsaugen und als Nahrung verwerten zu können, so war es seine Mission, ein Mahnmal zu errichten. Nicht ein Mahnmal im landläufigen Sinne, sicher. Aber doch würde es viele andere Mahnmale an Aufmerksamkeit übertrumpfen, dessen war er sich gewiss.

14

Ostermontag

Als Hattinger am Ostermontag aufstand, war er wenigstens wieder mal ausgeschlafen. Er hatte das Gästezimmer in Prien in Anspruch genommen und war sofort in einen tiefen Schlaf gefallen. Nicht einmal geträumt hatte er, jedenfalls konnte er sich an nichts erinnern.

Allerdings fiel ihm nach dem Aufwachen gleich wieder Mia ein und ihr Gitarrenhansl. Er beschloss für sich, diese Angelegenheit jetzt erst einmal beiseite zu schieben und nach Abschluss des Falles zu klären. Falls sie sich überhaupt klären ließe. Er konnte es sich jedenfalls im Moment nicht mehr erlauben, sich von privaten Problemen ablenken zu lassen. Der Fall war schon kompliziert genug.

Fred Bamberger war auch gerade eingetroffen, als Hattinger den Besprechungsraum der Soko betrat. Sie schenkten sich beide erstmal Kaffee ein und nahmen sich von den frischen Semmeln, die Andrea Erhard trotz des Feiertags irgendwo hergezaubert hatte. Vor allem Bamberger war sehr angetan. „Wüsst gar net, wia ma den Fall ohne Sie überleben sollten, Frau Kollegin." Er wühlte in seinem Koffer und förderte einen Papierstapel zutage, den er vor Hattinger auf den Tisch legte. Der sah ihn fragend an.

„Die Kollegen im Labor ham a Nachtschicht einglegt: DNA-Analyse!"

„Muaß i des jetzt lesn oder sagst ma einfach, was drinsteht?"

Bamberger nahm den Stapel wieder an sich. Er räusperte sich.

„Oiso: kurz zammgfasst ham mir an den ganzen Gegenständen, um die's geht, also an den zwei Teilen vom *Chiemgaublick*, an dem Buach und an de Plastiktüten Rückstände derselben DNA isoliert, und zwar stammt die zweifelsfrei von am Mann."

„Sauber! Dann hat des Buach doch koa oide Oma liegenlassen … Dann hat des ja wohl der Täter mitbracht und da hinglegt. So geplant, wie der sonst vorgeht, hat er des bestimmt ned verloren."

„Schaut ganz so aus. Mit Fingerabdrück hamma koa Glück ghabt, aber Faserspuren gibt's, wahrscheinlich von ziemlich neuen Veloursleder-Handschuhen, de san ah überall dran."

„Wahrscheinlich hat unser Mann gedacht, dass des komisch ausschaut, wenn er in der Öffentlichkeit mit Gummihandschuh rumrennt", überlegte Hattinger. „Aber dass er auf die Fingerabdrück so aufpasst und auf die DNA-Spuren ned?"

„Des is ja ah wesentlich schwieriger. Da braucht oaner bloß an Schnupfn habn und oamoi drüberniesen …"

„Jedenfalls bringt uns des vielleicht wirklich weiter. Guade Arbeit." Hattinger sah sich um.

„Wo bleibt denn eigentlich der Wildmann, Frau Erhard?"

„Der sitzt scho seit oaner Stund nebenan am Computer. Soll i'n holen?"

Just in dem Moment kam er herein, heute nur mit einem kleinen Zettel in der Hand. „Guten Morgen die Herren. Ich hab die Handynummer von Vera Antholz ermitteln können."

Fred Bamberger sah ihn fragend an.

„Das ist die Besitzerin des Telefonanschlusses, der uns als Elvira Marschalls Nummer gegeben wurde."

„Sehr gut. Dann ruf'ma doch glei amal an."

Wildmann reichte Hattinger den Zettel mit der Nummer. Der stellte das Telefon auf Lautsprecher und bat Wildmann, mitzunotieren. Nach längerem Läuten meldete sich eine sehr angenehme sonore Stimme:

„Halloo?"

„Grüß Gott, spreche ich mit Frau Vera Antholz?"

„Ja … und wer sind Sie, wenn ich fragen darf?"

„Hier is Kommissar Hattinger, von der Kripo Rosenheim …"

„Um Himmels willen, was ist denn passiert?"

„Nicht erschrecken, Frau Antholz, ich möchte Ihnen nur gern a paar Fragen stellen. Wir ham Sie in München nicht erreicht."

„Ja, das ist kein Wunder, ich bin auch im Moment im Urlaub …"

„In Italien …“, raunte Bamberger leise Wildmann zu.

„… in Finnland.“

„Klingt ja wie nebenan … also, Ihre Münchner Telefonnummer is uns von einem Verlag gegeben worden als die Nummer von Frau Elvira Marschall, und die hätten wir gern als eine mögliche Zeugin in unserem aktuellen Fall gesprochen.“

„Ach, die Annette suchen Sie?“

„*Elvira* – Elvira *Marschall.*“ Hattinger buchstabierte den Namen fast, in der Annahme, Frau Antholz hätte ihn nicht richtig verstanden.

„Ja, sag ich ja, die Annette … ach, hat man Ihnen das etwa nicht gesagt? Elvira Marschall ist, beziehungsweise war, das Pseudonym von Annette Kauffmann. Für ihre Heile-Welt-Schmonzetten.“ Sie sagte das ganz liebevoll.

Bei Hattinger fiel sofort der Groschen, die anderen verstanden nichts. „Haben Sie Kontakt zu der Frau Kauffmann, oder wohnt die bei Ihnen in München?“

„Ja, sie hat ein Zimmer in meiner Wohnung, seit vielen Jahren schon. Sie ist aber praktisch nie da, jetzt ist sie auch schon wieder ein paar Monate im Ausland, ich glaube letztes Weihnachten haben wir uns das letzte Mal gesehen. Schade eigentlich, das ist eine ganz Liebe, wir kennen uns schon so lang … Kann ich Ihnen vielleicht irgendwie weiterhelfen?“

„Ja, vielleicht … hat sie denn öfters Lesungen ghalten, oder Autogrammstunden oder so was?"

„Lesungen!? Um Himmels willen … Eine einzige Lesung in München hat sie mal gehalten, da hat der Verlag sie überredet, ich glaube sie haben ihr ein ziemlich dickes Schmerzensgeld dafür überwiesen. Das fand sie so grauenhaft! Einmal und nie wieder, hat sie gesagt. Ich weiß noch, dass wir uns danach die ganze Nacht mit Champagner volllaufen ließen …" Vera Antholz lachte herzhaft.

„Dann könnt's also sein, dass sie sich an die Lesung noch ganz gut erinnert, oder?"

„Ja, das könnte ich mir gut vorstellen."

„Sagen Sie, Sie haben doch sicher die Handynummer von der Frau Kauffmann?"

„Die Annette hat kein Handy. Sie hat noch nie eins gehabt. Sie ist nicht so eine, die gern immer und überall erreichbar ist. Mir tut das auch manchmal leid …"

„Und wo sie im Ausland is …?"

„Das weiß ich leider auch nicht. Irgendwo in Asien. Sie meldet sich leider nie, wenn sie unterwegs ist."

„Mhm. Ja dann, kann ma nix machen … Vielen Dank Frau Antholz, Sie haben uns trotzdem sehr weitergeholfen."

„Es war mir ein Vergnügen, Herr Kommissar."

Man konnte fast ein gewisses Knistern im Äther hören.

„Ja, mir auch … Und wenn wir noch Fragen haben, dürfen wir uns noch mal an Sie wenden?"

„Selbstverständlich. Aber sagen Sie, um welchen Fall geht es denn eigentlich?"

„Des würd ich Ihnen dann lieber as nächste Mal erzählen … Wiederschaun Frau Antholz." Hattinger legte auf. Er schaute zufrieden in die Runde.

„Bingo!"

„Jetz blick i's langsam nimmer …" Bamberger sah ihn fragend an. Auch Wildmann und Erhard waren offensichtlich nicht im Bild.

Hattinger ging zu seinem Schreibtisch und hob seinen Notizblock hoch. Er hielt den anderen die Namensnotiz unter die Nase: „Annette Kauffmann!"

„Bist jetzt unter die Hellseher ganga?"

„Naa. Aber über die Schriftstellerin Annette Kauffmann is a Artikel in unserm *Chiemgaublick* gstandn. Annette Kauffmann und Elvira Marschall san also ein und dieselbe Person."

Er fasste kurz zusammen, was in dem Artikel stand. Man war sich einig darüber, dass man so schnell wie möglich alles über Annette Kauffmann herausfinden musste. Bei der gegebenen Kombination von Indizien konnte es sich um alles handeln, nur nicht um Zufall.

Annette Kauffmann war plötzlich in den Fokus gerückt.

15

Für den Polizeicomputer war Annette Kauffmann alias Elvira Marschall ein unbeschriebenes Blatt, sie hatte noch nicht einmal Punkte in Flensburg. Gemeldet war sie seit knapp drei Jahren mit Hauptwohnsitz in Eggstätt, vorher in München in der Türkenstraße, seit ihrem Umzug dort mit Zweitwohnsitz. Geboren war sie in Wasserburg, das machte sie Hattinger schon einmal grundsätzlich sympathisch. Ihre Telefonnummer stand nicht im Telefonbuch. Die hatten sie über die Telefongesellschaft aber schnell ermittelt und versucht, sie anzurufen, aber ohne Erfolg. Offensichtlich hatte sie nicht einmal einen Anrufbeantworter.

„Guad, dann fahr'ma hi!", hatte Hattinger beschlossen. Er nahm Wildmann mit und Andrea Erhard, die sie als Ortskundige auch gleich fahren ließen.

Unterwegs berichtete Wildmann, was er noch auf die Schnelle gegoogelt hatte: Unter dem Namen Elvira Marschall waren fast zwanzig Romane erschienen, alle im Oosterlind Verlag. Es gab auch eine Website von ihr, im Impressum stand wiederum der Verlag, und die Vita von Frau Marschall war offensichtlich völlig frei erfunden. Das Einzige, was daran zu stimmen schien, war, dass sie ihre Bücher auf Reisen schrieb. Die Handlungen waren samt und sonders in den Urlaubsparadiesen angesiedelt, die sie bereist hatte, von Goa, Seychellen, Malediven, Mauritius bis Bali, Australien, Neuseeland, von der Karibik über die Westküste der USA bis Kanada, später hatte sie auch ganz abgelegene und teuere Orte wie die Oster- und Weihnachtsinsel oder Bora Bora besucht.

„Also da muss ma scho gern reisen, für mi wär des nix …“, meinte Andrea Erhard.

„Für mi scho. Wenn i mir des leisten kannt, waar i sofort weg!“, entgegnete Hattinger. Im Moment erschien ihm der Chiemgau gerade mal wieder nicht besonders reizvoll.

„Über Annette Kauffmann gibt es auch nicht viel, jedenfalls keine eigene Website. Da ist ihr Roman *Alles auf Anfang*, der erste unter ihrem echten Namen, der hat gute Kritiken bekommen, diesen Werner-von- Dingsda-Preis, eine ziemlich hohe Auflage, das scheint für sie so was wie ein echter Neustart gewesen zu sein, mit über 40. In dem Zusammenhang taucht auch nirgends der Name Elvira Marschall auf, das Pseudonym hat sie offensichtlich gut geheim gehalten. Annette Kauffmann ist im Chiemgau aufgewachsen, aufs Ludwig-Thoma-Gymnasium in Prien gegangen, dann hat sie in München Medizin studiert. Anschließend hat sie sich offensichtlich zum Reisen entschlossen.“

„Medizin? Hat s’ des fertig studiert?“, wunderte sich Hattinger.

„Darüber konnte ich nichts finden, Chef."

„Mhm … dann fragn ma s' halt selber, wenn s' da is. I glaub, de versteckt si halt gern, damit s' in Ruhe schreiben kann."

Sie bogen etwas außerhalb von Eggstätt in einen Feldweg ein, an dessen Ende am Waldrand ein schmucker kleiner Bauernhof lag. Etwa dreißig Meter hinter dem Hof, zwischen Wald und Wiese, befand sich noch ein kleineres Austraghäusl.

„Des da hinten müsst's sein." Andrea Erhard parkte den Wagen auf dem Kiesweg vor dem einfachen, aber gepflegten kleinen Haus.

Sie stiegen aus und schauten sich erstmal um. Das Haus wirkte schon auf den ersten Blick wie eingemottet. Auf der Westseite im Erdgeschoss befanden sich Rollläden vor den Fenstern, die fast ganz heruntergelassen waren. Im ersten Stock gab es rote Fensterläden, die standen zwar offen, aber alle Fenster des Hauses waren geschlossen. Die Haustür befand sich auf der Nordseite. Auf der Südseite war eine kleine Terrasse mit Holzdielen und abgedeckten Gartenmöbeln. Im Osten grenzte der Garten direkt an den Wald. Hinter allen Fenstern ohne Rollläden befanden sich dichte Stores, so dass man von außen nicht hineinsehen konnte. Eine Garage gab es nicht, ebenso kein Auto. Schräg gegenüber der Haustür, zur Nordostseite hin, stand noch ein kleiner Holzschuppen. Durch dessen Fenster konnten sie allerlei Gartengeräte erkennen, Laubsäcke, einen Rasenmäher und zwei Fahrräder, ein altes holländisches und ein modernes Mountainbike.

„Schaut ned so aus, als ob da jemand da wär ...“, stellte Hattinger fest.

Er klingelte an der Haustür. Sie warteten.

Eine Weile später drückte er noch einmal auf den Knopf, dieses Mal sehr ausdauernd. Von drinnen war deutlich das laute, altmodisch anmutende Schellen der Türklingel zu vernehmen, das konnte man eigentlich gar nicht überhören, wenn man nicht völlig taub war.

Nichts geschah.

„Die is ned da.“ Hattinger schaute hinüber zum Hof. „Dann fragn'ma halt da drüben amoi, vielleicht wissen die was ...“

Als sie sich in Bewegung setzten, kam ihnen auf dem schmalen Weg bereits eine rüstige ältere Frau mit rot-weiß kariertem Kopftuch entgegen, die sie argwöhnisch musterte: „Suchen Sie jemand?“

„Ja, mir wollten zur Frau Kauffmann, aber die is ned da, scheint's ...“

„Jaja, ich weiß, die is unterwegs.“ Der Besuch kam der alten Frau offensichtlich ziemlich spanisch vor. „Wer sind denn Sie? Was wolln S' denn von ihr?“ Sie blieb in sicherem Abstand mitten auf dem Weg stehen.

„Sie brauchen keine Angst haben, mir san von der Polizei.“ Hattinger holte seinen Dienstausweis aus der Jacke. „Ich bin Kommissar Hattinger von der Kripo Rosenheim, und des sind meine Kollegen, Herr Wildmann und Frau Erhard."

„Polizei? Jessas …" Die Frau war sichtlich erschrocken.

Hattinger hielt ihr mit ausgestrecktem Arm seinen Dienstausweis entgegen, als könnte sie ihn dadurch auf die fünf Meter Entfernung besser lesen. Er näherte sich der Frau langsam, um sie nicht noch mehr zu verschrecken. Als er nahe genug herangekommen war, kniff sie die Augen zusammen und nahm den ihr angebotenen Ausweis in die Hand, um ihn einer sorgfältigen Prüfung zu unterziehen.

„Kriminalpolizei? Ja, ah … hat denn die Frau Kauffmann was … ich mein … hat sie was ausgfressn?"

„Nein, keine Sorge, wir suchen sie nur als Zeugin. Es könnt sein, dass sie uns wichtige Hinweise geben könnt in unserm aktuellen Fall. Wissen Sie denn vielleicht, wo sie sich im Moment aufhält, Frau …?"

„Angermoser, Rosa."

„Frau Angermoser."

„Genau. Grüß Gott übrigens." Nachdem die Herkunft der Besucher geklärt war, entschloss sich Frau Angermoser doch noch, jedem die Hand zu schütteln. „Entschuldigen S', wenn i a bissl vorsichtig bin, aber wenn ma ganz allein lebt, da heraußen …"

„Ja freilich, des verstehn mir wahrscheinlich besser als jeder andere“, beruhigte sie Andrea Erhard.

„Also, die Frau Kauffmann is nicht da?“

„Naa, die is scho lang weg. Die schreibt wieder a neus Buch, und da muss sie recherchieren. Die is scho seit … warten S’ amal … seit’m fünften Januar müsst des gwesn sei, is sie unterwegs.“

„Aha … Und wissen Sie, wo sie jetz is?“

„Nein, des weiß ich net. Ich weiß nur, dass sie irgendwo in Asien is, in Kambodscha hat s’ gsagt, oder in Vietnam, oder wo sie’s sonst noch grad so hin verschlagt, hat s’ gsagt. Sie wollt nämlich des nächste Buch über – ich weiß ja gar net, ob ich Ihnen des sagen darf, sie hat nämlich gsagt, ich darf des auf gar keinen Fall irgendjemand erzählen …“

„Ja, aber mir sin ja von der Polizei, mir sagen’s bestimmt ned weiter.“

„Ja gut, weil … des is a ganz a grausligs Thema … sie wollt nämlich a Buch über Kinder…“, sie senkte die Stimme, bevor sie das Wort aussprach, „über Kinderprostitution schreiben …“

„Aha. Wann wollt sie denn wiederkommen?“

„Des hat sie no ned so genau gwusst. Sie hat gsagt, dass s’ bestimmt zwei, drei Monat weg is, je nachdem …“

„Und Sie passen derweil auf ihr Haus auf?“

„Jaja, freilich, wissen S’ ich bin ja ihr Vermieterin, sie wohnt ja seit fast drei Jahr bei mir, weil i ja des Austraghäusl jetzt nimmer brauch. Mei Mutter is vor vier Jahr gstorbn, und da war i dann ganz froh, wie die Frau Kauffmann kommen is und sich bei mir eingemietet hat … Hat mir mei Neffe vermittelt, der Wolferl, der is mit ihr aufs Gymnasium ganga. Sie hat was Ruhiges gsucht, und da is's ja ruhig, oder? Aber was heißt aufpassn – ich geh halt einmal in der Woch am Samstag zu ihr nüber und schau nach'm Rechten und gieß ihre Pflanzen, aber des sin ja bloß a paar …"

„Hat sich die Frau Kauffmann in der Zeit mal bei Ihnen gemeldet?", wollte Wildmann wissen.

„Nein, ich hab nix von ihr ghört …"

Hattinger und Wildmann tauschten einen kurzen Blick aus.

„… aber wissen S', die is auch net so eine, die ständig auf der Mattn steht. Wenn's net was Dringendes gibt … Des is ja auch des Angenehme an ihr. Also, mir kommen gut miteinander aus. Wissen S' mei Mutter is ständig …"

„Sagn Sie, Frau Angermoser, dann ham Sie ja an Schlüssel zum Haus …", unterbrach Hattinger schnell.

„Ja freili …"

„Vielleicht dürften mir dann amal kurz an Blick reinwerfen …"

„Ja, des weiß ich net, ob des geht, ich weiß net, ob des der Frau Kauffmann recht wär …"

„Wissen Sie, es is so: Wir würden nur amal

schaun, ob ma irgend an Hinweis finden, wo wir sie vielleicht erreichen könnten."

Frau Angermoser legte den Kopf leicht schief und sah Hattinger an. Sie überlegte, was sie tun sollte.

„Wir würden auch bestimmt nix durcheinanderbringen", versprach Andrea Erhard.

Das schien Frau Angermoser zu überzeugen.

„Ja gut, dann hol i halt an Schlüssel. Sie san ja schließlich die Polizei."

16

Als Rosa Angermoser endlich mit dem Schlüssel wiederkam, flankierten Hattinger, Wildmann und Frau Erhard schon ungeduldig den Eingang zu Annette Kauffmanns Domizil. Sie wussten selbst nicht so recht, was sie von einem Besuch in ihrem Haus erwarten sollten, aber bis dato war dies die erste Erfolg versprechende Spur überhaupt in diesem kuriosen Fall. Frau Angermoser steckte den Sicherheitsschlüssel ins Schloss und drehte ihn zweimal um, dann öffnete sie die Tür. Sie blickten in einen kleinen quadratischen Hausflur, von dem gleich rechts eine Holztreppe ins erste Stockwerk führte. Die drei Türen, die von diesem Flur ins Innere des Hauses führten, waren geschlossen.

„Des is aber komisch …" Frau Angermoser stutzte und blieb stehen.

„Was?"

„I bin mir ganz sicher, dass i die Tür zum Wohnzimmer offen lassen hab … und jetz is s' zua."

Hattinger schob sie vorsichtig nach draußen vor den Windfang.

„Dann lassen S' besser uns vorgehn. Bleibn Sie bei ihr, Frau Erhard."

Andrea Erhard ging mit Frau Angermoser schnell ein paar Schritte zur Seite vor die Hauswand, während Hattinger und Wildmann sich zunickten und ihre Waffen zogen.

„Hallo!“, rief Hattinger ins Haus. „Ist da jemand? Dann melden Sie sich! Hier ist die Polizei!“

Die einzige Reaktion kam von Rosa Angermoser: „Um Gottes willen! Was hat’n des zu bedeuten?“

Hattinger und Wildmann gingen vorsichtig in den kleinen Flur und stießen zunächst die Türen links und rechts auf – die eine führte ins Bad, die andere in den Keller. Dann machten sie sich an die mittlere. Wildmann drückte die Klinke herunter und trat gegen die Tür, die nach innen aufschwang.

Hattinger zielte mit seiner Dienstpistole ins Halbdunkel. Nichts geschah. „I glaub, da is koaner.“

Sie ließen ihre Waffen langsam sinken, behielten sie aber in der Hand. Wildmann betätigte den Lichtschalter und die Lampe über einem kleinen Esstisch rechts neben der Tür ging an. Links gegenüber war eine offene Kochnische, geradeaus der große Wohnraum mit der breiten Terrassentür. An dessen rechter Seite vor den Fenstern mit heruntergelassenen Rollläden stand ein langer Schreibtisch aus zwei Böcken und einer massiven Holzplatte. An der linken Wand eine große rote Ledercouch und davor ein gläserner Couchtisch …

„Was is denn des?“

Im gedämpften Gegenlicht der Terrassentür sahen sie den Umriss einer Art von Skulptur, die dort auf dem Couchtisch stand. Wildmann hatte den Lichtschalter des Wohnzimmers noch nicht gefunden, und jetzt suchte er auch nicht mehr danach.

„Ich weiß es nicht …"

Wildmann flüsterte fast unhörbar.

Es schien ein großer Blumentopf zu sein, der da stand. Es waren aber mit Sicherheit keine Blumen, die in den Topf gepflanzt waren.

„Des glaub i jetzt ned … des gibt's doch ned …?"

Im Grunde hatten sie beide bereits erkannt, worum es sich handelte, sie wollten es nur noch nicht wirklich glauben. Vorsichtig gingen sie durch das Wohnzimmer auf den Couchtisch zu. Da sich ihre Augen inzwischen an das Dämmerlicht gewöhnt hatten, erkannten sie ganz klar, was dort in den Blumentopf gepflanzt war.

Hattinger steckte seine Waffe ein und zog sein Handy heraus.

„Mi leckst am Arsch …"

Wildmann stand einfach nur da und starrte die abartige Skulptur an.

Hattinger wählte Fred Bambergers Nummer. „I bin's. I brauch di', jetzt sofort. Mit der ganzen Mannschaft … bring alle mit, die verfügbar san … und zwar in Eggstätt. Die Frau Erhard ruaft di' glei o und beschreibt dir, wo."

Damit legte er auf. Er hätte sich gerne hingesetzt jetzt, er wusste aber, dass das keine gute Idee war.

„Könnten Sie bitte die Rechtsmedizin verständigen und für die Absperrung sorgen, Karl? I geh amal kurz naus …"

Wildmann nickte. Er wunderte sich nicht einmal, dass Hattinger ihn Karl genannt hatte. Er starrte immer noch den Kopf an, der in diesen Blumentopf gepflanzt war. Er hatte das kleine Foto neben dem Artikel im *Chiemgaublick* noch genau vor Augen.

Es war der Kopf von Annette Kauffmann.

17

Der restliche Ostermontag würde mit der Spurensicherung in und um Annette Kauffmanns Haus vergehen, so viel war klar. Nachdem Frau Angermoser erfahren hatte, dass man ihre Mieterin tot aufgefunden hatte, erlitt sie einen Schock. Sie konnte Andrea Erhard, die sich zunächst um sie kümmerte, noch bestätigen, dass sie erst vorgestern Nachmittag, wie an jedem Samstag seit Frau Kauffmanns Abreise, im Haus gewesen sei, auch im Wohnzimmer, um die Grünpflanzen neben der Terrassentür zu gießen. Sie habe sich noch gedacht, dass die eigentlich ganz gut aussähen, obwohl sie nicht besonders viel Licht bekämen. Da sei ihr nichts Ungewöhnliches aufgefallen, alles habe ausgesehen wie immer.

„Nein, auf dem Couchtisch is nix gstanden, was hätt denn da stehen sollen?“

Andrea Erhard ließ sie darüber im Unklaren. Sie saß mit der völlig verängstigten Frau auf der Hausbank vor ihrem Hof.

„Könnt's denn sein, dass die Frau Kauffmann irgendwann zurückgekommen wär, ohne dass Sie des gemerkt hätten? Oder sind Sie sich ganz sicher, dass sie überhaupt abgereist is? Wie war denn des im Januar? Am fünften ham S' gsagt?“

„Ja jetz wo Sie so fragn … i bin ja damals grad in der Woch gar net da gwesen, da hab i mei Schwester bsucht in Österreich, die hat da hing'heiratet, an Österreicher, wissen S', scho vor dreißg Jahr, und de hat am dritten Januar Geburtstag, da fahr i jeds Jahr hin, seit mei Mutter gstorbn is …"

„Also wissen Sie's nicht sicher?"

„I hab's ma halt denkt … Sie hat mir vorher an Schlüssel gebn, und wia i zruckkomma bin am achten, da war sie weg. Deswegen hab i ma natürlich nix dabei gedacht …"

Karl Wildmann kam mit einem Polaroid-Foto in der Hand auf die beiden zu.

„Frau Angermoser, es tut uns leid, aber nur damit wir auch ganz sichergehen … würden Sie sich vielleicht das Foto ansehen, ob es sich wirklich um Frau Kauffmann handelt?"

Frau Angermoser zögerte. „Wenn's sein muss …"

Wildmann gab ihr das Foto. Darauf war nur der Kopf zu sehen, ohne Blumentopf. Die Frau auf dem Foto sah eigentlich recht friedlich aus, die Augen geschlossen, die schulterlangen braunen Haare etwas verstrubbelt. Wäre nicht die weißgraue Hautfarbe gewesen, hätte man sie durchaus für eine Schlafende halten können.

„Um Gottes willen …" Rosa Angermoser holte tief Luft. „Um Gottes willen …" Sie griff sich ans Herz und ließ das Foto fallen. „Des is sie. Ja um Gottes willen!" Ihr wurde schlecht. Sie krallte sich mit der Rechten an der Bank fest und mit der Linken griff sie nach der Hand, die ihr Andrea Erhard reichte, dann sank sie auf deren Schoß.

„Hätt des jetzt ned no a paar Minuten warten können? Können S' vielleicht schnell an kalten Waschlappen aus'm Haus holn?" Andrea Erhard war besorgt um die alte Frau.

„Tut mir leid, der Arzt ist schon unterwegs, er muss jeden Moment da sein." Wildmann schob schnell das Foto in die Tasche und sprang ins Haus. Als er mit dem Waschlappen zurückkam, bog schon der Notarztwagen mit einem Sanka im Gefolge in die Hofeinfahrt. Die Profis übernahmen Frau Angermoser. Sie erholte sich rasch wieder ein bisschen, wirkte aber durch die Ereignisse so angeschlagen, dass man sie sicherheitshalber ins Krankenhaus brachte.

Erhard und Wildmann gingen hinüber zum Haus. Hattinger kam gerade mit dem Gerichtsmediziner, Privatdozent Dr. Dr. Herrmann Keul heraus.

„Also, jedenfalls ist die Frau nicht durch Enthaupten gestorben, der Kopf wurde post mortem entfernt, und zwar relativ sauber, vermutlich mit einem richtig scharfen Messer, Schicht für Schicht. Ein großes Skalpell, ein Rasiermesser, irgendwas in der Art ... Lassen Sie mir alles so schnell wie möglich bringen, dann mache ich mich ans Werk."

„Was meint er mit *alles*?", erkundigte sich Andrea Erhard, sobald der Gerichtsmediziner wegfuhr.

„Des, was uns noch gfehlt hat von der Leich hamma im Keller gfundn, in ihrer eigenen Kühltruhe. Jedenfalls schaut's auf'n ersten Blick so aus, als ob alles da wär."

Andrea Erhard mochte es sich gar nicht vorstellen.

„Das hätte zumindest den Vorteil, dass jetzt keine Leichenteile mehr auftauchen", hoffte Wildmann, schien sich allerdings seiner Sache selbst nicht sicher zu sein.

„Ja, aber nur wenn er jetzt ned weitermacht ...", entgegnete Hattinger.

Bamberger kam aus dem Haus und zündete sich eine Zigarette an. Er nahm einen tiefen Zug und atmete den Rauch hörbar aus.

„I hab gedacht, du hast aufghört?", fragte Hattinger.

„Ja, eigentlich scho ... mei ..."

„Gibst ma ah oane?"

Bamberger hielt ihm das Päckchen hin und Hattinger bediente sich. Bamberger gab ihm Feuer.

„Vielleicht geh'ma a bissl hinters Haus, da is's ruhiger ...", sagte Hattinger zu den anderen. Vorn an der Straße, außerhalb der Absperrungen, hatte die gesammelte Presse Stellung bezogen, die Fotografen und Kameraleute mit ihren Teleobjektiven lauerten gierig auf Bilder. Aber man musste natürlich damit rechnen, dass sie im Wald auch schon auf den Bäumen saßen.

Sie setzten sich hinter dem Haus auf einen alten Baumstamm, der dort als natürliche Gartenbegrenzung diente.

„Und, wia schaut's aus? Habts scho irgendwas gfundn?"

„Also, a Analyse hab i natürlich no ned, aber i bin mir ziemlich sicher, dass ma im Bad etliche mikroskopische Blutspuren ham, vor allem um die Badwann rum, in de Fliesenfugen, in der Ritzn um an Badewannenabfluss rum, an de Silikonfugen und so weiter. Da hat zwar jemand versuacht, wirklich gründlich sauber z' machen, mit bloßem Aug siegst nix, aber wenn ma Proben wegkratzt … Oiso, i glaub, dass die Frau in ihrer Badwann zerstückelt worden is."

Bamberger nahm wieder einen tiefen Zug. Die anderen ließen unterdessen seine Aussage auf sich wirken.

„Und dann hat der Eichenstuhl, der da am Schreibtisch steht, charakteristische Faserspuren und Scheuerstellen an beiden Armlehnen und beiden Vorderbeinen, des schaut ganz so aus, als ob jemand an den Stuhl gfesselt worden wär. Und mitten im Wohnzimmer auf dem Holzboden, da san Kratzspuren, die vom Abstand her genau zu den Stuhlbeinen passen. San verteilt wia die Ecken von am Quadrat ungefähr. Könnt sein, dass da jemand in Panik mit dem Stuhl rumgrutscht is."

Andrea Erhard berichtete, was sie von Frau Angermoser erfahren hatte.

„Des würd ja ganz genau zammpassn", meinte Hattinger. „Wenn sich die Indizien erhärten und die Blutspuren wirklich von ihr san, dann is die Frau Kauffmann wahrscheinlich gar ned erst weggfahrn, sondern scho vor ihrer Abreise, also in der Zeit, wo die Angermoser ned da war, in ihrem Haus überfallen, gefesselt, getötet und zerstückelt worden. Der Täter hat den Torso und die Arme und Beine in ihrer Kühltruhe im Keller verstaut, die Händ, die Füß und an Kopf hat er mitgnomma."

„Woher wiss'ma, dass er den Kopf mitgnommen hat? Den könnt er ja auch gleich daglassen haben?", wollte Frau Erhard wissen.

„Weil die Kühltruhe randvoll war, der Kopf hätte da gar nicht mehr reingepasst", klärte sie Wildmann auf.

„Und irgendwann zwischen Samstagnachmittag und heut Morgen hat er den Kopf herbracht und dieses Schauermärchen inszeniert. Jetzt müsst'ma nur no rausbringen, warum … Was meinen Sie, Karl?"

Hattinger hatte Wildmann wieder Karl genannt. Zum zweiten Mal schon.

Karl Wildmann überlegte. „Ich denke, die Frage nach dem Warum ist tatsächlich die entscheidende … Das hier sieht so aus wie die ganz große Show, die sich der Täter für die Öffentlichkeit ausgedacht hat. Was wir hier haben, ist so ziemlich das genaue Gegenteil von einem Mord im Affekt: Man bringt jemanden um, dann merkt man, Hilfe, ich hab jemand umgebracht, und versucht verzweifelt, die Leiche loszuwerden, und macht dabei einen Fehler nach dem anderen, man hinterlässt eine breite Autobahn von Spuren. Unser Täter hat vermutlich alles von Anfang an geplant. Wenn wir davon ausgehen, dass die Spuren in diesem Haus wirklich von Frau Kauffmann stammen, dass sie also hier getötet wurde, dann hat der Täter bestimmt gewusst, dass sie verreisen wollte und wann, und vermutlich auch, dass Frau Angermoser nicht da sein würde. Dann hat er den richtigen Zeitpunkt abgepasst und sie umgebracht und in aller Ruhe zerteilt. Er wusste, dass ihn niemand dabei stören würde, und er wusste, dass Annette Kauffmann nicht so schnell vermisst werden würde, weil sie sich bei allen, die sie eventuell vermissen könnten, bestimmt abgemeldet hätte. Und ich denke mal, dass er auch den Zeitpunkt seiner ‚Ausstellungseröffnung'" – Wildmann malte dabei mit beiden Händen Anführungszeichen in die Luft – „sorgfältig gewählt hat. Er hat gewusst, dass er über die Osterfeiertage, wenn viele Touristen hier sind, wesentlich mehr Aufmerksamkeit erzielen würde als irgendwann im Februar. Bleibt aber immer noch die Frage, warum er das getan hat …"

„Genau“, stimmte Hattinger zu. Er sah Andrea Erhard und Wildmann an: „Und deswegen gehen wir drei jetzt da nei und stelln des Haus von oben bis unten auf'n Kopf und suchen nach allem, was irgendwie Aufschluss über ihr Leben geben könnt. Mir miassn a Motiv findn. Ich würd vorschlagen, wir sammeln alle Unterlagen, packen s' ein und nehmen s' mit nach Prien, dann könn'ma s' in Ruhe auswerten.“

Er schaute Bamberger an. „Is des okay für di'? Dann könnt's ihr auch in Ruhe weiterarbeiten und mir stehn uns ned gegenseitig auf die Füaß …“

„Guad. Mir ham die sensibelsten Bereiche sowieso extra abtrennt. Fotos san gmacht … oiso, i glaub ned dass da was dagegenspricht, dass 's ihr den Papierkram scho mitnehmts.“

Sie standen auf. Bamberger zog einen kleinen, runden Metallaschenbecher mit Deckel aus seiner Jackentasche, ließ ihn aufschnappen und drückte seine Kippe darin aus. Er hielt ihn auch Hattinger hin. „Mir wolln ja ned unsre eigenen Spuren hinterlassn …“

„Übrigens sollt'ma mit dem Neffen amoi redn, den die Angermoser erwähnt hat. Sobald s' wieder ansprechbar is und uns sei Adresse sagn kann“, meinte Hattinger zu Wildmann.

Sie gingen ums Haus zur Eingangstür. Gerade wurde der Stahlsarg mit Annette Kauffmanns sterblichen Überresten – der Ausdruck erschien

Hattinger in diesem Fall besonders treffend – in den Leichenwagen verladen. An der Haustür drehte er sich nach Bamberger um.

„Habt's eigentlich irgendwo Einbruchspuren gfundn?"

„Naa, schaut ned so aus. Der hat ja bestimmt den Schlüssel von der Kauffmann dabeighabt."

„Ja, diesmal scho. Aber im Januar?"

„Naa. Schaut aus, als hätt s' ihn freiwillig reinlassen."

„Und Spuren ums Haus?"

„Wenn in der Zufahrt welche warn, dann hamma die inzwischen längst selber kaputt gmacht. Aber i glaub sowieso ned, dass der Täter da mit'm Auto vorgfahrn is, des wär ihm wahrscheinlich viel zu auffällig gwesn."

„Und hinterm Haus?"

„Also, da am Waldrand gibt's scho Fußspuren. Die ham meine Leut vorher grad ausgossen. Jetzt miass'ma nur no warten, bis der Gips hart werd. Und so vui i woaß, kommen glei no die Hunde, um die Spur aufz'nehma. Dann schau'ma moi ..."

„Geh ... die Hunde, die ham doch no nia was gfundn, oder?"

18

Drei Stunden später packten sie in Prien die Umzugskartons mit den Unterlagen aus Annette Kauffmanns Haus wieder aus. Auch den Computer hatten sie mitgenommen und zwei Exemplare von *Alles auf Anfang*. Eigenartigerweise hatten sie keine von den im *Chiemgaublick* erwähnten Tagebüchern gefunden. Dafür war ihnen ein leeres Regalbrett oben in Annette Kauffmanns Arbeitszimmer aufgefallen, das im Gegensatz zu den anderen, ziemlich verstaubten, relativ frisch geputzt aussah. Der Täter hatte sie wohl mitgenommen. Hattinger hatte noch vor Ort eine Nachrichtensperre bezüglich der Details verhängt. Allen Beteiligten wurde eingeschärft, der Presse nichts über den abgetrennten Kopf mitzuteilen.

„Vielleicht könn'ma unserm Täter sei Inszenierung a bissl vermiesen. Außerdem sollt'ma die Öffentlichkeit ned mehr als nötig verschrecken."

Nur den gewaltsamen Tod der Schriftstellerin Annette Kauffmann würden sie vorerst melden.

„Karl, übernehmen Sie erst amal den Computer, bitte. Und Sie, Frau Erhard – sagn Sie, lesen Sie eigentlich gern?"

„Ja, scho, wenn i amoi Zeit hab."

„Dann schaun S' doch heut Nacht a bissl in des Buach nei, vielleicht bringt uns des irgendwie weiter. Geht des?" Er reichte ihr ein Exemplar von Annette Kauffmanns letztem Roman.

„Mhm … na ja, i dua, was i konn …" Begeistert war sie ganz offensichtlich nicht.

„I nimm mir des andere mit, dann kemma uns morgn a bissl austauschen."

Martin Haller und Petra Körbel kamen herein. Sie vermeldeten wieder mal nichts Neues.

„Gut, Herr Haller, dann setzen Sie sich jetzt ans Telefon und machen für uns bitte Leut von diesen beiden Verlagen ausfindig, vor allem von dem neuen Buch, wie hoaßt der no glei … *Steinrausch* …", las er auf dem Schutzumschlag, „ah ja, der is ja recht bekannt. Also bringen S' alles raus, was die über die Frau Kauffmann wissen, und wenn's no so nebensächlich is. Vielleicht treiben S' den Lektor oder die Lektorin auf, die müssten ja eigentlich am besten über des Buch Bscheid wissen. Und schaun S', ob diese Chefsekretärin von dem andern Verlag wieder auf Empfang is. Ausreden wie Urlaub und so weiter gibt's jetz nimmer, wenn jemand ned kooperativ is, dann wird er glei einbstellt."

„Okay, darf ich?" Martin Haller schnappte sich Hattingers Buch und ging in das Büro nebenan.

„Und Sie, Frau Körbel, helfen der Frau Erhard und mir mit dem da." Hattinger deutete auf den Berg von Akten, Schriftstücken, Fotos und Dokumenten auf dem großen Besprechungstisch. „I hoff, dass irgendwo da drin der Grund zu finden is, warum die Frau umbracht wordn is … Am besten, Sie fangen schon amal an."

Hattinger zog sich in eines der Büros zurück und wählte die Nummer von Vera Antholz. Er hätte diese schon am Telefon so sympathische Frau liebend gerne aus irgendeinem anderen Grund angerufen als ausgerechnet mit dieser Nachricht im Gepäck.

Vera Antholz war absolut fassungslos, als sie im fernen Finnland von Annette Kauffmanns Tod erfuhr. Mit tränenerstickter Stimme brachte sie gerade noch heraus: „Die Annette? Das kann doch nicht sein … wer sollte die denn umbringen wollen? Die Annette doch nicht!"

Hattinger vermied es, sie am Telefon über die Details aufzuklären.

„Es tut mir sehr leid, Frau Antholz, wenn ich in der Situation mit meinen Fragen daherkomm, aber Sie ham gsagt, dass Sie die Frau Kauffmann schon recht lang gekannt haben … und wir müssen jetzt schauen, dass wir uns möglichst schnell an Überblick verschaffen über ihr Leben …"

Vera Antholz schien sich ein bisschen zu beruhigen.

„Ja, ja, fragen Sie nur …"

„Zunächst mal, hat die Frau Kauffmann Verwandte ghabt, an die wir uns noch wenden könnten?"

„Von Verwandten weiß ich nichts. Ihre Eltern

sind beide bei einem Autounfall gestorben, da war sie 18, soviel ich weiß. Sie war ein Einzelkind. Die Großeltern waren auch alle schon tot, sie war wohl plötzlich ganz allein damals ... Von anderen Verwandten hat sie mir nie was erzählt."

„Wann ham Sie sie denn kennenglernt?"

„Das war kurz danach, im Herbst 1985. Wir haben uns in der Mensa kennengelernt, haben beide angefangen zu studieren im Wintersemester. Wir waren uns sofort sympathisch. Wir hatten beide noch keine Bleibe in München, also beschlossen wir, uns zusammen was zu suchen, in einer Wohngemeinschaft. Dann haben wir in der Türkenstraße was gefunden, da wohne ich heute immer noch, ich konnte die Wohnung später kaufen."

„Haben Sie auch Medizin studiert?"

„Nein, ich habe damals mit Informatik angefangen, das war zu der Zeit noch was ziemlich Verrücktes, aber ich bin dann bald zur Architektur gewechselt."

„Aber die Frau Kauffmann hat Medizin zu Ende studiert?"

„Ja, die hat es in zwölf Semestern geschafft, hat immer hervorragende Ergebnisse gehabt in ihren Staatsexamen. Sie war in der Schule schon so gut gewesen, es schien immer, als ob ihr alles zufliegen würde. Sie war aber auch ziemlich ehrgeizig."

„Wie hat sie sich denn des leisten können mit dem Studium, hat sie nebenher Jobs ghabt?"

„Nein, das musste sie nicht. Sie hat das Haus verkauft, das sie von ihren Eltern geerbt hatte, und das Geld offenbar ganz gut angelegt. Außerdem war sie keine, die mit Geld um sich geworfen hätte, sie hat schon alles ganz gut zusammengehalten."

„Hat sie denn Kontakt gehalten mit alten Schulfreunden aus'm Chiemgau?"

„Anfänglich schon, da sind immer mal wieder welche bei uns vorbeigekommen, aber sie ist fast nie mehr rausgefahren. Ich hab sie mal gefragt, ob sie ihre Heimat nicht manchmal vermisst, aber sie hat nur gemeint, es täte viel mehr weh, wenn sie draußen wäre, dass ihre Eltern nicht mehr da wären, die waren noch recht jung, wie sie gestorben sind … Deshalb hatte sie auch das Haus verkauft. Sie wollte in München ganz neu anfangen."

„Hat sie denn dort noch Freunde, außer Ihnen? … Hatte …"

Hattinger hörte Vera Antholz wieder leise weinen.

„Nein, eigentlich nicht, wenn ich so überlege … Sie hat im Lauf der Zeit immer alle Kontakte wieder einschlafen lassen. Wissen Sie, Herr Kommissar, das war eigentlich typisch für sie, sie war auf den ersten Blick schon kontaktfreudig und aufgeschlossen, aber sie hat die Menschen dann doch immer auf Abstand gehalten, sie hat sich nicht wirklich in die Karten schauen lassen, da gab es eine Wand bei ihr, und da war Schluss. Sie hat wahrscheinlich niemand anderen so nahe kommen lassen wie mich. Aber sie war eine unglaublich gute Beobachterin, sie hat alles registriert und messerscharf analysiert …"

„Und wie war's mit Liebschaften, ich meine, hat's da keine Männer gegeben in ihrem Leben?"

„Das ist auch so ein Kapitel … sie hat während des Studiums schon immer mal wieder einen mitgebracht, aber das waren meistens One-Night-Stands, sie hatte eigentlich nie eine längere Beziehung, und sie wollte auch keine … Ich glaube, sie hatte in Wirklichkeit Angst vor Nähe. Sie hat mir mal in einem schwachen Moment anvertraut, dass ihre erste große Liebe damals auf dem Gymnasium sie sehr verletzt hätte. Damals habe sie sich geschworen, dass ihr das nicht mehr passiere. Sie hat die Kerle ziemlich schlecht behandelt, von oben herab, sie hat ein bisschen gespielt mit ihnen …"

„Aber dass sie sich da Feinde gemacht hätte, oder zumindest einen?"

„Nein, das halte ich für völlig abwegig, deshalb würde sie doch keiner umbringen, Jahre später. Die sind halt frustriert wieder abgezogen."

„Wie kommt's eigentlich, dass sie nach dem Studium nicht bei der Medizin geblieben is? Ich mein, so a Medizinstudium is doch a ganz schöne Anstrengung, sechs Jahr, und dann macht s' ganz was anderes?"

„Das habe ich ehrlich gesagt auch nie ganz verstanden. Sie wollte eigentlich Anästhesistin werden, sie hat auch auf einen Platz zur Facharztausbildung im Klinikum Rechts der Isar gewartet, ich glaube, den hatte man ihr schon zugesagt. Dann ist sie zur Überbrückung für ein paar Monate an eine private Frauenklinik im Chiemgau gegangen. Nach drei Monaten hat sie plötzlich gekündigt – und das war's dann mit der Medizin."

„Hat sie Ihnen nicht erklärt, warum?"

„In der Zeit hat sie sich sehr verändert ... ‚Ich kann das nicht' – das war alles, was sie gesagt hat. Sie war bedrückt irgendwie, sie hat angefangen ziemlich viel zu trinken, sie war viel unterwegs ... Sie wollte mit mir nicht wirklich darüber reden, und ich habe auch nicht versucht, es um jeden Preis aus ihr rauszulocken, ich hatte in der Zeit wahnsinnig viel Stress mit meinem Architekturexamen, Probleme mit meinem Freund, also ich war auch so schon beschäftigt genug. Eines Tages hat Annette dann gesagt, sie würde jetzt erstmal auf Reisen gehen, und ob sie das Zimmer behalten könne, als Basisstation sozusagen. Wir waren zu der Zeit nur noch zu zweit übrig geblieben von der ursprünglichen Wohngemeinschaft. Ich war ja froh, dass ich die Wohnung nicht ganz allein bezahlen musste, aber ich hätte sie auch so gerne dabehalten. Und dann ist sie losgezogen und war erstmal ein Jahr lang weg."

„Und unterwegs hat sie dann mit dem Schreiben angfangen?“

„Ja. Sie hat gemeint, das wäre die beste Art, das Angenehme mit dem Nützlichen zu verbinden. Dass sie Talent zum Schreiben hatte, das wusste ich schon lang. Aber ich war dann doch einigermaßen entsetzt, als ich das erste Buch las. Sie hatte diesen Oosterlind Verlag gefunden, auf den war sie gekommen, weil sie in irgendeinem Bed & Breakfast in Indien oder Sri Lanka ein Buch gefunden hatte, was bei denen erschienen war. Weil sie sonst keine Lektüre mehr hatte, hat sie das gelesen und sich gedacht: Das kann ich auch. Dann hat sie die Geschichte analysiert und drauflos geschrieben. In einem Monat war sie fertig. Der Verlag hat sie sofort genommen.“

„Und von da an hat sie jedes Jahr zwei, drei Bücher veröffentlicht?“

„Ja. Ich hab natürlich zu ihr gesagt: Warum schreibst du denn gerade so was? Das hat doch mit dir überhaupt nichts zu tun. Darauf sagte sie: Eben deswegen. Das fällt mir leicht. Ich muss nur meine Umgebung beobachten und alles ein bisschen aufpolieren. Außerdem geht's schnell und es bringt Geld.“

„Und dann war sie die nächsten Jahre über auf Reisen?“

„Genau. Sie war ein-, zweimal im Jahr in München, ich glaube die längste Zeit waren mal zwei

Monate am Stück, in der Zeit hat sie dann diese fürchterliche Lesung gehalten, das war aber schon gegen Ende ihrer Reisejahre. Wissen Sie, Herr Kommissar, man sagt doch zum Beispiel, wenn jemand gute Schlager schreiben will, dann muss er Schlager lieben, sonst wird das nichts. Bei Annette war das anders, die hat sich nicht im mindesten mit dem identifiziert, was sie da schrieb, und trotzdem ist es bei ihrer Zielgruppe gut angekommen. Ausnahmen bestätigen eben die Regel. Das war zu hundert Prozent kalkuliert. Ein paar von ihren Büchern sind sogar verfilmt worden, für diese typischen Rentnersendeplätze. Und die waren auch nicht schlechter als die anderen Schmonzetten, die da sonst laufen. Ich habe aber schon gemerkt, dass es sie im Lauf der Jahre immer mehr angekotzt hat. Irgendwann war die Luft einfach raus, sie mochte auch gar nicht mehr wirklich wegfahren. Wenn man das ganze Jahr über Südsee hat, wird es eben auch irgendwann langweilig. Und dann hat sie wieder mal so eine totale Kehrtwendung in ihrem Leben eingelegt …“

„… und is wieder in ihre alte Heimat in Chiemgau gezogen.“

„Ja. Erst konnte ich es gar nicht glauben, aber sie sagte nur: Ich muss nach Hause, ich will nicht mehr weglaufen. Und ich will einen Bauerngarten … Dann hat sie dieses Häuschen gefunden und angefangen *Alles auf Anfang* zu schreiben. Wir haben uns fast gar nicht mehr gesehen, so ist sie in dieser Arbeit aufgegangen, das schien wie eine Therapie für sie gewesen zu sein. Und jetzt ist sie tot …"

Vera Antholz weinte wieder. Hattinger suchte nach Worten. Er wusste nicht, was er sagen sollte.

„Das tut mir leid … Sie haben uns sehr weitergeholfen, Frau Antholz."

„Tun Sie mir einen Gefallen, Herr Kommissar?"

„Wenn ich kann, gern."

„Halten Sie mich auf dem Laufenden. Ich möchte wissen, was passiert ist. Und wenn Sie noch weitere Fragen haben … Ich denke, dass ich in ein paar Tagen zurück in München bin, ich muss sehen, wann ich einen Flug bekomme, aber ich möchte wenigstens bei Annettes Beerdigung da sein."

„Gut, mach ich. Vielen Dank. Dann … bis bald, Frau Antholz."

„Machen Sie's gut."

Als sie aufgelegt hatte, saß Hattinger noch einige Minuten allein in dem Büro und notierte die wichtigsten Punkte des Gesprächs, nicht weil das nötig gewesen wäre – er hatte jedes Wort davon im Kopf –, aber es verschaffte ihm noch ein paar Minuten Ruhe, um die Stimme von Vera Antholz nachwirken zu lassen.

19

Er sah das Foto von Maria an, das in einem silbernen Rahmen vor ihm auf dem Schreibtisch stand. Zwölf Jahre war sie auf darauf alt, er hatte es an ihrem Geburtstag geschossen. Ein Schwarz-Weiß-Foto. An den Moment konnte er sich noch ganz genau erinnern. Maria war in die Küche gekommen und hatte ihre Geburtstagstorte entdeckt. Es war sein Lieblingsfoto von ihr, weil sie so unbeschwert und fröhlich lachte – direkt in die Kamera. Wie bezaubernd charmant sie gewesen war in dem Alter …

An der Wand neben der Karte hing jetzt auch noch ein anderes von ihr, das hatte er erst nach ihrem Tod bekommen, von einer Klassenkameradin. Das Foto war farbig, aber … mit Fröhlichkeit hatte es wenig zu tun.

Es war für ihn eher so etwas wie ein Steckbrieffoto. Es gehörte zu den anderen Steckbrieffotos an der Wand, es gehörte für ihn eigentlich schon zu ihrem Tod, nicht zu ihrem Leben.

In Erinnerung behalten wollte und würde er die 12-Jährige. Das andere Foto war eher ein Mahnmal dafür, was in ein paar Jahren aus einem jungen Menschen werden konnte. Sein liebes, bescheidenes, kleines Mädchen war irgendwann zwischen zwölf und dreizehn verschwunden.

Mit zwölfeinhalb war es doch schon losgegangen … was die Pubertät aus einem so reizenden kleinen Mädchen machte … schlimm war das. Da war es doch losgegangen, dass sie seiner Kontrolle entglitt, dass sie plötzlich anfing, Widerworte zu geben, zu rebellieren, gegen die vernünftigsten Dinge, gegen alles, was bisher richtig und sinnvoll gewesen war. Dabei hatten sie Maria doch gut erzogen, sie hatten doch alles getan, um auf sie aufzupassen.

Das Farbfoto an der Wand hatte er ohnehin nur aus Gründen der Höflichkeit entgegengenommen, schlecht hätte er in der Situation sagen können, das will ich nicht haben. Ursprünglich wollte er es zerreißen, dann hatte er sich anders besonnen und es in Marias Mappe gelegt, bis er es vor ein paar Monaten herausgeholt hatte, um es an die Wand zu hängen. Als zusätzlichen Ansporn. Er hatte gespürt, dass er es jetzt brauchte …

Das Foto strahlte etwas aus, das ihm helfen würde, sich neu zu motivieren, er wusste auch nicht warum, er spürte es nur. Jahrelang hatte er sich an das andere gewöhnt, bis er schon fast völlig verdrängt hatte, was eigentlich die Keimzelle der Katastrophe gewesen war.

Ihre Freundin, die es gemacht hatte, hatte dazu gesagt, es täte ihr leid – sie hätten nur ein bisschen Verkleiden gespielt, nur für sich selbst, das müsse er nicht so ernst nehmen, es sei ja sonst niemand dabei gewesen, er wolle es aber doch sicher trotzdem haben, jetzt, wo Maria nicht mehr da sei …

Mittlerweile kannte er das Bild in- und auswendig, jedes Detail hatte sich in seinem Gedächtnis eingenistet und führte ihm schmerzhaft vor Augen, was er nicht hatte verhindern können. Er nahm seine Taschenlampe und leuchtete es an, so kam es in der Dunkelheit am besten zur Geltung.

Wenn Maria sich für diese Fotografie verkleidet hatte, dann war offensichtlich, was sie darzustellen beabsichtigt hatte: eine Nutte! So grell geschminkt, mit schwarz umrandeten Augen, lilafarbenen Wangenknochen, frei gezogenen Augenbrauen, einem grellrot angemalten Mund mit nachgezogenen Lippenkonturen, der leicht geöffnet war und im linken Mundwinkel unnatürlich die Zunge hervorspitzen ließ …

Zuhause war ihr das Schminken grundsätzlich verboten gewesen, nie zuvor hatte er sie so gesehen!

In ihr blondes langes Haar hatte sie Korkenzieherlocken eingedreht und eine affige schwarze Tüllschleife eingeflochten. Und bei den Kleidern, die sie anhatte, handelte es sich keinesfalls um ihre eigenen: Ein rotes, eng anliegendes, ärmelloses T-Shirt, tief ausgeschnitten ohnehin schon, und obendrein mit einem senkrechten Schlitz im Dekolleté, der einen äußerst freizügigen Blick auf ihre Brüste gewährte. Ja, sie hatte erstaunlich große

Brüste für ein Mädchen in ihrem Alter gehabt, die Brüste einer erwachsenen Frau fast, und auf dem Foto war klar zu erkennen, dass sie nicht einmal einen Büstenhalter trug, ihre Brustwarzen zeichneten sich deutlich ab unter dem dünnen Stoff. Dabei hatte ihr ihre Mutter eingeschärft, nie ohne BH aus dem Haus zu gehen!

Das T-Shirt bedeckte nicht einmal ihren Bauchnabel. Dazu der schwarze Lederrock, der diese Bezeichnung kaum verdient hatte. Allenfalls ein breiter Gürtel war das – so weit hochgeschoben, dass man sogar noch einen Teil des Höschens erkennen konnte.

Aber am schlimmsten war ihre Pose, der Blick … Es war ja nicht so, dass er nicht doch manches gesehen hätte im Laufe seines Lebens, auch wenn man bestimmte Dinge vielleicht lieber nicht sehen sollte … aber alles, was dieses Mädchen auf dem Foto ausstrahlte, war Sex … lasziv war das, unanständig, auffordernd, eine pure sexuelle Einladung … Wie sie dastand … den Kopf schief gelegt, eine Hand in die rechte Hüfte gestützt, die andere links gegen den Brustkorb, knapp unter die Brust … dazu die schräg gestellten Hüften, das auf einem unsichtbaren Hocker aufgestützte Bein, und zu alledem dieser Gesichtsausdruck, den er gar nicht beschreiben konnte, beschreiben wollte …

Was hatte sich diese Freundin eigentlich dabei

gedacht, ihm nach dem Tod seiner Tochter ein so schamloses Foto zu präsentieren? Nichts wahrscheinlich! Das war ja das Schlimme! Nichts dachten sich diese jungen Dinger bei dem, was sie da taten, und konnten sich gar nicht ausmalen in ihrer Naivität, was es für Folgen haben konnte, wenn man so herumlief.

Er war aber natürlich ganz freundlich geblieben, er hatte sich bedankt, hatte noch gefragt: Ach ja, eine Verkleidung … da hätten sie sicher noch mehr solcher Fotos gemacht? Und an der Art, wie sie gezögert und verschämt verneint hatte, hatte er erkannt, dass er natürlich recht hatte, dass sie ihm wahrscheinlich nur das harmloseste gebracht hatte, und er hatte sich gefragt, wie denn wohl die anderen Fotos sein mochten?

Dieser Gesichtsausdruck von Maria, nein, das war gar nicht seine Maria, die er kannte, nein, das war nicht Maria, der Gesichtsausdruck, dieser Blick … da kamen ihm all die unflätigen Ausdrücke in den Sinn, die es gar nicht geben sollte, die es nicht geben durfte, jedenfalls nicht, wenn es im Zusammenhang mit der eigenen Tochter war, das war verboten, es war absolut undenkbar! Und wieder gelang es ihm nicht, seinen Kopf daran zu hindern, ihn mit diesen Gedanken zu quälen, die er gerne für immer verbannt hätte …

Er griff sich den scharfen Brieföffner aus Edelstahl, der vor ihm auf dem Tisch lag, den ihm

Maria einst zum Geburtstag geschenkt hatte mit den Worten: Damit du deine Briefe auch immer aufkriegst, Papa, sich darüber lustig machend, dass er eben jemand war, der seine Briefe sorgsam mit dem Brieföffner öffnete, statt sie einfach achtlos aufzureißen, wie es offensichtlich andere taten, dass er die Briefmarken ausschnitt und sammelte, freilich hatte sie das nur nett gemeint, verdammt noch mal, das wusste er doch, er riss das Ding hoch und rammte es mit voller Wucht in die dicke Holzplatte.

Warum hatte er sie nicht beschützen können!

Er warf sich in dem ächzenden alten Schreibtischstuhl zurück und atmete tief ein durch den offenen Mund. Feine Schweißperlen standen auf seiner Stirn. Er betrachtete den zitternden Brieföffner, der neben den vielen anderen Kerben im Holz steckte.

Schließlich nahm er die Packung mit dem Beruhigungsmittel aus der lederbezogenen Kassette, in der er seine Medikamente aufbewahrte, und drückte ein Dragee durch die Alufolie. Er legte es auf die Zunge und spülte es mit einem Schluck Leitungswasser aus der alten Glaskaraffe hinunter.

Er versuchte ruhig und tief zu atmen.

Ich darf mich nicht so gehen lassen, dachte er. Ich darf mich nicht gehen lassen … gerade jetzt nicht.

20

Am Abend fraßen sich Hattinger und seine Kollegen immer noch durch den Stapel von Papieren. Immerhin wussten sie nach seinem Gespräch mit Vera Antholz etwas genauer, wonach sie suchten. Vor allem die Zeit nach dem Ende von Annette Kauffmanns Studium schien interessant zu sein, als sie diesen radikalen Kurswechsel vollzogen hatte.

Das Telefon klingelte. Der Rechtsmediziner war am Apparat.

„Ja, Dr. Keul hier. Ich wäre jetzt dann bald so weit, also wenn Sie kommen wollen, dann setzen Sie sich ins Auto."

Hattinger zögerte. „Wenn's Ihnen recht wär, würden wir uns des ausnahmsweise gern morgen anschauen, wenn's geht. Mir stecken hier grad bis zum Hals in den Ermittlungen, und wenn wir jetzt drei, vier Stund weg sind … des wär weniger gut …"

„Na gut, dann komm ich jetzt auch mal nach Hause. Ich bin morgen ab neun Uhr wieder hier. Lassen Sie sich einen Termin geben, damit ich nicht mitten in einer Obduktion bin."

„Gut, danke, aber können Sie uns denn telefonisch schon irgendwas sagen?"

„Die Frau ist relativ fachmännisch zerteilt worden, saubere Arbeit, mit gutem Werkzeug. Dazu gehört mehr, als ein Brathähnchen zu zerlegen. Der Täter muss zumindest handwerklich begabt sein und ein bisschen Ahnung von Anatomie haben. Ein bisschen Kraft sollte er natürlich auch mitbringen, obwohl – die Frau brachte 52 Kilo auf die Waage, da braucht's noch nicht unbedingt einen Gewichtheber ... Der Torso und die Extremitäten waren weitgehend ausgeblutet, das heißt, dass sie relativ schnell nach ihrem Tod zerstückelt wurde. An beiden Unterschenkeln und beiden Unterarmen finden sich charakteristische Fesselungsspuren mit Hautabschürfungen, weiterhin haben wir Druckstellen um Mund und Nase mit leichten oberflächlichen Einblutungen und einen Abdruck der unteren Zahnreihe auf der Innenseite der Unterlippe. Es finden sich aber keine weiteren Kampfspuren, die Fingernägel der Frau waren sauber, das wussten wir ja schon länger. Der Täter könnte sie natürlich nachträglich gereinigt haben, aber auch der Zustand des übrigen Körpers spricht nicht dafür, dass die Frau sich gewehrt hat, außer gegen die Fesselung."

Privatdozent Dr. Dr. Keul legte eine kleine Kunstpause in seinem Vortrag ein.

„Das Interessanteste ist aber sicherlich ein Stichkanal durch die linke Brust und zwischen vierter und fünfter Rippe parasternal durch den Brustkorb, mitten in die rechte Herzkammer. Ich gehe davon aus, dass sie daran gestorben ist – nicht an dem Stichkanal natürlich, aber an dem, was ihr über diesen Kanal appliziert wurde …"

„Sie meinen also, dass ihr jemand mit einer Spritze direkt was ins Herz gspritzt hat?"

„Genau. Was das war, wissen wir noch nicht. Ich habe das Serum zur toxikologischen Untersuchung gegeben, das wird noch etwas dauern. Es gibt auf jeden Fall nichts anderes, woran sie gestorben sein könnte. Die Frau war kerngesund. Und ich denke, dass sie vor dem Fesseln betäubt wurde, dass ihr etwas vor den Mund beziehungsweise die Nase gehalten wurde. Auch das werden wir nach der Analyse wissen."

„Dazu braucht ma doch bestimmt a besonders lange Nadel, oder? Und man muss ja auch wissen, wo man einstechen muss, um as Herz zu treffen?"

„Bei einem schlanken Menschen wie Frau Kauffmann braucht man keine besonders lange Kanüle, aber wie gesagt, ein paar anatomische Grundkenntnisse sind schon von Vorteil. Die kann man sich aber natürlich auch anlesen. In einer Zeit, in der sich jeder, der einen Computer bedienen kann, eine Bauanleitung für die Atombombe googeln kann, sollte es ohne Weiteres möglich sein, herauszubekommen, wie man jemandem eine Spritze ins Herz rammt. Ich empfehle mich, wenn Sie keine weiteren Fragen haben … Schönen Feiertag noch."

Nachdem er aufgelegt hatte, teilte Hattinger den

anderen mit, was der Gerichtsmediziner berichtet hatte.

„Das hört sich ja an wie eine medizinische Hinrichtung ..." Wildmann überlegte. „Wenn das stimmt, dass er sie erst betäubt und gefesselt hat, stellt sich doch die Frage, wieso macht er das, wieso bringt er sie nicht gleich um? Was für einen Grund kann es geben, dieses Risiko einzugehen? Und warum diese seltsame Todesart?"

„Macht eigentlich nur Sinn, wenn er mit ihr noch was vorghabt hat vor ihrem Tod ... Angenommen, er betäubt sie nur, damit er in aller Ruhe die Spritze richtig ansetzen kann, dann braucht er s' ja net vorher no auf an Stuhl setzen und fesseln. Fesseln braucht er s' ja nur, wenn er damit rechnet, dass sie wieder aufwacht. Ich glaub, er hat's sogar drauf anglegt, dass sie wieder aufwacht ..."

Hattinger sah auf die Uhr. „I muaß in Kursaal." Die Presse wartete schon.

21

Als er von der Pressekonferenz zurückkam zur großen Lagebesprechung, war Hattinger stinkwütend. Hatte er doch die ganz klare Order ausgegeben, dass den Medien und der Presse nichts über die Details aus Annette Kauffmanns Haus mitgeteilt werden sollte – und was fragte ihn der erstbeste Journalist: „Wie man hört, wurde Frau Kauffmann enthauptet und ihr Kopf befand sich in einem Blumenkübel! Wie wollen Sie diesen Horror beenden? Müssen die Menschen im Chiemgau jetzt Angst haben?“

Er hatte zwar versucht, sich nichts anmerken zu lassen, und den Interviewer kalt abserviert: „Ich weiß nicht, woher Sie Ihre Informationen beziehen, aber offensichtlich nicht von jemand, der mit den Fakten vertraut ist. Wenn Sie das drucken, dann auf Ihre eigene Verantwortung.“

Aber natürlich hatte das Fernsehen die Frage des Journalisten aufgezeichnet, und es reichte ja schon, wenn sie die sendeten. Die Schlagzeilen von morgen konnte er sich lebhaft vorstellen.

Anschließend im Besprechungsraum der Soko vor versammelter Mannschaft wurde Hattinger deutlicher:

„So geht's ned! Wenn so was noch ein einziges Mal vorkommt, dass jemand so eine Anweisung ignoriert, dann wird er sofort suspendiert! Und wenn wir dahinterkommen, dass jemand möglicherweise Informationen an die Presse verkauft, dann hat das für denjenigen noch viel weitreichendere Konsequenzen! Ich hoffe, des is allen klar."

Darauf hob ein junger Streifenpolizist schüchtern die Hand. Er bekam einen hochroten Kopf und stand auf.

„Herr Kommissar, ich muss Ihnen was sagen … das tut mir leid, aber ich glaube, das war ich … Ich hab das mit der Nachrichtensperre einfach nicht mitbekommen, ich war draußen an der Straße an der Absperrung eingeteilt, und da ist einer gekommen und hat sich nur so ein bisschen mit mir unterhalten, ich hatte das mit dem Kopf von einem Kollegen gehört, und der Mann … ich hab gar nicht gemerkt, dass das ein Journalist war, der hat gewirkt wie ein Einheimischer …"

„Und da ham Sie sich gedacht, der Einheimische soll des ruhig wissen, dass in seiner Nachbarschaft Frauen geköpft wern, oder was?"

„Das tut mir echt leid, Herr Kommissar. Ich hab wahrscheinlich gar nicht nachgedacht …"

Hattinger musterte den Mann eine Weile. Der sah inzwischen wie ein Feuermelder aus. Er schien zumindest nicht in böser Absicht gehandelt zu haben.

„Also gut … ich geh mal davon aus, dass Sie sich des ein für allemal merken, dass ma ned mit irgendwelchen Außenstehenden über Ermittlungen ratscht … Aber ich find's immerhin gut, dass Sie sich gemeldet ham. Damit is die Sache für mich erledigt."

Der junge Polizist setzte sich sichtlich erleichtert.

Danach fasste Hattinger für alle noch einmal die Ergebnisse des Tages zusammen.

Bamberger konnte inzwischen bestätigen, dass es sich bei den Spuren in Annette Kauffmanns Badezimmer um Blutspuren handelte, ob es aber ihr eigenes Blut war, konnte er noch nicht mit Sicherheit sagen. Immerhin war es von der gleichen Blutgruppe, also war die Wahrscheinlichkeit sehr hoch. Der Hundeführer konnte berichten, dass die Spuren am Waldrand durch das Wäldchen zu einem frequentierten Parkplatz führten, wo Spaziergänger gern ihre Autos abstellten. Ob diese Spuren vom Täter stammten, konnte er allerdings nicht sagen, denn ins Haus selbst konnten die Hunde die Spur nicht verfolgen.

Hattinger war sichtlich genervt.

„Dann konn die Spur also auch von am harmlosen Spaziergänger sei … Gut, wir nehmen trotzdem den Parkplatz in die Fragenliste an die Öffentlichkeit auf. Ma sollt ja nie die Hoffnung aufgebn, dass irgendwer – irgendwann – irgendwo – amoi irgendwas beobachtet hat!"

Haller hatte bei den Verlagen nichts in Erfahrung bringen können, was Hattinger nicht schon von Vera Antholz gewusst hätte. Wildmann berichtete über den Computer von Annette Kauffmann, dass es darüber nichts Besonderes zu berichten gab. Noch nicht einmal einen Internetanschluss habe sie gehabt. Sie hatte ihr letztes Manuskript damit geschrieben, aber sie benutzte den Computer offensichtlich nur als eine Art komfortablere Schreibmaschine. Die Festplatte war so gut wie leer. Er fand auch keine Notizen zu ihrem neuen Projekt.

„Was is eigentlich mit dem Gepäck? Wenn die a paar Monat wegfahren wollt, müsst sie doch kurz vorher scho einiges vorbereitet ham. Hamma da irgendwas gfundn, Tickets, Geld, Ausweise, Kreditkarten?"

Alle, die an der Spurensuche im Haus beteiligt waren, verneinten.

„Dann hat der Täter des vermutlich alles mitgnommen. Wir müssen glei morgen früh die Bankverbindung checken und schaun, ob der Täter vielleicht Geld abzuheben versucht hat, Kreditkarten benutzt und so weiter … Kontounterlagen hamma ja. Außerdem die Fluglinien abklappern, ob und wann die Frau Kauffmann gebucht hat, wohin und so weiter. Übernehmen Sie des, Herr Haller?"

„Selbstverständlich." Haller machte sich Notizen.

„Und dann sollt'ma dringend die Klinik rausfinden, in der die Frau Kauffmann kurz nach ihrem Studium gearbeitet hat. Nach Frau Antholz soll des eine private Frauenklinik irgendwo im Chiemgau gwesn sein. Des Problem is, dass wir in ihren Unterlagen darüber bis jetzt noch nix entdeckt ham. Des is scho seltsam, denn ihre ganzen Studienunterlagen, Staatsexamenszeugnisse, Approbationsurkunde etc. hat sie alle fein säuberlich in am Ordner abglegt. Kontounterlagen aus der Zeit sind auch keine mehr da. Notfalls müss'ma morgen alle Kliniken im Chiemgau durchgehen, die in Frage kommen."

Petra Körbel meldete sich zu Wort: „Ich hatte da noch eine andere Idee, wir könnten es auch über ihre Krankenkasse oder die Ärzteversorgung probieren, das ist so etwas wie eine private Rentenkasse für Ärzte, denn wenn das ihre erste Arbeitsstelle nach dem Studium war, dann hat sich da auch ihr Versicherungsstatus geändert. Wenn die noch Unterlagen aus der Zeit haben, dann müsste dort ihr damaliger Arbeitgeber verzeichnet sein. Und in die Ärzteversorgung kommt sie sowieso nur, wenn sie mal als Ärztin gearbeitet hat, und da ist sie immer noch Mitglied und zahlt jährlich ein, wie ich gesehen hab."

„Sehr gut. Des machen dann am besten gleich Sie selber morgen ... Als Zeitraum geht's da wahrscheinlich um Sommer bis Herbst 1991, da war die Kauffmann grad mit'm Studium fertig. Gut ..."

Hattinger sah in die Runde, „… dann wünsch ich allen, die heut nicht eingeteilt sind, eine gute Nacht und a bissl Erholung. Bis morgen."

Als alle aufstanden, ging er zu Wildmann, der seine Unterlagen sammelte. „Karl, an Sie hätt ich noch a Bitte … normalerweise drück ich mich ned bei Obduktionen, des wissn S' ja, aber könnten Sie morgen vielleicht allein nach München fahren? Ich hab des Gefühl es wär im Moment besser, ich würd da bleiben."

„Ich wüsste nicht, was ich lieber täte …" Karl Wildmann grauste jetzt schon davor. Er hatte gehofft, dass der Kelch an ihm vorüberginge.

Hattinger hatte eine Idee. „Warten S' amoi …"

Er ging zu dem jungen Polizisten und redete kurz mit ihm, sein Name war Peter Baumann, und er bekam gleich wieder einen roten Kopf. Dann wendete er sich an dessen Chef, der die Dienstpläne einteilte. Schließlich kehrte er zu Wildmann zurück.

„Ich hab Ihnen an Begleiter organisiert. Der möcht amal zur Kripo später, vielleicht lernt er ja was dazu."

22

Er hatte versucht Lena zu erreichen, aber bei ihrem Handy meldete sich nur die Mailbox. Akku leer, vermutete Hattinger, denn sonst ging sie eigentlich immer dran. Bei sich zuhause konnte er sie auch nicht erreichen. Egal, er hatte beschlossen, heute noch nach Wasserburg zu fahren und nach Lena zu schauen. Und zumindest ein paar Stunden im eigenen Bett zu verbringen. Irgendwie würden sie sich schon treffen, vielleicht konnten sie wenigstens zusammen frühstücken. Er konnte doch das arme Mädchen nicht völlig alleinlassen, wenn sie extra aus Hamburg kam.

Als er die Wohnungstür aufsperrte, stellte er fest, dass im Flur und in der Küche Licht brannte und aus ihrem Zimmer laute Musik kam. Er freute sich, dass sie da war.

Ihr früheres Kinderzimmer hatte Lena behalten können, denn er war nach der Trennung von seiner Frau in der alten Wohnung geblieben. Eigentlich war sie ja zu groß für ihn allein, andererseits war eben Lena manchmal da, oder auch Mia. Selten beide zusammen, denn Lena konnte Mia nicht riechen. Daran ließ sie auch keinen Zweifel. Umgekehrt war's genauso – nur Mia hätte das nie zugegeben.

Hattinger hängte seine Sachen an die Garderobe und klopfte an Lenas Tür. Sie schien ihn nicht zu hören wegen der Musik. Vielleicht war sie auch eingeschlafen. Er öffnete die Tür und steckte seinen Kopf hinein …

Der splitternackte junge Mann mit den langen blonden Haaren entdeckte ihn zuerst. Erschrocken hüpfte er sogleich von Hattingers Tochter herunter – ohne zu bedenken, dass er sich dadurch eine weitere Blöße gab, worauf er sich postwendend wieder auf den Bauch warf und ebenso hektisch wie erfolglos an einem Zipfel des Bettlakens zerrte, während Lena erst durch sein seltsames Verhalten aus anderen Sphären zurückgeholt und mit dem unerwartet aufgetauchten Kopf ihres Vaters konfrontiert wurde. Sie stieß ein spitzes Quieken aus und versuchte, sich mit dem Federbett zu bedecken, auf dem sie lag – und das sich aus eben diesem Grund dummerweise nicht bewegen ließ –, worauf sie sich kurzerhand mit der Bettdecke zusammen über den jungen Mann rollte und alles in allem in einem Gebilde endete, das an einen aufgerollten Konservenfischdosendeckel mit zwei eingequetschten Sardinen erinnerte.

Die beiden starrten Hattinger mit großen Augen an.

„Oh … 'tschuldigung …“, murmelte der und schloss die Kinderzimmertür ganz schnell wieder. Das Ganze hatte vielleicht drei Sekunden gedauert.

Einen Moment lang blieb er verdattert vor der Tür stehen.

Da schau her! Damit hatte er jetzt nicht gerechnet.

Er entfernte sich leise Richtung Küche. Unnötig leise, weil die Musik aus dem Zimmer ja viel lauter war.

Wie kam er eigentlich dazu, nicht damit zu rechnen? Es war ja theoretisch bekannt, dass junge Menschen gerne sexuell aktiv sind … Vielleicht neigte man nur fälschlicherweise zu der Annahme, dass es gerade bei den eigenen Kindern anders sein könnte. Was ja für die wiederum schade wäre. Jedenfalls war er jetzt dieser Illusion beraubt.

Er öffnete die Küchentür. Sein Blick fiel auf das abgerissene Cellophanpapier einer Zigarettenschachtel auf dem Boden.

Die Musik aus Lenas Zimmer verstummte mitten im Stück und allerlei Gepolter und Getuschel war zu hören.

Eine Illusion, die er ohnehin nicht gehabt hatte, wenn er so drüber nachdachte …

Ein Joghurtbecher voller Asche und Zigarettenstummeln lag auch da. Hattinger setzte sich, leicht peinlich berührt – und belustigt gleichermaßen, wenn er an die Blicke der beiden dachte – an den Tisch. Das Fenster stand offen, aber es stank gewaltig nach Rauch, obwohl das Rauchen in seiner Küche schon lange verboten war!

Jetzt erst sah er sich in der Küche um … Das war … das war … echt … der Wahnsinn! Hier sieht's ja aus wie nach einem Bombenangriff! Das darf doch nicht wahr sein, dachte er.

„Lena!", fauchte er Richtung Flur. „Den Saustall in der Küch ramst aber selber auf, und zwar jetzt glei!"

Er stieg über ein paar versiffte Küchenhandtücher, einen Marmorkuchenrest und eine umgekippte Zuckerdose und holte sich ein alkoholfreies Bier aus dem Kühlschrank, in dem ansonsten gähnende Leere herrschte. Der Inhalt, soweit überhaupt noch vorhanden, war über die ganze Küche verteilt. Und in Lenas Zimmer auf dem Boden, wenn er an das Bild dachte, das er noch frisch vor Augen hatte. Auch wenn dieses Detail nicht das eindrücklichste gewesen war.

Das totale Chaos hier … Also ehrlich! Hattinger bedauerte schon fast wieder seinen Entschluss, nach Hause gefahren zu sein. Er setzte sich an den Küchentisch und erkämpfte sich mit dem Ellbogen einen kleinen freien Platz, um seine Flasche abzustellen, da kam auch schon seine Tochter angestampft, barfuß und bis zu den Ohren in ihren dicken pinkfarbenen Bademantel gehüllt. Ihr immer noch ungewohnt schwarzer, verstrubbelter Haarschopf wippte dabei wütend auf und ab. Wenn er gedacht hatte, sie wäre jetzt vielleicht irgendwie kleinlaut, hatte er sich getäuscht.

„Papa!? Sag mal, kannst du nicht anklopfen?", schnauzte sie ihn an, mit hochrotem Kopf.

„Hab i doch!" Hattinger war sich keinerlei Schuld bewusst.

„Du hättest ja auch mal anrufen können, bevor du kommst!"

„Hab i ah! Aber wenn du so schwer beschäftigt bist …"

Ein kleines Schmunzeln konnte er sich einfach nicht verkneifen. Das war wohl verkehrt.

„Das – ist – nicht – witzig!", schrie Lena ihn an. Sie machte auf der Ferse kehrt und verschwand türenknallend im Bad.

Hattinger musste lachen, was sie zum Glück nicht mehr hörte. Wenn sie sich in einen Wutanfall hineinsteigerte, bekam sie so etwas Dampfkochtopfmäßiges – man musste immer ein bisschen Angst haben, dass sie gleich platzte.

Er beschloss erstmal in die Tagesthemen zu schauen, bis sich die Lage etwas abgekühlt hätte. Als er unterwegs zum Wohnzimmer aufs Klo wollte, war abgesperrt.

„Tut mir leid … besetzt … Herr Kommissar …", kam eine verzagte männliche Stimme von drinnen.

Na super, dachte Hattinger. Sollte er jetzt vielleicht auf dem Balkon scheißen, bloß weil der Herr Lover seiner Tochter den Lokus blockierte?

„Ja, ja … freilich … lassen Sie sich nur Zeit …", brummte er zurück.

Als er vor dem Fernseher saß, sah er den blonden Jüngling in Boxershorts aus dem Klo huschen und schnell in Lenas Zimmer verschwinden. Lena kam derweil frisch geduscht und dampfend in ihrem pinkfarbenen Frotteemantel aus dem Bad gepoltert.

Hattinger flüchtete schnell aufs Klo.

„Ich glaub, du gehst jetzt besser …“, hörte er seine Tochter zu ihrem neuen Freund oder was auch immer sagen, und kurz darauf schob sie ihn aus der Wohnungstür.

Konnte einem ja fast leidtun, der arme Kerl.

Ein paar Minuten später, während er die Tagesthemen sah, hörte er aus der Küche Geklirr und Geschepper. Aha: Sie räumt auf, nahm er zur Kenntnis. Das hatte gern etwas von einem Erdbeben, einem Haushalts-Tsunami, vor allem wenn sie stinkig war. Auf Flurschäden nahm sie jedenfalls keine Rücksicht. Früher hatte er es dann immer lieber selbst gemacht, wenn er ernsthaft um Gläser und Teller bangen musste. Was aber ein Fehler war. So viel Geschirr musste man sich eben leisten.

„Geht des ah a bisserl leiser vielleicht?“, rief er Richtung Küche.

„Willst du jetzt, dass ich aufräume oder nicht!“, schrie sie. Es war keine Frage. Rrrumms, peng, schepper, klirrr – hätte jetzt in einem Comic über dem Bild eines tobenden Teenagers gestanden, in fetten, bluttriefenden Buchstaben!

„Gut, dann räume ich eben nicht auf!", keifte Lena, während sie fortfuhr, Sachen zu zerlegen.

Hattinger zog die Wohnzimmertür zu.

Gegen Ende der Tagesthemen kam doch tatsächlich eine kurze Meldung über den Fall. Zwar nichts von der Pressekonferenz, aber ein paar wunderschöne Bilder vom Chiemsee mit einem kontrastierend beunruhigenden Wortbericht im Hintergrund. Am Schluss ein paar von Bambergers Leuten in weißen Overalls im Garten von Annette Kauffmanns Häuschen. So weit hatten sie es also schon gebracht, bis in die Tagesthemen!

Während der Wetterbericht lief und fantastische Aussichten für die nächsten Tage verkündete, ging leise die Wohnzimmertür auf und Lena kam herein. Sie hatte sich angezogen – Jeans und schwarzer Rollkragenpulli – und setzte sich ans andere Ende des Sofas. Eine Weile schaute sie Richtung Fernseher, ohne zuzusehen, dann wandte sie sich langsam ihrem Vater zu.

„Paps?"

„Ja …"

„Tut mir leid …"

„Was jetzt? Dass d' in der Küch g'raucht hast?" Hattinger stellte den Fernseher ab.

„Ich … weißt du, ich hab einfach nicht mit dir gerechnet. Weil du doch diesen Fall … deswegen … haben wir, hab ich … mir gedacht, mir eben nichts gedacht …" Sie wurde ein bisschen rot.

„Na ja … is scho okay …“ Hattinger räusperte sich. „… Solang du, sagn'ma moi, für die notwendigen … Vorsichtsmaßnahmen, oiso verhütungstechnisch …“

„Paps, was denkst *du* denn? Das ist doch sowieso klar. Wir haben's ja nicht so gut wie ihr damals, wo's noch kein Aids gab.“

Da hatte sie wohl recht.

„Und … wer is denn der junge Mann?“

„Papa, den kennst du doch, das ist der Peter!“

„Oha, den hätt i ned erkannt, der hat si aber verändert.“

„Ja, find ich auch. Der ist so süß … Und er sieht gut aus!“

„Ja, find i ah … soweit i des als Mann beurteilen konn …“

Lena wurde wieder rot. Sie sahen sich an und mussten beide lachen.

„Wie alt is der jetz?“, wollte Hattinger wissen.

„17, fast …“

„Da hast ja Glück ghabt. Wenn er über 18 wär, hätt i von Rechts wegen einschreiten müssen. Unzucht mit Minderjährigen …“

„Das hättest du aber nicht getan, oder?“, sagte sie mit gespielter Entrüstung und war sich einen winzigen Moment doch nicht ganz sicher.

„Wer woaß? Wenn's a blöder Typ wär …“

„Und das würdest *du* dann für mich beurteilen, oder was?“

„Wer sonst, wenn ned i? I bin schließlich vom Fach. Ois Erstes verlangat i a polizeiliches Führungszeugnis."

„Warum nicht gleich 'nen genetischen Fingerabdruck?"

„Guade Idee! Sag amoi, i hab gedacht … hast du ned an Freund in Hamburg?" Hattinger erinnerte sich, dass sie ihm noch bei ihrem letzten Besuch von ihm vorgeschwärmt hatte.

„Jaaa … nein … ich mein, ich weiß auch nicht …" Lena kam ein bisschen ins Stocken. „Das ist irgendwie … nicht mehr so, wie … Der ist irgendwie so …" Sie sah plötzlich recht genervt aus. „Der macht immer alles, was ich sage … Verstehst du? Irgendwie ist das mit ihm inzwischen so …"

„… langweilig", ergänzte Hattinger. Das ewige Dilemma – frisst du ihnen aus der Hand, bist du ganz schnell uninteressant, machst du dein Ding, hast du ständig Ärger. Frauen …!

„Mhm. Irgendwie schon. Außerdem glaub ich … ich hab mich verliebt."

Lenas Gesicht nahm einen selten verklärten Ausdruck an. Nach einer Weile riss sie sich aus ihrem tranceartigen Zustand, als sei sie sich dessen auf einmal bewusst geworden.

„Sag mal, das gibt's ja nicht, oder? Sitz ich nachts mit meinem Dad rum und rede über solche Sachen!"

Hattinger nahm's als Kompliment. Und ihm

war viel lieber, seine Tochter war verliebt und hatte Sex, als dass sie sich mit Alkohol oder irgendeinem Zeug zudröhnte. War auch gesünder.

„Paps? Ich hab so einen Hunger, kannst du nicht irgendwas kochen?"

„Jetzt, mitten in der Nacht?"

„Jaaa, bitte ..."

Eigentlich hatte er auch Hunger ... Also gingen sie in die Küche und sondierten die Lage, was noch an Essbarem da war. Schließlich schlug Hattinger vor, eine Minestrone aufzutauen, die er letzte Woche gemacht hatte, ein bisschen Parmesan war auch noch da.

Es wurde ein lustiger Abend. Sie tauschten alte Geschichten aus und lachten über neue, die Lena über die seltsamen Verhaltensweisen des gemeinen Hamburgers beisteuerte, und bevor sie um drei ins Bett gingen – Hattinger endlich und Lena schon –, drückte Lena ihren Vater ganz fest.

Hattinger stand um sechs wieder auf. Beim Rasieren betrachtete er sich missmutig im Spiegel. Manchmal wär es schön, wieder 15 zu sein. Vielleicht nur ab und zu, für einen Tag. Wenn möglich, mit dem Erfahrungsstand von heute ... Obwohl, gerade das würde wahrscheinlich alles wieder verderben.

Er war jetzt Mitte 40, kein Alter eigentlich, wie einen immer alle gebetsmühlenartig zu trösten versuchten, wenn man da auch nur den geringsten Zweifel äußerte, und doch fühlte er sich manchmal ganz schön müde.

Bevor er ging, pinnte er einen Fünfziger neben den Kühlschrank und einen Zettel:

Zum Auffüllen!
Kauf doch mal einen schönen Schweinsbraten, aus der Schulter, mit Schwarte (!) und Knödelbrot, von 10 Semmeln
(von SEMMELN! – auf keinen Fall „Brötchen“:-)
und zum Pizzaessengehen mit Peter oder so …
Hab dich lieb, Paps!

23

Dienstag nach Ostern

„Ich hab die Klinik: Frauenklinik Dr. Martius in Grassau!“ Nicht ohne Stolz schwenkte Petra Körbel den Zettel über ihrem Kopf, als sie damit hereinkam. Sie hatte tatsächlich mit einem Anruf bei der Bayerischen Ärzteversorgung ganz schnell den ehemaligen Arbeitgeber von Annette Kauffmann herausgefunden.

„Bravo. I hab’s ja immer gsagt, dass aus Ihnen no amoi a Polizistin wird“, frotzelte Hattinger. „Da fahr’ma doch gleich hin, solang der Morgen no jung is.“

„Des könnt aber a Problem werden …“, meinte Andrea Erhard. „Die Klinik kenn ich zufällig, da is amal a Freundin von mir glegn. Die existiert aber scho lang nimmer, oiso die Klinik, bestimmt zehn oder fünfzehn Jahr. Soviel ich weiß, ham die damals Pleite gmacht. Die ham koan bsonders guten Ruf ghabt, da hat ma immer wieder mal was ghört über die Hygiene und so …“

„Aha … dann sollt’ma den damaligen Chef oder Inhaber auftreiben.“

„Den Namen hab ich hier, das war ein Dr. Hartmut Schanderl. Aber die Adresse stimmt dann natürlich nicht mehr, das war dieselbe wie die von der Klinik.“

„Ja dann, an die Arbeit.“

Fünf Minuten später hatten sie die aktuelle Adresse von Dr. Hartmut Schanderl. Er wohnte immer noch ganz in der Nähe von Grassau, bei Marquartstein.

„Sollten wir nicht vielleicht anrufen, ob er überhaupt da ist?“, meinte Petra Körbel.

„Naa, der is ja sicher scho im Pensionsalter. Den möcht i ma glei selber anschaun. Oder wie er wohnt wenigstens. Und die ehemalige Klinik auch. Da stinkt irgendwas ...“

Als die drei im Auto saßen, kam Andrea Erhard eine Idee. „Also mei Freundin, fällt mir grad ein, die is damals nur in die Klinik gangen, weil a Cousine von ihr da als Krankenschwester g'arbeit hat. Ich hab die mal troffen. Vielleicht sollt i die anrufen?“

„Koa schlechte Idee“, meinte Hattinger, „am besten jetzt sofort.“

Den Rest der Fahrt bis Grassau hing Andrea Erhard am Handy und telefonierte, erst mit der Freundin, dann mit deren Cousine, die jetzt im Klinikum Rosenheim arbeitete und diese Woche Nachtdienst hatte, deswegen war sie zum Glück zuhause.

Am Ortsrand von Grassau stellte Petra Körbel den Wagen auf dem Parkplatz vor einem Siebzigerjahre-Gebäude ab, das an eine Mischung aus wildgewordenem Bauernhof und aufgepumpter

Almhütte erinnerte, mit rosafarbenen Lüftlmalereien und dunklen Holzbalkonen ringsum, mit marmorverkleideter Empfangshalle und automatischen Glastüren, davor ein künstlich angelegter Ententeich mit Schilfsaum und aufgespießten Christbaumkugeln: Das Ding war eine einzige Beleidigung für die Sehnerven jedes Ästheten.

Während Hattinger durch die Windschutzscheibe ungläubig staunend das Gebäude musterte, klappte Andrea Erhard ihr Handy zu und schaute ebenfalls raus. „Genau, des war's … des ham s' nur inzwischen no a bissl mehr aufgmotzt. Da is jetzt wieder a Privatklinik drin, hab i ghört, die machen so Eigenblut-Zeug und so was … na ja, scheint ja zu laufen."

„Und, was sagt die Cousine?"

„Die is heut no sauer, die hat bis zur Pleite da gearbeitet. Sie hat gsagt, die letzten drei Monatslöhne hätt s' nia kriagt, der Dr. Schanderl, hat s' gsagt, der hätt damals alle b'schissen, der hätt scho lang gwusst, dass des nix mehr wird mit der Klinik, aber selber hätt er no alles an Geld abgräumt, was da war, und die Angstellten wärn die Deppen gwesn. Dann hat's an Prozess gebn gegen eahm, wegen, was war des alles, Konkursverschleppung, Konkursbetrug, der hat no alle möglichen Sachen aus der Klinik unter der Hand verkauft, Röntgengeräte, Laborausrüstung, OP-Tische und was weiß ich, aber er is nie verurteilt worden, aus Mangel an Beweisen …"

„Des klingt ja richtig interessant …“

„Der war a richtig unangenehmes Arschloch – Verzeihung –, hat sie gsagt. Und scho lang vorher muss es da drunter und drüber gangen sein in der Klinik, da wären sogar Patienten gstorbn, die net unbedingt hätten sterben müssen, hat s' gsagt, aber ah da hätt ma nie was Genaues nachweisen können. Ich hab's Ihnen ja gsagt, Herr Kommissar, dass die Klinik net grad den allerbesten Ruf ghabt hat.“

„Dann sollten wir uns doch den Herrn Chefarzt jetz amoi näher anschaun …“

24

Privatdozent Dr. Dr. Meinhard Keul hätte es natürlich nie zugegeben, aber insgeheim war er doch ein wenig indigniert, dass nicht der Chef der Mordkommission selbst gekommen war, sondern nur der Hilfssheriff sozusagen … mit einem Streifenpolizisten! Was sollte denn der eigentlich hier?

„Herr Baumann möchte sich für die Kriminalpolizei bewerben, wenn er mit der Ausbildung fertig ist. Kommissar Hattinger meinte, dass er ruhig schon mal reinschnuppern könnte, was ihn da so erwarte“, versuchte Karl Wildmann zu erklären.

„Ja, nette Idee. Dann wollen wir doch mal sehen …“

Mit elegantem Schwung schlug der Rechtsmediziner das grüne Tuch zurück und faltete es mit einer einzigen geübten Handbewegung über dem Fußende des Sektionstisches zu einem ziehharmonikaartigen Gebilde zusammen, das zu beiden Seiten herunterhing.

Auf einen Schlag wurden dadurch die versammelten Teile von Annette Kauffmanns Körper auf dem glänzenden Edelstahl den Betrachtern offenbart, wohlgeordnet selbstverständlich, wie es der natürlichen anatomischen Anordnung entsprach, den Kopf oberhalb des Halses, den linken Fuß unterhalb des linken Unterschenkels … Schön waren die sauberen Schnittflächen zwischen den einzelnen Körperteilen zu erkennen, die glänzenden Gelenkköpfe und -pfannen, saubere Arbeit eben, wie Dr. Keul ja am Tag zuvor schon telefonisch avisiert hatte, allenfalls störte der durch den Obduzenten selbst angebrachte obligatorische Schnitt vom Hals des Torsos bis hinunter zum Schambein, der nach der Entnahme der inneren Organe branchentypisch grob vernäht worden war – Pathologen waren schließlich keine Schönheitschirurgen. Und der Kopf hatte vorher auch besser ausgesehen – das Aufsägen der Schädelkalotte unter dem Skalp zur Entnahme des Gehirns blieb natürlich nicht immer ganz unsichtbar, vor allem, wenn der Obduzent sich nicht die Mühe machte, die Schädeldecke wieder exakt aufzusetzen …

Wildmann besah sich die Bescherung und versuchte einigermaßen cool zu bleiben. Er hatte schon etliche Leichen auf dem Sektionstisch gesehen in seiner noch relativ jungen Kripokarriere. Die waren zwar bisher immer als Ganzes dahergekommen, aber er beschloss einfach, diese neue Herausforderung professionell anzugehen. Ihm half dabei die Erfahrung, dass er das, was er sah, komplett versachlichen konnte, wenn es notwendig war. Jedenfalls für den Moment. Das versuchte er sich jedenfalls einzureden.

Gefühle einfach außen vor lassen …

Den Kopf kannte er ja sowieso schon.

Nüchtern betrachtet hatte das Ganze ja etwas

von einer Fleischtheke in der Metzgerei. Da brach man ja schließlich auch nicht zusammen und dachte: Oh mein Gott, dieses Kotelett, diese Haxen … das arme Schwein … das ist aber schlimm … Na gut, war vielleicht kein so passender Vergleich … Pietätlos. Aber irgendwie musste man sich ja ablenken.

Die Hände. Die Füße. Hatte er auch schon gesehen.

An was anderes denken … Er bemühte sich verzweifelt, zu denken. Was anderes! Er dachte und dachte … wieso war das so schwer? Er dachte schließlich an … Eisbein … Nein! Um Gottes willen, warum eigentlich immer an Essen? Ein ganz blödes Klischee, dass man in der Pathologie immer an Essen denkt, so ein Käse. Zumal einem doch jeglicher Appetit verging, angesichts dieser, dieses … Dann doch lieber … einfach an irgendetwas, Hauptsache es ist, es wäre … es war … es sei, es würde sein, es würde gewesen sein. Ja!

Ich du er sie es wir ihr sie … an Grammatik zum Beispiel oder an etwas ganz anderes, etwas Angenehmes? Aber was? Was wäre denn jetzt angenehm? Urlaub, zum Beispiel … in … vorher müsste er sein Auto zur Reparatur bringen, die Bremsen machten so ein komisches Geräusch … bevor er noch einen Unfall … mit Verletzten und Toten – Herrgottnochmal! Was mache ich eigentlich hier?

Während Wildmann also die Lage voll unter Kontrolle hatte, nahm der Polizist Baumann nach dem vergeblichen Versuch, seinen Blick an die cremeweiß getünchte Decke des Sektionssaals zu heften und ihn dort dauerhaft zu arretieren, innerhalb der nächsten Minute die Farbe seiner Uniform an. Im Gesicht …

Ihm wurde auf einmal sehr warm. Obwohl es ziemlich kühl war im Raum. Er begann wild zu gähnen. Er hatte das Gefühl, die Luft enthielte viel zu wenig Sauerstoff! Er hätte eigentlich frieren sollen, und doch begann der Schweiß aus seiner Stirn zu perlen.

„Hören Sie, wenn Ihnen schlecht wird, dann gehen Sie doch bitte vorher raus." Dr. Keul ahnte schon, was passieren würde.

Seine Warnung kam zu spät. Der grüne Polizist brach direkt hinter dem Sektionstisch zusammen. Er machte auch keine Anstalten, wieder aufzustehen.

„Na prima, das musste ja so kommen." Der Rechtsmediziner sah Wildmann vorwurfsvoll an. Als ob der was dafür könnte.

„Kommen Sie, helfen Sie mir mal."

Wildmann war froh, dass er etwas zu tun bekam. Dr. Keul umrundete den Sektionstisch und tätschelte dem am Boden liegenden Polizisten die bleichen Wangen.

„Hallooo! Kommen Sie, aufstehen … Sie können hier nicht liegen bleiben. Wir sind ja hier keine Übernachtungspension."

Wildmann half Dr. Keul, den Polizisten wieder auf die Beine zu stellen. Gemeinsam stützten sie ihn und führten ihn aus dem Saal. Dr. Keul bugsierte ihn in einen kleinen Aufenthaltsraum.

„So, jetzt setzen Sie sich erstmal da hin. Geht's wieder?"

„Tut mir leid …", sagte der Grünrock nur, dabei huschte aber schon wieder eine kleine Röte über sein Gesicht.

„Na also, da kommt ja schon wieder ein bisschen Leben. Das ist schon in Ordnung, das passiert vielen beim ersten Mal." Der Obduzent war plötzlich unerwartet nett. Er hatte reichlich Erfahrung mit Umgekippten.

„Da gibt es Semmeln, essen Sie erstmal was, nehmen Sie sich Kaffee. Und wenn Sie meinen, dass Sie wieder fit sind, dann kommen Sie wieder, sonst bleiben Sie lieber hier …" Damit rauschte Dr. Keul mit Karl Wildmann im Schlepptau wieder davon.

Eine ganze Zeit lang saß der Streifenpolizist Peter Baumann nur still da und sortierte die fürchterlichen Bilder in seinem Kopf. Irgendwann tauchte er wieder auf aus der Versenkung. Die Übelkeit war schlagartig weg.

Jetzt erst bemerkte er den zugedeckten Teller vor sich auf dem Tisch. Vorsichtig hob er die weiße

Serviette hoch und sein Blick fiel auf zwei lecker aussehende Schinkensemmeln, mit Gürkchen und hart gekochten Eiervierteln und Tomatenscheiben garniert. Er hatte noch nicht gefrühstückt und bei dem Anblick bekam er wider Erwarten richtig Appetit. Er beschloss den Rat des Mediziners zu befolgen, schenkte sich Kaffee aus der großen Thermoskanne ein und machte sich über den Teller her.

Etwa nach einer halben Stunde kam Dr. Keul mit Wildmann wieder. „So, wir sind fertig. Haben Sie sich erholt?"

Der Mediziner sah den leeren Teller auf dem Tisch und stutzte.

„Na, Sie wollen wohl wirklich Karriere machen hier … Erst kippt er aus den Latschen und dann futtert er mir auch noch mein privates Zusatzfrühstück weg! Bravo!"

Er hob demonstrativ die weiße Serviette von einer großen Platte mit Wurstsemmeln, die wohl für die Allgemeinheit gedacht waren, und nahm sich eine davon.

25

Die Villa lag am Hang, auf einem großzügigen Grundstück oberhalb von Marquartstein. Petra Körbel stellte den Wagen gegenüber am Straßenrand ab und sie sahen sich erstmal um. Von hier oben hatte man einen imposanten Blick über das Voralpenland und den Chiemsee, vor allem an einem klaren Tag wie heute. Am anderen Ende der Einfahrt, die durch ein schmiedeeisernes Tor verschlossen war, gab es einen kleinen Parkplatz mit Dreifachgarage. Vor der mittleren parkte ein schwarzer Benz der S-Klasse. Schräg links oberhalb der Garagen konnte man zwischen Bäumen die elegante weiße Villa erkennen, die bestimmt um die hundert Jahre alt war. Auch die war ein bisschen mit unsinnigem Schnickschnack jüngeren Datums verunstaltet, aber längst nicht so schlimm wie die Privatklinik.

Hattinger drückte den Messingknopf neben der ebenfalls schmiedeeisernen Gartentür. Schon nach ein paar Sekunden blaffte eine krächzige Männerstimme aus der Türsprechanlage:

„Ja, was wollen Sie?"

„Herr Dr. Schanderl?"

„Ja, wer will denn das wissen? Geben Sie sich bloß keine Mühe, ich kaufe nichts an der Haustür!"

„Wir wollen nichts verkaufen, wir sind von der

Kriminalpolizei. Mein Name ist Hattinger. Wir würden Sie gern sprechen, Herr Schanderl."

„*Doktor* Schanderl, so viel Zeit werden Sie doch wohl haben?"

„*Doktor* Schanderl, Verzeihung … Also können Sie uns vielleicht kurz reinlassen?"

„Halten Sie mal Ihren Ausweis in die Kamera."

„Bitte …?" Hattinger sah sich um. Erst auf den zweiten Blick entdeckte er die unauffällige kleine Videokamera über dem Torpfosten. Er zog seinen Dienstausweis und hielt ihn in die Kamera. „Gut so? Können S'n lesen?"

Als Antwort summte der Türöffner. Während sie hineingingen, krächzte Schanderl: „Ich nehme an, für die Damen werden Sie sich verbürgen!" Die Sprechanlage ging mit einem Knacksen aus.

Hattinger schaute die beiden Polizistinnen an. „Da wär i ma ned so sicher …"

Während sie die Einfahrt hinaufgingen, kam ihnen schon ein recht rüstig wirkender, drahtiger Mann mit schütterem weißen Haar entgegen. Er zog im Gehen einen Lodenmantel über.

„Was wollen Sie denn von mir?"

Offensichtlich hatte Herr Dr. Schanderl nicht die Absicht, die Polizisten ins Haus zu bitten.

„Sollten wir nicht vielleicht reingehen?", fragte Hattinger vorsichtig.

„Ich hab sowieso nicht lang Zeit, ich muss gleich weg." Er machte eine Kopfbewegung in Richtung des schwarzen Mercedes. „Also kommen Sie besser gleich zur Sache!"

„Gut, wie Sie wünschen. Sie haben eine Privatklinik geleitet, die Dr. Martius Klinik ..."

„Ach, hören Sie mir doch damit auf! Immer wieder die ollen Kamellen. Ich habe seit Jahren nichts mehr mit der Klinik zu tun!", bellte Schanderl los. Das Thema schien ihn anzustechen.

„Aber Sie wissen ja noch gar ned, was wir fragen wollen ..."

„Ach was, hören Sie doch auf! Ist doch immer dasselbe: Da kommt jemand daher, der Geld von mir will, was ihm gar nicht zusteht und was ich nicht habe, und dann hetzt er Polizei und Justiz auf mich! Ich habe nichts mehr. Ich bin völlig mittellos!"

„Auf die Idee kommt ma aber net, wenn ma sich hier umschaut ...", warf Andrea Erhard ein.

„Hah!" Schanderl lachte sarkastisch auf. „Gehört alles meiner Frau. Wenn die mich rauswirft, stehe ich auf der Straße."

Die Art, wie er das sagte, machte allerdings deutlich, dass die Machtverhältnisse in Wirklichkeit anders lagen.

„Ich habe nicht mal mehr eine Altersversorgung, die ich noch verpfänden könnte."

„Soll'ma jetzt Mitleid habn?" Langsam ging Hattinger der Typ auf den Senkel.

„Hören Sie mal, junger Mann: Die Klinik ist

weg, die Prozesse sind gelaufen. Mir wurde alles genommen, ich wurde geschmäht und beleidigt und verfolgt, das reicht! Wenn Sie mich jetzt entschuldigen würden …"

Dr. Schanderl zog seinen Autoschlüssel aus dem Lodenmantel und zielte damit auf den Daimler.

„Mooment!" Hattinger schnappte dem verdutzten Mann den Schlüssel aus der Hand, noch während der Luxusschlitten mit den Scheinwerfern blinkte.

„Jetzt reicht's wirklich! Entweder Sie kommen jetz amoi runter von ihrem Egotrip oder wir nehmen Sie mit aufs Präsidium. Wir können auch ganz anders!"

Dr. Schanderl war sichtlich irritiert. Er protestierte nicht einmal gegen den Schlüsselraub.

„Also gut … was wollen Sie denn?"

„1991, von Mitte August bis Anfang Dezember, da hat in Ihrer Klinik eine junge Ärztin namens Annette Kauffmann gearbeitet …"

„Vor 20 Jahren? Sie werden doch hoffentlich nicht von mir erwarten, dass ich mich nach 20 Jahren an jeden Mitarbeiter erinnere, der ein paar Monate da war."

Hattinger spürte, dass Schanderl auswich.

„Die junge Frau hat a hervorragendes Staatsexamen gmacht. Sie wollt Anästhesistin werden. Sie ham doch sicher operiert, oder?"

„Selbstverständlich …"

„Dann ham Sie über drei Monat im selben OP mit ihr gearbeitet und wolln mir erzählen, dass Sie sich nicht an sie erinnern?"

Schanderl wurde klar, dass Hattinger nicht lockerlassen würde.

„Wie war der Name?"

„Kauffmann, mit zwei Eff, Annette Kauffmann."

„1991 ..."

„Wollen Sie die genauen Daten? Ich hab die Unterlagen von der Ärzteversorgung und von der Krankenkasse im Auto", sagte Petra Körbel.

„Nein, ich glaube ... ja ... jetzt weiß ich, wen Sie meinen ... diese junge Anästhesistin, ja ... Aber hören Sie, das ist doch auch längst Schnee von gestern."

„Was is Schnee von gestern?" Hattinger wurde hellhörig.

„Ich meine, der Prozess ist doch auch längst vorbei."

„Welcher Prozess?"

„Das war natürlich eine sehr bedauerliche Geschichte ..."

„Nämlich?"

„Ein junges Mädchen ist nach einer Operation gestorben. Wer möchte das schon. Es ist eben passiert ..."

„Und warum? War sie so schwer krank?"

„Sie war schwanger ..."

„Ja daran stirbt ma doch ned … Herrgott, jetzt lassen S' sich doch net alles aus der Nasn ziagn!"

„Wir haben eine Interruptio vorgenommen. Es gab eine medizinische Indikation."

„Aha … vielleicht noch mal für Menschen ohne Medizinstudium?"

„Eine Schwangerschaftsunterbrechung. Es gab einen medizinischen Grund."

„Und welchen, wenn ich fragen darf?"

„Das Mädchen hatte schwere Asthmaanfälle. Das war ein offizieller Grund für eine Indikation."

„Sie erinnern sich ja auf einmal doch ganz gut … Und woran is sie dann gstorbn?"

„Es war ein septischer Schock, eine schwere Blutvergiftung, auf Deutsch. Wir haben alles getan … Leider vergeblich. Aber man hat Frau Kauffmann, und letzten Endes unserer Klinik, einen Kunstfehler unterstellt."

„Ja, und? Was weiter?"

„Was weiter? Wir sind freigesprochen worden. In allen Punkten. Das Verfahren wurde eingestellt. Aber was nützt das, frage ich Sie, wenn es jahrelang dauert? Wir hatten ohnehin schon eine Pechsträhne hinter uns … unfähiges Personal zum Teil, die haben zwar ihren Lohn eingestrichen, aber ständig Hygienevorschriften missachtet, wir hatten ein paar Infektionsfälle, das passiert in jedem Krankenhaus, aber für eine Privatklinik, die noch im Aufbau ist – ja was glauben Sie denn, was da los ist, wenn der Ruf erstmal gelitten hat, wenn Gerüchte gestreut werden? Und dann noch diese Geschichte! Eine 15-Jährige stirbt bei einer Abtreibung – was glauben Sie, was da geredet wurde? Das war der Anfang vom Ende ...“

Eine Weile sagte niemand etwas. Schanderl zog seinen Lodenmantel aus und legte ihn auf die niedrige Mauer, die den Parkplatz begrenzte. Er setzte sich auf den Mantel.

„Niemand wollte das, das können Sie mir glauben.“

„Und die Frau Kauffmann, warum hat denn die dann so schnell gekündigt?“

„Mein Gott, was glauben Sie denn? Sie ist verklagt worden. Man hat versucht, ihr einen Kunstfehler nachzuweisen. Sie hat gerade mal seit zwei Monaten in ihrem Beruf gearbeitet, dann passiert ihr so was ... Die Frau war fertig, das ist doch klar!“

„Aber jetzt sagn S' doch mal – die Frau Kauffmann hat doch sicher als Berufsanfängerin keine selbständigen Narkosen machen dürfen, oder? Des wär ja so, als ob ma' bei uns zum Beispiel an Verkehrspolizisten auf an Mordfall ansetzen würd.“

„Herr Kommissar, Sie werden doch nicht glauben, dass ich mit einem Polizisten die medizinischen Details eines Falles diskutieren werde, der die Gerichte fünf Jahre beschäftigt hat? Glauben Sie allen Ernstes, Sie könnten hierher kommen und mit ein paar naiven Fragen so einen Fall klären?"

„Manchmal kommt ma' dem Kern der Sache tatsächlich mit a paar naiven Fragen näher. Sie werden's nicht glauben."

„Wieso interessiert Sie diese Geschichte überhaupt? Die ist doch seit 15 Jahren abgeschlossen!"

„Lesen Sie keine Zeitung?"

„Wieso? Selbstverständlich lese ich Zeitung. Heute noch nicht, ich könnte mir aber eine kaufen, wenn Sie mir jetzt meinen Autoschlüssel wiedergeben würden …"

„Wieso? Weil des die Frau Kauffmann war. Von der waren die Hände und Füße, die wir über Ostern gfundn ham. Annette Kauffmann ist umgebracht und zerstückelt worden, und wir suchen den Grund dafür."

Hattinger hielt ihm den Autoschlüssel hin, aber Dr. Schanderl schien ihn gar nicht zu bemerken. Er sah plötzlich sehr bleich aus und krallte seine Hände in den Lodenmantel.

„Und jetzt wär's gut, wenn Sie uns alle Unterlagen geben würden, die mit der Frau Kauffmann und ihrer Klinik zusammenhängen", legte Hattinger nach.

„Dann besorgen Sie sich die, wo immer Sie wollen. Ich vernichte regelmäßig alle Akten, die über zehn Jahre alt sind. Das ist eine der letzten Freuden in meinem Leben."

Hattinger ahnte, dass er zumindest in dem Punkt mal die ungeschminkte Wahrheit sagte.

„Und die junge Frau, die gstorbn is? Können S' uns wenigstens den Namen sagen und woher die war?"

„Hab ich alles vergessen." Schanderl nahm seinen Autoschlüssel von der Mauer und steckte ihn ein.

„Wir kriegen's auch so raus – verlassen Sie sich drauf. Und wenn dann noch Fragen offen sind, dann komm'ma wieder." Hattinger signalisierte den Kolleginnen, dass er aufbrechen wollte.

Andrea Erhard drehte sich im Gehen noch mal um: „Woher kommt eigentlich der Name: Klinik Dr. Martius?"

„Klingt einfach besser. Oder glauben Sie, dass man mit dem Namen Schanderl besonderes Vertrauen auslöst?"

26

„So ein Kotzbrocken!“, entfuhr es Andrea Erhard, kaum dass sie wieder ins Auto eingestiegen waren.

„Ja, der is scho sehr von sich überzeugt, der Herr Chefarzt.“

„Das scheint eine Berufskrankheit zu sein bei Chefärzten …“, meinte Petra Körbel. „Ich denke, ich weiß, woher wir Unterlagen über den Fall bekommen könnten. Ärzte müssen doch eine Berufshaftpflichtversicherung abschließen, soviel ich weiß. Wenn es da einen Kunstfehlerprozess gab, dann waren die doch bestimmt daran beteiligt.“

„Scho wieder a gute Idee … langsam wern S' ma no unheimlich, Frau Kollegin. Vielleicht können Sie beide sich da gleich dahinterklemmen.“

Als sie wieder nach Prien hineinfuhren, überquerte ein paar Autos vor ihnen Mia Berger an der Fußgängerampel die Bernauer Straße. Hinter ihr trottete der Klampfenbertl her, einen Gitarren-Gigbag auf dem Rücken. Sie steuerten auf die Eisdiele zu, die nach der Winterpause seit Kurzem wieder geöffnet hatte.

Hattinger entdeckte die beiden sofort.

Petra Körbel kannte Mia vom Sehen: „Ist das nicht Ihre Freundin, da drüben?“

Hattinger tat, als sei er tief in Gedanken. Ein paar Sekunden später schien er wieder aufzutauchen.

„Entschuldigung, was ham S' gsagt?"

„Nichts. War nicht so wichtig …" Sie ahnte, dass das gerade kein angesagtes Thema war.

Als sie die Priener Polizeistation betraten, wurde Hattinger schon erwartet: „Der Staatsanwalt is da drin, und der Bürgermeister und no a paar andere, Sie sollen gleich reingehen, hams gsagt", informierte ihn ein Polizeibeamter.

Als er den Raum betrat, wurde ihm gleich klar, dass er sich jetzt einiges würde anhören müssen. Ein ganzer Stapel von aktuellen Tageszeitungen war zwischen den Herren ausgebreitet, die da um den runden Tisch saßen. Obenauf die *Bildzeitung* mit der Schlagzeile: *Der Metzger vom Chiemsee – Schriftstellerin geköpft und zerstückelt!* Daneben ein Foto, auf dem das ehemalige Austraghäusl von Rosa Angermeier wie ein düsteres Spukschloss aussah – *Das Horrorhaus!* Besonders perfide: Aus dem kleinen Foto auf dem Schutzumschlag von Annette Kauffmanns Roman hatten sie deren Kopf freigestellt und den Halsansatz unten ausgefranst, das Ganze vor einem schmutzigweißen Hintergrund, so dass es aussah wie ein Polizeifoto – *Das Opfer!*

Darunter, vermutlich als Aufmunterung gedacht bei all dem Horror, eine gekünstelt lächelnde barbusige Wasserstoffblonde, die ihre beiden Vorzüge für die Kamera hochhielt.

„Kommissar Hattinger, ich weiß nicht, ob Sie

alle kennen hier …“, hob der Staatsanwalt an und stellte ihm mehrere Bürgermeister und Tourismusorganisatoren von Gemeinden rund um den Chiemsee vor, „… die Herren machen sich große Sorgen!“

In der nächsten halben Stunde musste sich Hattinger diese Sorgen anhören: Viele Touristen, darunter gar Stammgäste, seien Hals über Kopf abgereist, stündlich würden Buchungen storniert, die Leute hätten Angst, dramatische Umsatzeinbrüche seien zu verzeichnen. So könne es auf gar keinen Fall weitergehen! Ob er denn überhaupt den Fall noch im Griff habe und mit welchen Horrormeldungen man denn sonst noch zu rechnen habe, und ob man denn jetzt nicht langsam das Bundeskriminalamt, die GSG 9 oder die Bundeswehr einsetzen müsse?

Hattinger versuchte geduldig und freundlich zu bleiben. Er versicherte den Herren, dass er großes Verständnis für ihre Sorgen habe und dass die Aufklärung des Falles ganz aktuell frischen Schwung bekomme, was er allerdings nur mit dem Herrn Staatsanwalt im Detail besprechen könne. Dann gab er ihnen noch ein gewichtiges Argument mit auf den Weg, um ihre Gäste zu beruhigen, das ihm selbst gerade erst eingefallen war:

„Sie können jedem, der Angst hat, sagen, dass der Mord ja schon vor über zwei Monaten verübt worden is, und ned jetzt an Ostern.“

Das schien sie tatsächlich für den Moment einigermaßen zu besänftigen.

Nachdem der Staatsanwalt die Herren verabschiedet hatte, berichtete Hattinger ihm von der neuen Entwicklung. Staatsanwalt Reißberger war ein besonnener Mann. Er versprach, den Kommissar sofort bei der Beschaffung der Prozessakten zu unterstützen, und war insgesamt ganz auf seiner Linie.

„Brauchen Sie noch jemand für Ihr Team?"

„Im Moment no ned. Aber wenn uns diese Sache jetzt ned entscheidend weiterbringt, dann sollt'ma uns vielleicht noch an richtigen Profiler dazuholen."

„Wenn ich Sie noch irgendwo unterstützen kann, dann sagen Sie mir Bescheid. Es wird Zeit, dass was vorwärts geht. Der Fall lässt mich nicht gerade ruhig schlafen, muss ich gestehen …"

Gerade hatte sich der Staatsanwalt verabschiedet, da kam Wildmann mit dem Streifenpolizisten Peter Baumann zurück aus München. Der machte einen recht mitgenommenen Eindruck. Als er den Kommissar sah, wurde er gleich wieder rot.

„Und, ham S' was glernt?", wollte Hattinger wissen.

„Ja, auf jeden Fall weiß ich jetzt, worüber ich gestern … also, was das in Wirklichkeit … Das ist … das … werde ich nicht vergessen, Herr Kommissar."

„Gut. Dann melden S' sich jetzt mal wieder bei Ihrem Chef."

Der Polizist ging. Karl Wildmann holte seine Unterlagen heraus. „Er hat dem Dr. Keul sein Frühstück weggefuttert. Der hat nicht schlecht gestaunt. Ist ihm, glaub ich, auch noch nicht passiert."

Hattinger lachte.

„Er hat mir aber netterweise trotzdem die toxikologischen Ergebnisse gegeben. Also: Frau Kauffmann ist betäubt worden mit Chloroform, vermutlich mit einem Wattebausch, denn sie haben Wattefasern in ihrem Mund und in der Nase gefunden. Und gestorben ist sie an einem Narkotikum, einem Barbiturat, das ihr in hoher Konzentration direkt ins Herz gespritzt wurde: Thiopental-Natrium, das ist das Natriumsalz der 5-Äthyl-5-pentyl-(2')-thiobarbitursäure ..."

„A Narkotikum? Da schau her ..."

27

Mia und Bertl hatten ihr Eis aufgegessen. Sie saßen draußen im Freien vor der Eisdiele. Bertl schnippte gekonnt den kleinen gelben Plastiklöffel in den nächsten Blumenkübel. Mia zündete sich eine Zigarette an.

„Geh gib ma ah oane“, bat Bertl.

„Du hast doch gsagt, du hast aufghört?“

„Na ja, fast … aber ab und zua, des schadt ja net. Wenn i denk wiavui i früher g’raucht hab …“

„Wenn i dro denk, *was* du früher ois g’raucht hast …“

„Sag des fei bloß ned deim Kommissar.“

„Wia kommst’n jetz da drauf? Was glaubst’n, was *der* früher g’raucht hat? Des war ah ned bloß a Schwarzer Krauser, oder a Drum …“

„Echt jetz?“ Bertl war überrascht. „Des glaubst ja wohl selber ned!“

„Freilich. Hat er ma doch selber … na Schmarrn, am besten du vergisst des glei wieder. I hab jedenfalls nix gsagt …“

„Wieso, i find des guad. Des wär doch amoi a andere Schlagzeile: Bekiffter Kommissar sucht …“

„Jetz hör auf!“ Mia sah sich um. „Ned so laut …“

„Keine Sorge, beruhig di’ wieder, i kratz dein’ heiligen Hattinger scho ned o.“

„Heiliger Hattinger … was soll'n des jetz? Spinnst du?"

„Geh hör doch auf. Jetz kenn i di' scho so lang … von dem kommst du doch eh nimmer los, und wenn er nie mehr Zeit hat … Is ja okay …"

„Sag amoi, spinnst du? I woaß gar ned wia du dazua kommst, dass du di' …"

„Ja, is ja guad … cool down … I muaß jetzt dann eh."

Bertl stand auf, drückte seine Kippe aus und schulterte seine Gitarre.

Mia war irritiert. „Was machst'n jetzt?"

„Proben, des hab i dir doch gsagt."

„Du hast gsagt um drei … des is in zwoa Stund."

„Und? I muaß mi ja no vorbereiten, a bissl üben."

„I hab ma denkt, mir gehen no a bissl spaziern?"

„Was hast'n jetz eigentlich?"

„I hab ma nur denkt, dass d' vielleicht a bissl a Zeit hast für mi, wenns d' scho mit mir ins Bett gehst!"

„I mit dir! Aha. Und du mit mir ned, oder was?"

Mia schwieg beleidigt.

„Jetzt … schau moi …" Bertl setzte sich wieder hin, was mit der Gitarre auf dem Rücken etwas umständlich aussah. „… schau moi, jetz hamma unser oide Freundschaft wieder a bissl aufpoliert …" Er versuchte, den Gigbag im Sitzen wieder abzunehmen, der hing aber am Stuhl fest.

„… und des war ja super – i moan, des *is* super! Da gibt's gar nix …“ Bertl stand auf, um den Bauchgurt des Gigbags aus der Stuhllehne zu ziehen, dabei riss er den ganzen Stuhl um.

„Scheiße, zefix! Wart amoi …“

Er machte Anstalten, sich mit einer limboartigen Bewegung aus den Schultergurten zu schälen – „… aber des hoaßt ja ned, dass ma deswegn …“ –, was ihm auch gelang, aber der Gitarrenrucksack krachte dabei voll in den umgestürzten Stuhl.

„Scheiße!! Jetz schau da des amoi o! Dass ma deswegn glei wieder a Drama draus macht!“

Bertram Meier richtete sich auf und zog den Gigbag vorsichtig aus dem Stuhlhaufen hervor. Er öffnete den Reißverschluss und betete, dass seinem besten Stück – einer 64er Fender Stratocaster – nichts passiert war.

Es sah so aus, als hätte er noch mal Glück gehabt.

28

Haller kam nachmittags während einer kurzen Kaffeepause mit der Meldung, dass Annette Kauffmann tatsächlich ein Ticket für den fünften Januar nach Bangkok gebucht hatte, Abflug 15:45 Uhr mit der Lufthansa. Und zusätzlich ein One-Way-Ticket zwei Tage später, abends mit Bangkok Airways nach Phnom Penh in Kambodscha. Sie hatte die Flüge bereits im letzten November bei einem Münchner Reisebüro gebucht und mit EC-Karte bezahlt, hatte aber den Flug nicht angetreten und auch nicht versucht umzubuchen.

Ihre EC- und Kreditkarten waren nicht gesperrt, und es war auch nichts abgebucht worden von ihren Konten außer den üblichen Daueraufträgen und Lastschriften. Im Gegenteil, die Tantiemen, die inzwischen auf ihrem Konto eingegangen waren, überstiegen die Abbuchungen bei Weitem. Annette Kauffmann hatte eine stattliche Summe auf der hohen Kante – beziehungsweise sie hätte sie gehabt, wenn sie noch am Leben gewesen wäre. An ihrem Geld schien ihr Mörder jedenfalls nicht interessiert gewesen zu sein.

„Wer erbt denn des dann eigentlich alles? Testament hamma ja koans gfundn. Vielleicht gibt's ja doch no irgendwo Verwandte?", fragte sich Hattinger. „Da müss'ma auf jeden Fall an Aufruf starten und ah no amoi über die Meldeämter nachhaken."

Bamberger rief an und teilte mit, dass die DNA der Blutspuren aus dem Bad definitiv identisch sei mit der Annette Kauffmanns. Daher könne man mit hoher Sicherheit davon ausgehen, dass sie dort zerteilt worden war. Außerdem hätten sie die Farbspuren auf den Plastiktüten aus Prien und von der Herreninsel inzwischen analysiert. Es sei eine handelsübliche Industriebeize.

„Aha. Und was beizt ma damit?“, wollte Hattinger wissen.

„Möbel.“

„Aha. Sonst nix?“

„Ned dass i wüsst … an Lachs konn ma jedenfalls ned damit beizn.“

Diese Auskunft half Hattinger auch nicht wirklich weiter.

Die Suche nach Prozessakten gestaltete sich schwieriger als angenommen. Gegen Abend hatten Petra Körbel und Andrea Erhard noch nicht einmal die Versicherung ausfindig machen können, bei der sich Annette Kauffmann seinerzeit gegen die Folgen ärztlicher Fehlbehandlungen versichert haben musste. Man schien auch auf Seiten der Versicherer wenig auskunftsfreudig zu sein. Allein die Tatsache, dass es immerhin die Kriminalpolizei war, die diese Auskünfte suchte, schien dort herzlich wenig Eindruck zu machen. Man versprach allenfalls, mal im Archiv nachzusehen und gegebenenfalls beizeiten zurückzurufen.

Was sich in dem einen oder anderen Fall eher nach einem freundlich verklausulierten ‚Leck mich am Arsch' anhörte.

„I hab net des Gfühl, dass mir so weiterkommen." Andrea Erhard kam sich nach drei Stunden Telefonieren vor wie die Mitarbeiterin eines Callcenters, die den Angerufenen eine Kreuzfahrt ins Hochgebirge andrehen sollte. Und das, obwohl sie eigentlich nicht direkt eine Allergie gegen Telefone hatte.

Petra Körbel ging es auch nicht anders. „Ich denke, dass wir noch nach Alternativen suchen sollten. Hat denn der Staatsanwalt schon irgendwas erreicht?"

„Nicht, dass ich wüsst." Hattinger hatte jedenfalls noch nichts von ihm gehört. „Ich glaub ja, dass mir uns den Dr. Schanderl doch noch amal vornehmen sollten, beziehungsweise sei Haus …"

„Oiso, i wär da gern sofort neiganga und hätt dem sei Bude auf'n Kopf gstellt!", meinte Andrea Erhard.

„Ich weiß … und vielleicht wär des auch des Richtige gwesn. Vielleicht hab i … es gibt so Typen, da will ma' bloß no schnell weg. I ruaf dann gleich amal an Staatsanwalt an wegen am Durchsuchungsbeschluss."

„Ich denke, dass die Spur, die nach Kambodscha führt, für uns auch interessant sein könnte. Wenn Frau Kauffmann für zwei bis drei Monate dort hinfahren wollte, um zu recherchieren, dann hatte sie vermutlich einen guten Grund dafür, zumal sie ja wohl gar nicht mehr so gern verreiste", überlegte Wildmann. „Um Kinderprostitution sollte es doch gehen, hat die Angermoser gesagt. Angenommen, Frau Kauffmann hätte da eine konkrete Spur verfolgt … da gibt es bestimmt Leute, die nicht lange fackeln, wenn sie sich auf den Schlips getreten fühlen."

„Ja, daran hab i ah scho denkt. Dass si' dann aber jemand die Mühe machen würd, die Frau zu zerstückeln, sie einzufrieren, nach zwei Monaten wieder Teile aufzutauen, und dann noch des Risiko eingeht, die Teile an so exponierten Stellen zu verteilen? Erscheint ma eher unwahrscheinlich … Aber trotzdem, vielleicht könnten Sie die Frau Angermoser noch amal fragen, vielleicht fällt ihr ja noch irgendwas dazu ein."

Er selbst dachte, dass es auch ein Grund wäre, Vera Antholz wieder anzurufen. Das würde er gleich nachher machen.

„Ham Sie gestern amoi in des Buch neigschaut, Frau Erhard?"

„Scho, aber ehrlich gsagt, i bin nach drei Seiten eingschlafen, so müd war ich … tut mir leid."

„Denken S' eahna nix, mir is's genauso gangen", flunkerte Hattinger. „Was is denn mit dem Lektor, Herr Haller?"

„Der Lektorin … eine Claudia Mangold …

Die wird übermorgen zurück erwartet. Sie sei mit einem neuen Buch beschäftigt, was demnächst in Druck gehen soll, das hätte sie mitgenommen nach …"

„Italien!", riefen Hattinger, Wildmann und Andrea Erhard fast gleichzeitig.

Haller war perplex. „Wie kommen Sie jetzt darauf?" Er hatte offensichtlich von den Italien-Jokes noch nichts mitbekommen. „Äh … ja, sie ist tatsächlich in der Nähe vom Gardasee, da hat sie wohl eine kleine Wohnung, oben in den Bergen. Da geht sie immer in Klausur, hat die Verlagsassistentin erzählt, und da hätte sie selbstverständlich ihr Handy nicht an."

„I glaub, in mei'm nächsten Leben werd i ah Schriftsteller …", sinnierte Hattinger, nicht ohne einen gewissen Neid.

„Wir könnten höchstens hinfahren", schlug Haller scherzhaft vor.

„Schön wär's … dann wart'ma halt und lesen derweil selber. Wer liest schnell?"

Wildmann meldete sich.

„Guad, dann greifen Sie des Buch an, sobald S' die Frau Angermoser befragt ham. Apropos Angermoser – hamma den Neffen von ihr scho erreicht? Wia hoaßt er?"

„Wolfgang Pichler. Nein, hab es schon ein paarmal probiert, er geht nicht ans Telefon. Scheint auch nicht da zu sein", antwortete Wildmann.

„Ja Herrschaftzeiten, san mir eigentlich die oanzigen, die no im Land san und was arbeiten?"

Hattinger verspürte gerade einen unwiderstehlichen Drang, sofort ganz weit weg zu fahren, nach Südafrika oder Südamerika oder in die Antarktis oder so.

„Guad, dranbleiben auf jeden Fall. Vielleicht kann er uns ja was über die Kauffmann erzählen, wenn er mit ihr in d' Schul gangen is. Wenn er ned bald auftaucht, schauma amoi nach …"

Hattingers Handy piepte.

Eine SMS von Lena: „Hab Megaschweinsbraten gekauft! Wann machst du ihn? Hab Hunger!!!"

Er bezweifelte ernsthaft, ob er das schaffen würde, ihr diese Woche noch ihr Lieblingsessen zu machen, und nahm sich vor sie nachher anzurufen.

29

Der Schutz der Dunkelheit war fast perfekt in dieser Nacht. Im Moment stand zwar noch der Vollmond im Westen, er würde aber bald untergehen. Danach blieben noch einige Stunden für den nächsten Schritt, den er lange und sorgfältig vorbereitet hatte. Das Ergebnis würde aber dieses Mal nüchterner ausfallen. In der momentanen Situation war Understatement angesagt, wenn er die nächsten Ziele sicher erreichen wollte.

Lange vor der Zeit war er schon zur Stelle. Den letzten Teil der Strecke war er natürlich zu Fuß gegangen, alles was er benötigte, hatte er in seinem wetterfesten Rucksack bei sich. Das heißt, das meiste davon würde er aller Voraussicht nach überhaupt nicht brauchen, er war nur gerne für alle Eventualitäten gerüstet.

Als Erstes breitete er die feste Plastikfolie über einem Baumstumpf am Rande der kleinen Lichtung aus und setzte sich vorsichtig. Dann packte er die Dinge aus, die er brauchen würde, und stellte sie vor sich auf die Plastikfolie.

Von jetzt an brauchte er nur noch zu warten.

Von hier oben hatte er fast die ganze Gegend unter Kontrolle, vor allem den Feldweg, der von der Straße hier heraufführte. Er selbst war aber von der Straße aus nicht zu sehen. Wenn der Wagen hier hoch käme, würde er die Scheinwerfer schon von Weitem bemerken, dann hätte er noch genügend Zeit, um den Rest vorzubereiten.

Zunächst aß er eine Banane, um die nächsten Stunden nicht mit knurrendem Magen verbringen zu müssen. Bananen hatten den Vorzug, dass sie keine Spuren hinterließen. Zumindest, wenn man nicht die Schale liegen ließ.

Er hatte den Mann lange beobachtet, er hatte sich frei gemacht von den früheren Vorstellungen, die er von ihm gehabt hatte. Im Grunde war er ganz einfach zu locken: Jemand wie ihn interessierte nur Geld. Alles andere war ihm egal. Man hätte ihn vermutlich kaum mit einem sexuellen Abenteuer hinter dem Ofen vorlocken können, mit Geld dagegen fast überall hin. Selbst dann noch, wenn er selbst das Geld würde bezahlen müssen.

Er hatte dem Kerl etwas angeboten, wofür er bereit war, eine stattliche Summe auszugeben, weil er glaubte, damit einen letzten Beweis aus der Welt schaffen zu können. Das war ihm 10 000 Euro wert. Diesen Betrag hatte er mit Bedacht so gewählt, dass er weder maßlos überteuert erschien noch verdächtig billig, es war ein Betrag, der der Sache angemessen zu sein schien. Und selbst wenn der Mann heute nicht käme, wenn er es sich doch anders überlegt hätte, dann hatte er noch alternative Pläne für ihn in der Schublade. Er war sich aber seiner Sache sehr sicher.

Als er aufgegessen hatte, steckte er die Bananenschale sorgfältig in eine Plastiktüte in seinen Rucksack. Der Mond war mittlerweile hinter ihm zwischen den Baumwipfeln verschwunden. Bald würde es ganz dunkel sein. Er holte die leichte, silbern schimmernde LED-Taschenlampe aus der Seitentasche des Rucksacks und steckte sie in die Brusttasche seiner Jacke, für alle Fälle. Natürlich brauchte er sie nicht, denn seine Augen waren längst an die Dunkelheit gewöhnt. Er musste eigentlich nur aufpassen, nicht in die Scheinwerfer des Wagens zu blicken, wenn er käme. Allerdings hatte er seinen Standpunkt mit Bedacht so gewählt, dass der Wagen in seinem Rücken an der Baumgruppe vorbeifahren musste, hinter der er verborgen war. Die einzig verbleibende Unwägbarkeit war, ob nicht doch einmal jemand anderes in der Nacht hier hoch käme, aber er hatte den Platz einige Nächte lang beobachtet, ohne dass auch nur ein einziges Mal ein Mensch aufgetaucht war. Er hatte abends eine kleine Videokamera aufgestellt, die im Zeitraffermodus jede Sekunde ein Bild machte, und sie morgens wieder abgeholt. Auf dem Video waren nur vereinzelt Hasen und Rehe durch das Bild gehuscht.

Jetzt entdeckte er zwei kleine Lichtpunkte, die sich dort unten der Abzweigung auf den Feldweg näherten. Sie wurden ganz langsam, sie blieben einen Moment lang stehen, dann bogen sie ab und tasteten sich langsam hoch Richtung Wald. Es würde noch eine Zeit lang dauern, bis sie hier oben angekommen wären, doch jetzt hieß es, schnell sein. Er nahm das Warndreieck und stellte es mitten auf den Waldweg.

Danach kam er zurück und öffnete das dunkle Fläschchen. Er goss einen Teil des Inhalts in die selbstgebaute Maske, die zwar weich, aber nach außen undurchlässig war. Das fest eingearbeitete, mit Baumwolle umhüllte Wattekissen sog die Flüssigkeit schnell auf. Dann nahm er die vorbereitete Frischhaltefolie und zog sie schnell über die Innenseite der Maske, damit der Inhalt nicht vorzeitig verdunstete. Er tastete nach dem Revolver in der rechten Außentasche, den er aber nicht zu benutzen beabsichtigte. Die Gummihandschuhe hatte er natürlich lange vorher schon übergezogen. Als er das Auto schon deutlich hören konnte, nahm er den großen braunen Umschlag in die Linke und klemmte ihn so zwischen Arm und Körper, dass seine Finger um dessen Unterkante herum noch die Maske festhalten konnten. Er musste auf diese Weise ganz harmlos aussehen für den Mann im Auto.

Jetzt bog der schwere dunkle Wagen um die Baumgruppe und seine Konzentration fokussierte sich völlig auf ihn. Er wartete, bis der Mercedes ihn passiert hatte, und just in dem Moment, als er vor dem Warndreieck zum Stillstand kam, war er schon an der Tür links hinter dem Fahrer angelangt. Er riss sie mit der Rechten auf und schlüpfte schnell in den Fond. Damit war Plan A eingeleitet und Plan B musste nicht zum Einsatz kommen.

„He, was soll denn das …"

„Sie kriegen, was Sie wollen, keine Sorge. Stellen Sie den Motor ab."

Er reichte dem irritierten Fahrer, der sich mühsam nach ihm umzudrehen versuchte, den Umschlag nach vorn.

„Haben Sie das Geld?"

„Ich … ja, aber ich will erstmal sehen, ob es auch …"

Der Fahrer nahm den Umschlag. Er stellte den Motor ab.

„Bitte, sehen Sie nur nach …"

Während der Mann vor ihm versuchte, den stabilen, gut verklebten Umschlag aufzureißen, entfernte er rasch die Frischhaltefolie von der Maske. Er spürte förmlich, wie es dem Mann vor ihm unheimlich wurde.

„Kenne ich Sie nicht?", fragte er nervös. „Ihre Stimme …"

Abrupt hörte der Mann auf, an dem Umschlag zu nesteln. Da hatte er auch schon die Maske über Mund und Nase.

„Genau. Ich bin es … Fahr zur Hölle!"

Nur kurz versuchte sich der ältere Herr noch zu wehren, die Hände wegzuzerren, die die Maske eisern festhielten. Er wand sich, noch angeschnallt in dem festen schwarzen Ledersitz, dann ließ sein Widerstand nach und er sackte in sich zusammen.

30

Mittwoch nach Ostern

Der Staatsanwalt hatte gestern mit dem Durchsuchungsbeschluss für das Haus von Frau Schanderl gezögert. Er hatte vorgeschlagen, noch abzuwarten, was in den Prozessakten stünde, die er für heute Nachmittag avisiert bekommen hatte. Vielleicht würde das ja schon genügen, vorerst …

Hattinger hatte zugestimmt. Hauptsache, sie würden bald erfahren, was in der Frauenklinik Dr. Martius damals geschehen war. Aber im Grunde hasste er nichts mehr, als einfach nur warten zu müssen, auf Akten, auf Unterlagen, auf Dokumente, die es zwar irgendwo gab, die aber aus verschiedensten Gründen erst gesucht, gefunden, freigegeben, verschickt und sonstwas werden mussten. Immerhin, wenn sie heute Nachmittag tatsächlich einträfen, wäre das ja schon rekordverdächtig schnell …

Gestern Abend hatte er noch mal mit Vera Antholz telefoniert, die sich tatsächlich zu freuen schien über seinen Anruf. Über das nächste Buch von Annette Kauffmann konnte sie ihm allerdings wenig sagen.

„Annette hat sich da immer sehr bedeckt gehalten. Ich hatte nur den Eindruck, dass sie fest entschlossen war, schwierigen Themen nicht mehr auszuweichen. Früher hat sie um derlei Dinge einen weiten Bogen gemacht, aber in den letzten Jahren ist sie eher darauf zugegangen. Sie hat ja auch viel erlebt und gesehen auf den ganzen Reisen, das war sicher nicht nur eitel Sonnenschein. Ich denke, sie wollte jetzt wohl eher die andere Seite der Medaille beleuchten …"

„Und ham S' jetz schon an Rückflug?" Hattinger wunderte sich selbst, als er plötzlich danach fragte.

„Ja, morgen, warum?"

„Ja … wegen der Beerdigung … Sie ham doch gsagt …"

„Wissen Sie denn schon, wann sie stattfinden wird?"

„Äh, nein, noch nicht, aber … sobald ich was weiß, sag ich's Ihnen."

„Ja, würde mich freuen … kommen Sie denn auch?"

„Ich denk schon, ja …"

„Gut. Wiederhören, Herr Kommissar."

Hattinger stellte verwundert fest, dass ihn diese Frau schon durch das Telefon anzog … Das passierte ihm sonst eher selten.

Just nach dem Gespräch fand er eine SMS auf seinem Handy:

„Wir müssen reden. Mia."

Jetzt auf einmal … War der Klampfenbertl vielleicht schon wieder abgesprungen? Er hatte geantwortet:

„Gut. Wenn wir den Irren haben. Hattinger."

Schließlich hatte er noch versucht, Lena zu erreichen, aber ihr Handy war schon wieder abgeschaltet, oder sie hörte ihn nicht und war wieder mit ihrem Peter … Muss Liebe schön sein, dachte er, schon ein bisschen neidisch. Da spürte man auch keinen Hunger mehr. Na egal, für den Schweinsbraten wär's eh schon zu spät gewesen, also hatte er ihrer Mailbox hinterlassen, dass er es morgen – also mittlerweile heute – versuchen würde.

Nach einer weiteren kurzen Nacht in seinem Priener Gästezimmer saß Hattinger jetzt also schon wieder geraume Zeit mit Wildmann, Andrea Erhard und Petra Körbel im Besprechungsraum zusammen, und sie wendeten noch einmal alle bisher bekannten Fakten hin und her. Alle Spuren wurden erörtert, Tatortfotos gesichtet, die Protokolle durchgelesen, ohne dass dabei neue Aspekte aufgefallen wären.

Martin Haller war nach Breitbrunn gefahren, wo Wolfgang Pichler, der Neffe von Frau Angermoser, in einem kleinen Häuschen unten am See wohnte, das er in der Saison nach Aussage seiner Tante an Feriengäste vermietete. Er selbst würde von Frühjahr bis Herbst dann immer in den Keller umziehen. Nachdem sie ihn telefonisch immer noch nicht erreicht hatten, sollte Haller sehen, ob er ihn dort auftreiben konnte.

Als Karl Wildmann gerade über Annette Kauffmanns Buch referieren wollte, das er seit gestern tatsächlich durchgelesen hatte, über 400 Seiten immerhin, platzte Peter Baumann, der rotköpfige Polizist, mit einer Meldung herein:

„Entschuldigung, Herr Kommissar, vor einer halben Stunde hat ein Förster einen Selbstmörder gefunden."

„Aha … ja guad, aber des kann ja dann auch der normale Dienst übernehmen, oder? Des geht doch unsre Soko nix an …"

„Ich dachte schon, Herr Kommissar, als ich den Namen gehört hab. Es handelt sich vermutlich um Dr. Schanderl."

„Jetz werds aber hint höher wia vorn!"

31

„Des is wirklich ganz schön abglegn, da herobn." Hattinger ging schon zum wiederholten Mal um den schwarzen Mercedes herum. Er schüttelte den Kopf. „Des passt doch überhaupt ned zu dem Typ. So oana wia der bringt si' doch ned um!"

Es sah allerdings ganz danach aus. Der dicke Schlauch, der in dem Auspuff des Wagens steckte, war über das vordere Seitenfenster auf der Beifahrerseite ins Wageninnere geführt und der freibleibende Spalt von innen mit einem breiten Tape verklebt worden. Der Rest des Tapes lag auf dem Beifahrersitz. Dr. Schanderl saß noch hinter dem Steuer. Bambergers Leute hatten alle Türen des Wagens geöffnet, um ihn gut durchzulüften und sich nicht selbst zu gefährden bei der Spurensuche. Die Fotos waren auch schon gemacht, nur von der Gerichtsmedizin war noch niemand eingetroffen.

„Was moanst?", wollte Hattinger von Bamberger wissen.

„Na ja, ehrlich gsagt, schaut ned so aus, wia wenn du recht hättst. Den Toten selber hamma natürlich no in Ruah lassen, aber außenrum … da schaut's bis jetzt ned nach fremde Spuren aus … Es kannt höchstens sei, dass er si' da hinten bei dem Baumstumpf no amoi hingsetzt hat, bevor er si' vergast hat … Da is as Gras a bissl zammdruckt, aber sonst …"

„Oiso, i glaub des ah ned mit dem Selbstmord." Andrea Erhard war sich sicher, dass Hattinger recht hatte. „Der hätt doch bestimmt eher jemand andern umbracht wia si' selber."

„Aber der Ort würde schon zu Selbstmord passen", meinte Wildmann.

„Inwiefern?", wollte Petra Körbel wissen.

„Wenn man es wirklich ernst meint und nicht vorzeitig gefunden werden will, dann wäre doch hier, dazu mitten in der Nacht, die Wahrscheinlichkeit wirklich ziemlich gering."

Hattinger ging ein Stück den Weg hoch, um in Ruhe nachzudenken, jedenfalls fragte er sich, warum – falls es tatsächlich so gewesen sein sollte – der Herr Dr. Schanderl alias Dr. Martius sich denn umgebracht haben könnte, wenn er es bisher offenbar immer geschafft hatte, seinen Kopf relativ unbeschadet aus allen möglichen Schlingen zu ziehen. Abgesehen davon, dass seine Reputation darunter gelitten hatte.

Hatten sie ihn mit ihrem Besuch vielleicht doch aufgeschreckt? Oder hatte ihn am Ende seine Frau wirklich vor die Tür gesetzt? Gut, das ließe sich relativ einfach klären, sie mussten die Frau ja sowieso benachrichtigen.

Hattinger machte sich Vorwürfe. Sie hätten da gleich reingehen müssen … *Er* hätte die Verantwortung dafür übernehmen müssen, dass sie da reingingen, auch wenn die Begründung vielleicht auf wackeligen Füßen gestanden hätte. Was brachte es, jemanden zu überraschen, wenn man ihn dann doch laufen ließ, ohne das Überraschungsmoment für sich zu nutzen?

Unten parkte gerade noch ein weiterer Wagen hinter der langen Reihe von Polizeiautos, die auf dem Waldweg aufgereiht waren wie vor einem geschlossenen Bahnübergang. Das könnte der Gerichtsmediziner sein. Hattinger beschloss umzukehren. Als er wieder bergab ging, sah er am rechten Wegrand in der Wiese etwas aufblitzen. Er bückte sich und fand eine Taschenlampe mit schickem schlanken Aluminiumgehäuse. Sie sah nagelneu aus. Er holte Plastikhandschuhe aus seiner Jacke und hob sie hoch. Ein Druck auf den Schalter entlockte ihr einen erstaunlich hellen Lichtstrahl. Lang konnte die hier noch nicht liegen …

Als er wieder bei dem Benz ankam, überreichte er sie Fred Bamberger, der anerkennend nickte. Er ließ sie gleich in eine seiner durchsichtigen Kunststoffhüllen gleiten.

„LED-Lampn. Genau so oane hab i ma neulich ah kauft, im Baumarkt. De san super, sauhell, und brauchan ned vui Batterie …"

Der Rechtsmediziner, den sie geschickt hatten, war schon wieder Dr. Keul. Er kam mit seinem großen Alukoffer energisch den Weg heraufgestapft.

„Wollen Sie mich nicht gleich für die ganzen Osterferien abonnieren? Dann ziehe ich so lange hier raus … Ich mach Ihnen einen Super-Pauschalpreis. Und, was haben wir hier?“

„An unklaren Selbstmord.“

Dr. Keul packte seine Gerätschaften aus und machte sich an die Inspektion des Toten. Er sah sich die Leiche kurz aus der Nähe an, das Gesicht, dann tauchte er schnell wieder aus dem Wagen auf und sah sich den Aufbau an, mit dem Schlauch und allem Drum und Dran.

„Ich nehme doch an, das soll einen Selbstmord mit Auspuffgasen darstellen?“

Hattinger wurde bei der Wortwahl des Rechtsmediziners sofort hellhörig. „Offensichtlich, warum?“

„Das ist sehr unwahrscheinlich. Sehen Sie mal, sein Gesicht, wie sieht das aus?“

„Ich weiß jetzt nicht, was Sie meinen, aber …“, Hattinger beugte sich ein Stückchen vor in den Wagen, „… ich würd sagen … schlecht … Grau, blaue Lippen, bleich, käsig … also tot halt … oder?“

„Genau. Das sehen Sie völlig richtig.“

Wenn einen ein gestandener Rechtsmediziner lobte, musste irgendwo ein Haken sein, dachte Hattinger. „Ja, und …?“

„Also, bei einer Vergiftung durch Auspuffgase handelt es sich letztlich um eine Kohlenmonoxid-

Vergiftung. Das ist ein Gas, das bei Verbrennung entsteht, und es hat die fatale Eigenschaft, dass es eine zwei- bis dreihundertmal höhere Bindungsfähigkeit an rote Blutkörperchen hat als Sauerstoff. Wenn also Kohlenmonoxid in der Luft enthalten ist, die wir einatmen, dann verdrängt es relativ rasch den Sauerstoff, unsere roten Blutkörperchen sind glücklich damit, sie werden das Kohlenmonoxid gar nicht mehr los, sie können zwar keinen Sauerstoff mehr transportieren, aber sie sind schön rot, während wir innerlich ersticken."

„Sie meinen also ..."

„Genau! Ein mit Kohlenmonoxid Vergifteter sieht normalerweise aus wie das blühende Leben – er hat eine gesunde Hautfarbe und rosige Lippen, wohingegen dieser Mann, wie Sie selbst treffend diagnostiziert haben ..."

„... schlecht ausschaut."

„Allerdings. Und wenn wir davon ausgehen, dass vermutlich über Stunden Kohlenmonoxid in dieses Fahrzeug geblasen wurde, während der Mann sich in seinem Inneren befand, dann lässt das nur den Schluss zu, dass er da bereits nicht mehr geatmet hat, also schon tot war, als das Gebläse begann."

„Danke. Des deckt sich ja zufällig genau mit dem, was ich vermutet hab ... Aber ham Sie auch a Idee, woran er dann wirklich gstorbn sein könnt?"

„Ich glaube schon, das ist ein ziemlich charakteristischer Geruch, der ist zwar durch das Lüften weitgehend verflogen, aber … kommen Sie noch mal her!“ Er öffnete mit einer Hand den Mund des alten Mannes. „Riechen Sie das? Das ist, ohne dass ich mich mit dieser Aussage allzu weit aus dem Fenster lehnen würde, Chloroform-Geruch. Also ich meine, dass dieser Mann an einer Überdosis Chloroform gestorben ist, und er war tot, bevor dieser ganze Mumpitz mit ihm veranstaltet wurde.“

32

Als Erstes ordnete Hattinger eine absolute Informationssperre an, dieses Mal durfte wirklich nichts von der Mordtheorie nach draußen durchsickern.

Dr. Schanderl hatte Selbstmord begangen, zumindest so lange, bis das Gegenteil bewiesen war. Und einen Zusammenhang zum Fall Kauffmann würde man vor der Öffentlichkeit gar nicht erst herstellen. Blieb nur die Hoffnung, dass sie mit ihrem Ablenkungsmanöver wirklich alle Fotografen und Presseleute abgehängt hatten, denn wenn die den Umfang des wirklichen Einsatzes mitbekommen hatten, dann würden sie sich ihren eigenen Reim auf die Zusammenhänge machen. Aber ein paar Stunden würden ihnen schon noch bleiben, bevor vielleicht der nächste Sturm über sie hereinbrach.

Als sie nach Prien zurückkehrten, war auch Martin Haller wieder eingetroffen. „Schauen Sie mal …“, sagte er und zeigte Hattinger ein Foto, das er mit seinem Handy gemacht hatte. Ein kleines Haus war darauf zu sehen, einfacher Sechzigerjahre-Stil, ziemlich zugewachsen und etwas heruntergekommen auf den ersten Blick. „Das ist Wolfgang Pichlers Haus in Breitbrunn.“

„Aha. Und, war er da?“, wollte Hattinger wissen.

„Nein. Aber ich hab mir erlaubt, mich ein

bisschen umzusehen. Und das hab ich in seiner Garage neben dem Haus gefunden." Haller klickte ein Bild weiter. „Das Tor war zufällig nicht abgesperrt …"

Hattinger konnte gar nicht glauben, was er sah.

„Hoppala … Ja da schau her!" Auf dem Foto war ein dunkelgrünes Schlauchboot auf einem leichten Trailer zu sehen. Und es sah nicht etwa verstaubt oder eingemottet oder uralt aus. „Oiso, wenn des a Zufall is, friss i an Besn!"

„Das hab ich mir auch gedacht. Deshalb bin ich gleich auf dem Rückweg bei Herrn Reiter vorbeigefahren. Er hat bestätigt, genau so eins hätte er auf der Herreninsel gesehen an dem Tag, als er die Hand fand. Beziehungsweise sein Artus."

„Sehr gut, Herr Kollege." Hattinger war richtig aufgeregt. „Jetzt hamma vielleicht endlich a ernsthafte Spur."

Andrea Erhard kam aus dem Nebenraum und verkündete, dass die Prozessakten vom Fall Kauffmann wider Erwarten schon eingetroffen seien. Sie war fast etwas enttäuscht, dass die Resonanz eher mau ausfiel.

„I glaub, die miassn jetzt erst amoi wartn", beschloss Hattinger. „Mir fahrn uns a Boot oschaun."

Er gab kurz die neuesten Informationen weiter. Dann überlegte er es sich aber doch anders. Andrea Erhard und Petra Körbel sollten sich mit den Akten beschäftigen und er würde mit Wildmann und Haller nach Breitbrunn fahren. Unterwegs wollte er schon mal den Staatsanwalt informieren.

Auf der Fahrt berichtete Haller, dass er mit den zwei jungen Frauen gesprochen hätte, die über die Osterferien das Haus von Pichler gemietet hatten. Zwei Lehrerinnen aus Frankfurt. Sie hätten ihn seit zwei Tagen nicht gesehen. Er sei ein komischer Kauz, aber sie seien schon ein paarmal da gewesen und hätten sich inzwischen an ihn gewöhnt. Das Haus sei zwar ein bisschen altmodisch eingerichtet und nicht übermäßig sauber, aber dafür viel billiger als alle anderen in vergleichbarer Lage.

„Was wiss'ma denn scho über den Pichler?“

„Relativ wenig“, antwortete Haller. „Er hat von seinem Vater, dem älteren Bruder von Frau Angermoser, das Haus in Breitbrunn geerbt und er lebt wohl von der Vermietung an Feriengäste. Frau Angermoser hat erzählt, dass er mit Annette Kauffmann zusammen die Mittlere Reife gemacht hat. Er ist aber danach abgegangen und hat die eine oder andere Lehre angefangen und wieder abgebrochen. Die Angermoser hält ihrem ‚Wolferl‘ zwar die Stange, aber ich würde sagen: hört sich nach gescheiterter Existenz an. Ach ja, und dass er ziemlich verliebt war damals in die Kauffmann, hat sie mir noch verraten. Die habe ihn aber abblitzen lassen.“

„Aber ob er sie deswegen gleich zerstückelt, 20 Jahre später?“, wandte Wildmann ein.

„Sie werdn's ned glaubn, wozu die Leut fähig san aus verschmähter Liebe.“ Hattinger meinte nicht ganz bierernst, was er sagte, aber er dachte doch mit einem gewissen Zorn an Mia und ihren Haberer.

„Polizeilich liegt jedenfalls nichts gegen Pichler vor. Er hat nur zweimal seinen Führerschein abgeben müssen, wegen Trunkenheit am Steuer. Zuletzt vor drei Monaten“, fügte Haller seinem Bericht hinzu.

„Nomen est omen.“ Wildmann musste ab und zu dezent seine humanistische Schulbildung einfließen lassen.

Sie fuhren in Breitbrunn die Seestraße hinunter und hielten kurz vor dem Seeufer, um zu Fuß weiterzugehen. Sie wollten möglichst wenig auffallen, und es waren ja auch genügend andere Spaziergänger unterwegs bei dem Wetter.

„Badstraße … ghört die ned in Monopoly zu de billigen Straßen?“ Wenn nicht Wasserburg, hier hätte er auch ganz gern gewohnt, dachte Hattinger.

„Die Badstraße ist die billigste, Chef. 40 Euro.“ Praktisch, wenn man ein wandelndes Lexikon wie Wildmann dabeihatte.

„Leider nur in Monopoly …“, meinte Hattinger bedauernd. Schön war's hier, nicht ganz so verbaut wie anderswo am See. Mia wohnte ja auch in der Nähe, nur ein paar hundert Meter von hier. Obwohl er nicht wusste, ob das noch ein Grund wäre, hier zu wohnen. Aber ein Ausschlussgrund auch nicht unbedingt.

Das Häuschen, das sie suchten, stand ein bisschen nach hinten versetzt in zweiter Reihe, aber der Zugang zum See war sehr nah. Es war also ohne Weiteres möglich, hier schnell mal ein Schlauchboot zu Wasser zu lassen. Und es lagen auch unzählige andere Boote am Strand hier in der Bucht, da würde eines mehr oder weniger kaum jemandem auffallen, also so gesehen ein günstiger Stützpunkt für alle möglichen Exkursionen … Als sie die kurze Zufahrt zur Garage hinaufgingen, fiel ihnen ein alter rostiger VW Golf auf, der da stand, mit offenem Kofferraum. Und die Tür zum Keller, der über eine Außentreppe zugänglich war, war auch offen.

„Vielleicht hamma Glück …“, meinte Hattinger und bedeutete seinen Assistenten, vorsichtshalber ums Haus herum zu gehen.

Kaum waren die ums Eck verschwunden, kam ein Mann die Kellertreppe hoch. Er trug einen Computer, den er offensichtlich in den Kofferraum des alten Golfs laden wollte. Eine etwas seltsame Erscheinung, der Typ: groß und hager, aber mit einem Bierbauch, der wie ein Fremdkörper an ihm dranhing, mit ungepflegtem Vollbart und dunkelgrauem Pferdeschwanz, aus dem überall die Haare herausfielen. Als er Hattinger sah, stutzte er kurz, dann entschied er sich weiterzumachen und den Computer einzuladen. Als das geschafft war, knallte er energisch den Kofferraum zu und wandte sich Hattinger zu. Er wirkte recht nervös und aggressiv.

„Suachan S' jemand?"

„Ja … Sie wahrscheinlich. Sie san doch der Herr Pichler, oder?"

„Wer wui denn des wissn?"

„Ja, ich halt." Hattinger wollte den Mann ein bisschen aus der Reserve locken.

„Und wer is des – ich?"

„Sie wern doch wissn, wer Sie san, oder?"

„I scho, aber was geht Sie des o?"

„Vielleicht bin i neugierig?"

Der Mann wurde schon langsam grantig. „Jetzt verschwindn S' von meim Grund. Und zwar a bissl plötzlich. Sonst hol i die Polizei!"

„Des brauchts ned. Die is scho da." Hattinger zog seinen Ausweis aus der Jacke. „Schaun S', so schnell san mir …"

Der Mann wirkte regelrecht fahrig jetzt. Sein Schneid war ihm jedenfalls abhanden gekommen. Er wechselte die Strategie.

„I bin ned der Pichler … i soll nur sein Computer holn, zur Reparatur …"

„Und der Pichler selber is ned da?"

„I glaub ned. Aber er hat mir sein Schlüssl gebn. Oiso, dann …“ Er öffnete die Wagentür und wollte einsteigen.

„Moment, gaanz langsam!“ Hattinger bedeutete ihm, das sein zu lassen. „Ham S’ an Ausweis dabei?“

Der Mann tat so, als würde er sich selbst abtasten. „I glaub, den hab i vergessn. Bläd …“

Hattinger kam auf ihn zu. „Da derf i doch sicher amoi selber nachschaun?“

In dem Moment drehte sich Pichler um und rannte los.

Er kam gerade mal zehn Meter weit bis zum Eck der Garage, dann flog er in hohem Bogen über das Bein, das Martin Haller ihm stellte. Einen Augenblick später knieten auch schon Wildmann und Haller auf seinem Rücken und legten ihm Handschellen an.

„Herr Pichler – wie ich annehme – Sie sind vorläufig festgenommen“, erklärte ihm Hattinger.

Der Mann leistete keinen weiteren Widerstand.

33

Staatsanwalt Reißberger stimmte unter den Umständen telefonisch sofort einer Hausdurchsuchung bei Wolfgang Pichler zu. In dessen Golf fanden sich allein schon zwei Computer, ein Laptop und diverse Foto- und Videokameras, die er offensichtlich in Sicherheit bringen wollte, und der erstaunlich geräumige und gemütliche Keller war auch voller Technikkram.

Bamberger würde sich freuen – der kam seiner Arbeit auch so schon kaum hinterher! Den Keller schlossen sie vorübergehend ab, bis er mit seiner Mannschaft eintreffen würde. Die Computer aus dem Auto nahmen sie gleich mit nach Prien.

Wildmann rief als Erstes die Computerspezialisten an, die ihm sagten, sie müssten aus forensischen Gründen erst ein Image – eine von der Dateistruktur her identische Kopie – aller Festplatten anfertigen, dann könnten sie damit arbeiten. Sonst wäre das Ganze später nicht gerichtsverwertbar. Ein paar Stunden würde das locker dauern, wenn sie ausnahmsweise sofort damit anfingen …

Eine erste kurze Befragung von Pichler ergab rein gar nichts, außer der Erkenntnis, dass der Mann nichts sagen wollte und schwitzte wie die Sau.

„Warum wollten S' denn dann weglaufen, wenn S' nix zu verbergen ham?"

„Keine Ahnung …“

„Wann warn S’ denn as letzte Mal mit Ihrem Boot unterwegs?“

„I woaß’s ned.“

„Und wo warn S’ gestern Nacht?“

„Dahoam, wo sonst?“

In dem Stil lief das ab, und Hattinger beschloss die Vernehmung zu verschieben, bis sie ein paar konkrete Ergebnisse in der Hand hielten. Dann würden sie ihm mal richtig auf den Zahn fühlen.

Zunächst kamen sie zurück zu Schanderl und Co. Es waren gleich mehrere randvolle Ordner, die die Prozessakten in dem Fall füllten. Petra Körbel und Andrea Erhard mühten sich redlich, übersichtlich zusammenzufassen, was sie in der Kürze der Zeit herausgefunden hatten.

Es ging um eine Anklage wegen fahrlässiger Tötung gegen die Assistenzärztin Annette Kauffmann und die Frauenklinik Dr. Martius. Zu Tode gekommen war die 15-jährige Patientin Eva Ostermeier, die zur Durchführung eines Schwangerschaftsabbruchs in der Klinik aufgenommen worden war. Sie war in der dreizehnten Schwangerschaftswoche und konnte ein gültiges Attest über eine vorliegende medizinische Indikation für den Abbruch vorweisen. Der Eingriff wurde vorgenommen von dem Chefarzt der Klinik, Dr. Hartmut Schanderl. Eine Stunde später bekam die Patientin hohes Fieber und zwölf Stunden später verstarb sie an einem schweren septischen Schock mit multiplem Organversagen. Diese Todesursache wurde durch die Obduktion bestätigt.

Bis zu dem Punkt war noch alles unstrittig, danach allerdings gar nichts mehr. Ein paar Tage nach Evas Tod stellten ihre Eltern Albrecht und Magdalena Ostermeier Strafanzeige. Sie hatten widersprüchliche Auskünfte aus der Klinik von Ärzten und Pflegepersonal bekommen, und es wurden ihnen erst auf mehrfache Nachfragen die Krankenakten gezeigt, die offensichtlich manipuliert worden waren, sie bekamen sie aber nicht ausgehändigt. Sie hatten erfahren, dass eine junge Assistenzärztin, die erst seit drei Monaten im Besitz ihrer Approbation war, die Anästhesie durchgeführt hatte, obwohl die Klinik behauptete, der dafür zuständige Facharzt für Anästhesiologie, Dr. Knoll, habe die Narkose geleitet. Es gab aber ernstzunehmende Hinweise darauf, dass Dr. Knoll an dem Tag gar nicht im Haus war. Die unerfahrene junge Ärztin habe eine Narkoselösung verwendet, die sie aus einer schon seit mehreren Tagen in Gebrauch befindlichen Flasche mit Gummistopfen aufzog. Und das, obwohl der Hersteller mehrfache Anwendung auf der Flasche ganz deutlich als unzulässig deklarierte, nachdem in Amerika bereits vor Jahren Fälle von schweren Infektionen durch mehrfache Verwendung dieser Ampullen bekannt geworden waren. In der Klinik Dr. Martius sei dieses Vorgehen aber allgemein üblich gewesen, man habe die Flaschen so lange benutzt, bis sie leer waren, um Kosten einzusparen. An der Infektion durch diese Lösung sei ihre Tochter, die bis dahin immer kerngesund war, gestorben.

Das war der Auftakt eines Rechtsstreits, der sich über Jahre hinzog.

Die Klinik bestritt alle Vorwürfe, ebenso wie Frau Kauffmann, man übergab die Sache den zuständigen Haftpflichtversicherungen, die sich von Anfang an weigerten, irgendeine Schuld ihrer Versicherten anzuerkennen, Gutachten und Gegengutachten wurden erstellt, ehemals aussagewillige Zeugen zogen ihre Aussagen wieder zurück, die Versicherungen fuhren schwere Geschütze auf, bis schließlich das Verfahren, das sich inzwischen über mehrere Instanzen hingezogen hatte, wegen Mangels an Beweisen eingestellt wurde. Das war fünf Jahre nach Eva Ostermeiers Tod.

„Mein lieber Mann ... des is ja starker Tobak ...“, stellte Hattinger fest.

„Das ist auch insofern interessant, als es da doch einige Ähnlichkeiten mit *Alles auf Anfang* gibt“, berichtete Wildmann. „Da geht es auch, nach relativ langen Beschreibungen ihrer Kindheit, vor allem um eine Ärztin, die einen Kunstfehler begeht, der sie dann völlig aus der Bahn wirft. Im Buch ist es zwar kein Narkosefehler, sondern sie ist Chirurgin und macht irgendeinen dummen Fehler bei einer harmlosen Operation, und ein junger Mann stirbt daran. Erst will sie den Fehler zugeben und alles aufklären, aber die Klinik hindert sie daran, weil sonst die Versicherung nicht zahlt. Die Versicherung selbst will sowieso nicht zahlen, die Ärztin wird von allen Seiten unter Druck gesetzt, macht sich selbst die größten Vorwürfe. Sie ist so eine ehrgeizige Überfliegerin, für die so etwas wie Fehler im Leben einfach gar nicht vorgesehen sind, und jetzt wird ihre Karriere als Chirurgin, die sie sich schon in den schönsten Farben ausgemalt hat, praktisch gleich am Anfang zerstört … Da haut sie ab ins Ausland, trinkt, stürzt sich in Abenteuer, nimmt Drogen, und erst Jahre später stellt sie sich dann ihrer Geschichte, geht wieder heim, macht eine Therapie … Ganz am Ende wird sie dann doch wieder Ärztin, in der Entwicklungshilfe."

„Mhm … also doch eher autobiographisch, bis auf den Schluss."

„Ja, und ein langes Kapitel ist da drin, nur über die Versicherung und den Prozess, das sollten Sie unbedingt mal lesen, Chef, das ist sehr aufschlussreich. Mit denen geht sie wirklich hart ins Gericht!"

„Also dann schau'ma doch amal nach, ob ma die Eltern von der Eva Ostermeier finden. Hat jemand die Adresse?"

„Ja hier …", meldete sich Haller: „Dr.-Kern-Straße 2, in Prien, Ortsteil Ernsdorf …"

„Was? *Der* Ostermeier? Des gibt's ja net … den kenn i, der wohnt ja praktisch bei mir ums Eck!" Andrea Erhard war perplex.

„Langsam wern S' ma unheimlich …", scherzte Hattinger. „Sie kennen ja wohl wirklich jeden in Prien? Oiso, was is'n des für oana?"

„Ja, so guad kenn i'n dann ah wieder ned … vom Sehen halt. Wenn ma uns auf der Straß begegnen, dann sagn'ma Grüß Gott …"

„Und die Frau Ostermeier?", fragte Petra Körbel.

„Also, soviel ich weiß, is der scho lang Witwer. Ich hab einmal beruflich mit ihm z'tun ghabt, des is aber bestimmt scho zehn Jahr her, der war Verwaltungsbeamter, und da is es auch um irgend so was gangen, des hab i aber vergessen … Des mit der Tochter hab i gar ned gwusst, i wohn ja erst seit a paar Jahr da oben in Ernsdorf … aber des is a ganz a freundlicher, ruhiger älterer Herr …"

„Wissen S' was, dann fahr'ma doch glei amoi hin und bsuchen ihn. Kommen S' mit, Frau Erhard, vielleicht beruhigt ihn des, wenn er a vertrautes Gsicht sieht."

34

Sie trafen Albrecht Ostermeier in seinem Vorgarten an. Er machte bei dem schönen Wetter ein bisschen Gartenarbeit, war dabei, vertrocknete Zweige auszureißen und übriggebliebene braune Blätter vom letzten Winter zusammenzukehren.

„Herr Ostermeier?", rief Andrea Erhard schon am Gartentor.

„Ja? … Ach, das ist doch die Frau Nachbarin, oder? Jetzt habe ich den Namen gerade nicht parat … kommen Sie doch rein."

Andrea Erhard und Hattinger betraten das Grundstück.

„Erhard … Andrea Erhard."

„Frau Erhard, natürlich!" Ostermeier schüttelte ihr jovial die Hand. „Mein Namensgedächtnis ist auch nicht mehr das, was es einmal war!"

„Des is der Herr Hattinger …"

Hattinger versuchte Ostermeier zu taxieren, er war ein drahtiger, relativ großer Mann mit ganz kurzen grauen Haaren und ziemlich ausgeprägten Geheimratsecken, aber sein Alter war schwer zu schätzen, Ende 50 vielleicht … Der Mann schüttelte auch ihm ausgiebig die Hand.

„Herr Hattinger … wo habe ich jetzt Ihr Gesicht gesehen, das war doch erst vor Kurzem, ach … im Fernsehen! Oder? Kann das sein, dass ich Sie im Fernsehen gesehen habe?"

„Des wär möglich, ja …"

Andrea Erhard half ihm: „Der Herr Kommissar war jetzt fast jeden Tag in einer Pressekonferenz, wegen …"

„… wegen diesem schrecklichen Fall, natürlich, jetzt weiß ich es wieder! Hören Sie, wollen Sie nicht hereinkommen und mit mir einen Kaffee trinken? Ich wollte mir nämlich gerade einen machen."

„Ja, wenn Sie uns so nett einladen, dann sag'ma ned nein, oder Frau Kollegin?"

„Kaffee is immer guad …"

Während sie Albrecht Ostermeier ins Haus folgten, sagte er zu Frau Erhard: „Stimmt, Sie sind ja auch Polizistin, oder? Auch das hatte ich vergessen, wir sehen uns ja immer nur auf der Straße oder beim Einkaufen …"

Er führte sie in ein geräumiges, helles Wohnzimmer. Es war ein schönes altes Haus mit altem Eichenparkett und großzügig dimensionierten, weißlackierten Sprossenfenstern. Das Wohnzimmer lag nach Süden und bot einen wunderschönen Blick auf die Kampenwand und einen kleinen Teil des Chiemsees.

„Schön ham S' es hier. Bei mir is der Ausblick leider net halb so toll", stellte Andrea Erhard fest.

„Ja, da haben Sie recht, das genieße ich auch sehr. Bitte nehmen Sie doch Platz." Er geleitete die beiden an den rustikalen Holztisch vor einem der

Fenster. „Ja, also … was kann ich denn nun für Sie tun? Ach, ich wollte ja Kaffee machen, wenn Sie mich noch kurz entschuldigen?“

Ostermeier ging hinüber in die angrenzende Küche. Hattinger und Andrea Erhard sahen ihm nach. Er holte die Glaskanne aus der Kaffeemaschine und füllte sie auf, er nahm einen frischen Filter aus dem Regal über der Spüle und steckte ihn in die Maschine, dann ging er daran, den Kaffee aus einer bunten alten Blechdose in den Filter zu löffeln. Er löffelte ein bisschen Kaffee daneben und griff sich ein Küchenhandtuch, um ihn aufzuwischen. Das Handtuch warf er über einen roten Korb neben der Spüle. Dann schaltete er die Kaffeemaschine an.

Hattinger sah sich im Wohnzimmer um, es war … sehr übersichtlich, aufgeräumt. Ein großes Bücherregal an einer Wand, das nur zur Hälfte gefüllt war, eine Anrichte, auf der eine leere Glasvase stand, ein speckglänzender lederner Ohrensessel mit Hocker zum Beine hochlegen, ein moderner LCD-Fernseher, ein Esstisch mit sechs Holzstühlen, ein paar Kakteen auf der Fensterbank, sonst nichts. Es wirkte irgendwie leer … nirgendwo Nippes, gelesene Zeitungen, abgelegte Post oder Ähnliches … fast ein bisschen steril.

Ostermeier kam mit einem Tablett mit Kaffeetassen, Milch und Zucker und einem Teller mit

Schokoladenkeksen und fing an, das Geschirr zu verteilen. Hattinger wurde langsam ungeduldig.

„So, jetzt gehöre ich ganz Ihnen, also …"

„Herr Ostermeier, entschuldigen Sie, Sie heißen mit Vornamen schon Albrecht, oder?"

„Ja, warum?"

„Dann hatten Sie eine Tochter, die Eva …"

Bei der Erwähnung dieses Namens schien sich ein dunkler Schatten über Ostermeiers Gesicht zu legen.

„Ja … das ist lange her …"

„Ihre Tochter is nach einer Operation gestorben, mit 15 …"

„Ja … das ist sehr lang her …"

„20 Jahre."

„Ja … im Oktober werden es 20 Jahre."

„Sie is an einer Infektion gestorben, wie wir ghört ham?"

„Nein, Frau Erhard, sie ist an einer infizierten Narkosespritze gestorben."

Dem Röcheln nach, das aus der Küche kam, war der Kaffee fertig durchgelaufen.

„Entschuldigen Sie mich einen Moment, bitte …"

Ostermeier stand auf und ging in die Küche. Plötzlich wirkte er um Jahre älter. Er zog die Kanne zu schnell aus der Kaffeemaschine und verschüttete etwas Kaffee. Er nahm ein Küchentuch aus dem Schrank und wischte den Kaffee auf. Das

Tuch warf er über den Korb. Dann kam er wieder und schenkte unsicher den Kaffee ein. Hattinger und Andrea Erhard sahen sich an.

Hattinger nahm einen Schluck Kaffee. Er stellte die Tasse vorsichtig wieder ab.

„Das nimmt Sie immer noch sehr mit …"

„Ja … Herr Kommissar, ich möchte nicht unhöflich sein, aber möchten Sie mir nicht mal sagen, warum Sie eigentlich hier sind?"

„Können Sie sich des nicht vorstellen?"

„Tut mir leid, aber ich bin kein Hellseher."

„Eben wegen der Geschichte mit Ihrer Tochter …"

„Verzeihung, aber die Geschichte – wie Sie das Schicksal meiner Tochter nennen – ist Geschichte. Sie werden vielleicht verstehen, dass ich nicht gern daran denke."

„Herr Ostermeier, Sie haben doch damals einen Prozess geführt gegen die Klinik und gegen die Narkoseärztin …"

„Es war ja leider gar keine Narkoseärztin, es war nur eine Medizinstudentin, die gerade mit dem Studium fertig war."

„Können Sie sich nicht an ihren Namen erinnern?"

„Selbstverständlich kann ich das. Ich habe diese Frau zwar nur ein einziges Mal gesehen, damals in der Klinik, da sagte sie zu uns: Alles ist gut gelaufen, Ihrer Tochter geht es gut … und ein paar

Stunden später war sie tot ... Aber danach hatte ich jahrelang mit ihrem Namen zu tun, ohne sie jemals wiederzusehen: Annette Kauffmann."

„Genau. Und Sie wundern sich immer noch, warum wir hier sind?"

„Sie haben mich ja noch immer nicht aufgeklärt."

Ostermeier nahm einen Schokoladenkeks und biss die Hälfte ab.

„Aber dass die Frau Kauffmann tot ist, wissen Sie schon?"

„Was ... die ist tot?" Ostermeier ließ die Hand mit dem halben Schokokeks auf die Tischplatte sinken und sah Hattinger neugierig an. „Woher sollte ich das wissen?"

„Sie ham doch vorher gsagt, Sie hätten mich im Fernsehn gsehn?"

„Ja. Und ...? Das war doch wegen dieser Sache mit diesen Händen, wenn ich mich recht erinnere?" Ostermeier aß die andere Hälfte des Schokoladenkekses und schob mit dem Zeigefinger die Krümel auf der Tischplatte zusammen.

„Dann müssten Sie doch mitgekriegt haben, von wem die Hände waren?"

„Jetzt machen Sie mich neugierig, Herr Kommissar. Ich war von Ostersonntag bis heute Mittag bei einem Freund in der Schweiz. Ich habe leider gar nichts mitgekriegt ..." Er nahm noch einen Keks, dann hielt er plötzlich inne. „Sie wollen doch damit nicht sagen, dass es die Hände von Frau Kauffmann waren …?“

Hattinger sah ihn an. Ostermeier erwiderte ruhig seinen Blick, dann schaute er zu Andrea Erhard. Die nickte leicht.

„Das ist ja schrecklich … Das würde man ja seinem ärgsten Feind nicht wünschen …“

„Ja, die Frau Kauffmann is wirklich auf ziemlich unschöne Weise ums Leben gekommen.“

„Ich weiß gar nicht, was ich sagen soll, Herr Kommissar …“ Er legte den Keks auf den Tisch und wischte sich die Finger an einer Papierserviette ab.

„Haben Sie die Frau Kauffmann in den letzten Jahren noch mal gesehn?“

„Nein, nie mehr, das sagte ich ja bereits, Herr Kommissar.“

„Oder von ihr ghört oder glesn?“, wollte Andrea Erhard wissen.

„Nein, auch nicht. Was sollte ich denn lesen von ihr?“

„Kennen Sie den *Chiemgaublick*, dieses Anzeigenblatt?“

„Sie meinen diese Reklamewurfpost? Wissen Sie, Herr Kommissar, draußen an meinem Briefkasten habe ich so einen Aufkleber: Keine Reklame! Aber natürlich hält sich da nicht jeder von den Ausfahrern daran, manchmal habe ich dann am Wochenende so einen dicken Packen

Papier drin, der den ganzen Briefkasten blockiert, und ich darf das Zeug dann wieder entsorgen! Da ist mit Sicherheit auch dieses Anzeigenblatt dabei, aber ich lese es nicht. Schon aus Prinzip!“

„Wissen Sie, was die Frau Kauffmann beruflich gemacht hat in den letzten Jahren?“

„Nein, auch das nicht. Es interessiert mich auch nicht. Was hat sie denn gemacht?“

„Bücher gschriebn. Zuletzt a Buch, des *Alles auf Anfang* heißt. Des liegt zurzeit in vielen Buchhandlungen. Nie gehört?“

Ostermeier schüttelte den Kopf.

„Sagt Ihnen der Name Dr. Schanderl was?“

„Ja, natürlich. Das war doch der Chef der Dr. Martius Klinik, in der meine Tochter …“

„War …? Wie meinen S' des?“, hakte Hattinger ein.

„Wie soll ich das meinen? Dass er damals eben der Chefarzt war. Und der Inhaber. Die Klinik ist ja dann in Konkurs gegangen, was mich nicht gewundert hat …“

„Sind Sie dem noch mal begegnet, seit damals?“

„Nein. Der war ja auch schon bei den Prozessen nie da, der hat seine Anwälte von der Versicherung geschickt und höchstens mal eine schriftliche Stellungnahme abgegeben. Der war sich zu fein für die Niederungen der Gerichtsbarkeit … Warum fragen Sie eigentlich?“

„Weil der Dr. Schanderl auch tot is, seit gestern.“

Ostermeier zögerte. Er schaute seine Kaffeetasse an.

„Da würde es mir jetzt schwerfallen zu behaupten, dass mir das leidtut …"

„Des kann ich verstehen, aber finden Sie nicht, dass des schon a bissl viel Zufall is?"

„Wie meinen Sie … dass er und Frau Kauffmann zur selben Zeit …? Aber der war doch sicher schon alt inzwischen, der Dr. Schanderl, das ist doch nicht so verwunderlich, dass man irgendwann stirbt, oder?"

„Es sieht so aus, als ob er Selbstmord begangen hätte."

„Wissen Sie was, Herr Kommissar? Wenn ich mit dem leben müsste, was der auf dem Gewissen hat, würde ich mich auch umbringen … Das erscheint mir nur konsequent."

„Sie ham doch gsagt, Sie waren seit Ostersonntag bei einem Freund in der Schweiz …"

„Ja, in der Nähe von Bern lebt der. Wir treffen uns jedes Jahr ein-, zweimal. Heute Mittag bin ich erst zurückgekommen. Ich bin früh losgefahren."

„Dann können wir den mal anrufen?"

„Ach … jetzt verstehe ich langsam, worauf Sie hinauswollen … Sie verdächtigen mich?" Ostermeier richtete sich kerzengerade in seinem Stuhl auf und sah dem Kommissar in die Augen.

Andrea Erhard schüttelte unmerklich den Kopf.

Hattinger fixierte Ostermeier.

„Herr Ostermeier, es is einfach so, dass im Fall Annette Kauffmann einige Hinweise aufgetaucht sind, die auf die Klinik Dr. Martius und den Tod Ihrer Tochter deuten. Da werden Sie doch sicher verstehen, dass wir denen nachgehen müssen …"

Ostermeier schien sich wieder ein bisschen zu entspannen.

„Tun Sie das. Das kann mir nur recht sein. Selbstverständlich können Sie meinen Freund anrufen … Wissen Sie, Herr Kommissar, ich versuche schon seit langer Zeit, diese schmerzhaften Ereignisse zu vergessen …"

Ostermeier drehte den Kopf leicht und sah aus dem Fenster. Draußen begann es bereits zu dämmern.

„Das gelingt mir natürlich nicht, aber es geht mir besser, wenn ich nicht daran erinnert werde. Es ist schon sehr lange her, aber es tut immer noch weh …"

Er blickte in die Ferne. Seine Augen wurden langsam feucht. Andrea Erhard sah Hattinger an. Der gab sich einen Ruck.

„Ja … Herr Ostermeier, für den Moment war's des, glaub ich. Wenn Sie uns dann nur noch die Nummer von Ihrem Freund mitgeben würden …"

Albrecht Ostermeier tauchte aus der Ferne wieder auf.

„Sicher … Er heißt Gert Bürklin, Gert mit T. Die Nummer muss ich holen …"

Er stand auf und ging Richtung Küche.

„... wissen Sie, Telefonnummern kann ich mir nicht mehr merken, Alzheimer lässt grüßen ...“

Mit einem kleinen braunen Adressbuch mit Ledereinband kam er wieder heraus und zog die Küchentür hinter sich zu.

„Hier ist es ... Gert Bürklin ...“ Er diktierte Hattinger eine Nummer mit Schweizer Vorwahl. „Sie werden ihn nur jetzt nicht erreichen, weil er heute früh ebenfalls aufgebrochen ist, um seine Freundin zu besuchen, aber morgen Abend wollte er wieder zuhause sein.“

„Haben Sie seine Handynummer?“

„Wissen Sie, Herr Kommissar, wir gehören beide zu jener vorsintflutlichen Spezies, die nicht jeden technischen Schnickschnack mitmacht, nur weil es ihn gibt. Wir haben beide kein Mobiltelefon. Ich wüsste auch gar nicht, wen ich damit anrufen sollte. Wenn man Familie hätte, dann vielleicht ...“

„Oder die Nummer von der Freundin?“

„Ich weiß nur, dass sie Elsa heißt und in Genf wohnt, aber ich hatte noch nicht das Vergnügen, die Dame kennenzulernen.“

„Ja dann ...“ Hattinger steckte seinen Notizblock ein. „Haben Sie in der nächsten Zeit irgendwelche Reisen geplant?“

„Nein, warum?“

„Es wär gut, wenn Sie sich zu unserer Verfügung halten würden, falls noch Fragen auftauchen sollten."

Sie wandten sich zum Gehen. Hattinger drehte sich noch mal um.

„Eines noch hätt mich interessiert: Ihre Tochter war damals 15, des is ja schon noch recht jung, um schwanger zu werden, oder? Von wem war Ihre Tochter denn schwanger?"

„Das wollte sie uns nicht sagen … Wir haben mit Engelszungen auf sie eingeredet, aber sie wollte nicht damit herausrücken. Aber nachdem sie sich dann zuletzt doch noch für den Abbruch entschieden hatte, war es auch nicht mehr so wichtig."

„Hat sie denn an Freund ghabt zu der Zeit?"

„Nein, eben nicht, sonst hätten wir es ja vermutlich gewusst."

Hattinger und Erhard verabschiedeten sich. Sie zogen das Gartentor hinter sich zu.

„Engelszungen … Des konn i ma lebhaft vorstelln", murmelte Hattinger.

„Oiso, mir duat der irgendwia leid", entgegnete Andrea Erhard.

„Des is mir ned entgangen. Mir is der ned ganz geheuer …"

35

„So Hattinger, jetzt rat'st amoi, was mir bei dem Pichler im Keller gfundn ham!" Mit den Worten wuchtete Fred Bamberger einen großen Pappkarton auf den Tisch des Besprechungsraums.

„Was woaß denn i?" Hattinger betrachtete neugierig den Karton. „Es werd scho was Wichtigs sei, wenn du uns extra dei Aufwartung machst …"

Bamberger öffnete den Karton und zog eines von vielen bunten, abgegriffenen Notizbüchern heraus: „Die Tagebücher von der Kauffmann."

Das war allerdings ein Fund, der den Anwesenden ein erstauntes Raunen entlockte.

„Und no was hab i: Die Fingerabdrück, die mir im Haus von der Kauffmann gfundn ham – da san fast überall welche vom Pichler dabei!" Für seine Verhältnisse war Bamberger fast freudig erregt über die Erkenntnisse, die er präsentieren konnte.

„Bingo!" Hattinger schaute in die Runde. „Jetzt glaub i langsam wirklich, dass der Pichler unser Mann is."

„Das kann tatsächlich kein Zufall mehr sein", bekräftigte Wildmann.

„Naa, der war im ganzen Haus unterwegs, vor allem im Wohnzimmer und im Schlafzimmer, aber ah an der Küchenzeile waren seine Abdrück. Guad, im Bad, da war ja sehr guad sauber gmacht, da hamma no nix gfundn."

„Und im Keller, an der Kühltruhe?“, wollte Hattinger wissen.

„Fehlanzeige. Die war ziemlich sauber abgwischt. Und die DNA-Analysen dauern natürlich no a paar Tag. Sei Probe hamma ja erst seit a paar Stund.“ Bamberger schenkte sich erstmal einen Kaffee ein und holte sich eine Wurstsemmel vom Nebentisch. Er schien recht zufrieden, dafür dass er so mit Arbeit eingedeckt war.

„Und wie steht’s im Haus von Wolfgang Pichler selbst?“, interessierte sich Martin Haller.

„Da steh’ma no ziemlich am Anfang“, antwortete Fred Bamberger kauend. „Ziemlich unübersichtliche Angelegenheit. Vor allem miass’ma da unsere Elektroniker no dransetzen, weil der offensichtlich des ganze Haus verkabelt hat. Und oben samma no gar ned drin gwesn. Mir wolltn ah die zwoa Mädel ned unnötig beunruhigen … Die ham si’ natürlich scho gfragt, was da los is.“

Hattinger war entschlossen, die Sache jetzt so schnell wie möglich voranzutreiben. „Die befragn ma später ah no, aber jetzt nehm’ ma uns erst den Pichler vor.“ Vielleicht würde er ja schnell gestehen, wenn er erfuhr, was sie ihm jetzt schon alles nachweisen konnten.

Hattinger gab Anweisung, Pichler in den Verhörraum zu bringen und auch Staatsanwalt Reißberger zu unterrichten, da kam Andrea Erhard mit einem schlaksigen jungen Mann herein, den sie als

Georg Kammermeier vorstellte. Er war einer der Computerfritzen, wie Bamberger sie nannte, und hatte Pichlers Laptop unterm Arm.

„Das wollte ich Ihnen gleich zeigen, Herr Kommissar." Er klappte den Laptop auf und startete ihn. „Der Herr Pichler ist ein echter Videofreak", erzählte er, während das Windows-Betriebssystem in quälender Langsamkeit hochfuhr, „aber ein ziemlich naiver. Er hat nichts verschlüsselt oder passwortgesichert. Wir haben schon lang keinen mehr gehabt, der uns die Arbeit so leichtgemacht hat. Muss sich recht sicher gefühlt haben."

Alle im Raum wurden ziemlich neugierig und versammelten sich um den Laptop und sahen Windows ungeduldig beim Starten zu.

„Hier sind Hunderte von Videos drauf, und wir konnten in der kurzen Zeit ja auch nur in einige reinschauen, aber der Ordner hier hat uns gleich angesprungen."

Kammermeier öffnete einen Ordner, der mit A.K. bezeichnet war und startete das erste Video.

„Öha. Ja da schau her!" Der Ausruf schien in diesem Fall langsam zu Hattingers Standardspruch zu werden.

Alle rückten noch ein bisschen näher. Das bildschirmfüllende Video zeigte eine sonnenbeschienene, holzbeplankte Terrasse, von Pflanzen geschützt, einen bunten, segeltuchbespannten Liegestuhl und dahinter die Terrassentür, aus der die nackte Annette Kauffmann trat, mit einem Ringbuch in der einen und einer Flasche Sonnenmilch in der anderen Hand. Sie legte sich in den Liegestuhl und cremte sich in aller Ruhe ein. Dann lehnte sie sich zurück und schloss die Augen und genoss ganz offensichtlich die Sonne.

Sie sah wirklich gut aus. Sie war auch schon ziemlich gut vorgebräunt. So lag sie da …

Dazu zwitscherten die Vögel. Auch ein Specht war zu hören. Ganz von fern ein Rasenmäher. Das Video war wirklich von guter Qualität, scharf, detailreich, gute Farben …

„Aha …", meinte Hattinger nach einer Weile, „… und …?"

Alle hingen weiter am Bildschirm und sahen einer gutaussehenden, nackten Frau beim Sonnenbaden zu.

„Nichts und …", antwortete Kammermeier. Er scrollte im Schnelldurchlauf durch das ganze Video, es passierte aber nichts weiter, als dass die mittlerweile nicht mehr unter den Lebenden weilende Annette Kauffmann in der Sonne lag, bis sie irgendwann wieder aufstand und ins Haus zurückkehrte, weil es ihr wohl zu heiß geworden war.

„Da gibt es einige von der Sorte, und auch ein paar, in denen er sie nachts im Haus gefilmt hat, durch die Fenster. Alles in allem aber wenig aufregend, soweit es Frau Kauffmann betrifft."

Die Zuschauer waren auch fast etwas enttäuscht, sie hatten insgeheim Spektakuläreres erwartet.

„A Spanner also, unser Herr Pichler. Von wann is denn des Video?", wollte Hattinger wissen.

„Vom letzten Sommer."

„Des muaß er von dem Jägerstand aus gfilmt ham, hinter der Wiesn", meinte Bamberger.

Hattinger nickte.

„Es gibt aber auch haufenweise andere Ordner, alle akribisch mit Initialen beschriftet. Das hier ist vom Datum her das letzte Video …" Kammermeier öffnete es und klickte irgendwo mitten rein. Es war in einem Innenraum aufgenommen. Der Bildausschnitt bewegte sich nicht, die Kamera war wohl fest installiert. Vermutlich an der Decke. Leises, wohliges Stöhnen war aus den kleinen Laptop-Lautsprechern zu vernehmen, und zwei junge unbekleidete Frauen beschäftigten sich miteinander in sehr eindeutiger Weise auf einem breiten Bett.

Eine Weile sagte keiner was im Raum, aber die Luft wurde spürbar dichter.

Als die beiden Frauen sich so drehten, dass auch ihre Gesichter im Bild erkennbar wurden, sagte Martin Haller plötzlich: „Das ist ja … das sind ja … die zwei Lehrerinnen, die gerade bei Pichler wohnen!"

Alle schauten ihn plötzlich an und er bekam rote Ohren.

„Jetz werd mir einiges klar!“, sagte Bamberger und dachte an Pichlers Haus.

Kammermeier merkte nach einer Weile, dass man wohl genug gesehen hatte in der Runde, um die Lage zu beurteilen, und stoppte das Video. Als alle trotzdem weiter auf den Bildschirm starrten, klickte er auch noch das Standbild mit den verknoteten Lehrerinnen weg und alle tauchten wieder aus ihrer Versenkung auf. Jetzt war es Andrea Erhard, die errötete und sich dezent wegdrehte, weil sie befürchtete, dass man ihr ansehen könnte, dass sie die eben gesehene Szene alles andere als kalt gelassen hatte. Und das ging ja nun gar nicht, schon überhaupt nicht in der Arbeit.

„I geh amoi no an Kaffee machen …“, sagte sie und tauchte schnell ab mit der Kanne. Während ihr Fred Bamberger nachrief, dass die doch noch ganz voll sei, hörte er sie nur noch was von „… aber frisch … besser …“ murmeln, und schon war sie weg.

„Ja, was sagt uns des jetzt?“, grübelte Hattinger. Irgendwie schien ihm das, was er gerade gesehen hatte, nicht ganz in das Bild eines eiskalten Killers zu passen. Wozu sollte der zwanzig Videos von einer Sonnenbadenden drehen?

„Also, wenn Sie mich fragen – wir müssen natürlich alles noch genau prüfen, auch was er auf den anderen Computern gespeichert hat, und das dauert –, aber meine erste Einschätzung wäre, wenn es bei der Art von Material bleibt, dass der Typ ein relativ harmloser Voyeur ist. Das ist natürlich nicht die feine englische Art, andere Leute heimlich zu filmen, aber wenn ich daran denke, was wir jeden Tag zu Gesicht kriegen …" Georg Kammermeier wollte das gar nicht näher ausführen.

Hattinger dankte ihm für die prompte Arbeit. Er beschloss, Pichler jetzt endlich zu vernehmen und bat Petra Körbel, ihn zu begleiten. Sie hatte bis jetzt noch gar nichts gesagt. Die anderen könnten per Videoübertragung zusehen.

„Wie lang machen S' denn des scho?", fragte Hattinger, als er Pichler im Vernehmungsraum gegenüber saß.

„Was?"

„Andere Leut filmen, beim Sex zum Beispiel …"

Pichler rutschte auf seinem Stuhl hin und her. „Keine Ahnung, von was Sie redn …"

Hattinger schlug einen knochentrockenen Ton an: „Herr Pichler, jetzt hörn S' besser glei auf mit dem Schmarrn. Für wie blöd halten Sie uns eigentlich?"

„Mei …" Pichler zuckte mit den Schultern.

„Mir ham grad a kleine Vorführung ghabt und uns Ihre Lehrerinnen im Nahkampf o'gschaut … Oiso?"

„Die … ja mei …" Pichler schwitzte schon wieder. „Konn i vielleicht a Zigarettn …"

„Nein!", antwortete Petra Körbel wie aus der

Pistole geschossen. „Sie erzählen uns jetzt erstmal was!"

„Ja mei … was soll i da scho erzähln?"

Man hätte meinen können, dass Pichler fürs Hin- und Herrutschen bezahlt würde.

„Wenn S' es eh gsegn ham … Des is ja … quasi … nur a Hobby von mir …"

„Ein Hobby?", wiederholte Körbel. Sie sah Pichler ziemlich giftig an. „Das werden die betroffenen Frauen sicher sehr lustig finden, Ihr Hobby!"

Man konnte Pichlers Schweißflecken unter den Achseln bei ihrer Ausbreitung zusehen. Sie würden sich bald mit dem großen Fleck auf seiner Hemdbrust vereinen, wenn er so weiterschwitzte.

„Und was machen Sie dann mit den Filmen?", setzte Petra Körbel nach. Hattinger hatte sie schon lange nicht mehr so angriffslustig erlebt.

Wolfgang Pichler sah sie verständnislos an. „Wie, was mach i …? Ja, anschaun halt. Was denn sonst?"

„Verkaufen vielleicht?", schlug Hattinger vor. „Ins Internet stelln, was woaß i?"

Pichler sah ihn an, als hätte er etwas Ehrenrühriges gesagt. Er war richtig sauer. „Des is aber jetz echt a ganz a miese Unterstellung! Ins Internet!? Wia komm i denn dazua? De san nur für mi, zum Privatgebrauch … Des geht sonst niemand was o!"

„So so … Na ja, des wern unsere Spezialisten dann scho feststelln, ob des stimmt …" Hattinger war fast geneigt, ihm zu glauben, er wusste auch nicht, warum.

„Und was ist mit Annette Kauffmann?" Petra Körbel konnte es kaum noch erwarten, zum wichtigsten Punkt zu kommen. Hattinger hätte gefühlsmäßig noch ein bisschen ausführlicher die Peinlichkeitsschiene verfolgt, aber so war es auch okay.

„Die Annette ... was soll mit der sei? Die is doch tot, oder?"

„Des is uns bekannt, Sie werns ned glaubn!", fuhr ihn Hattinger an. „Mir ham schließlich ihre Einzelteile eingsammelt! Die ham s' ah gfilmt ..."

Wolfgang Pichler schwieg. Er betrachtete intensiv den grauen Linoleumboden.

„Hat guad ausgschaut, die Frau Kauffmann – vorher – da komma nix sagn ...", setzte Hattinger nach. „Was ham S'n noch so alles mit der gmacht?"

Pichler schnaubte verächtlich. Aber der Boden schien es ihm angetan zu haben. Er konnte sich gar nicht mehr davon losreißen.

„Oder hättn Sie nur gern was mit ihr gmacht, aber die Annette hat Sie ned hinlassn? Hah?"

Wolfgang Pichler krallte sich förmlich an seinem Stuhl fest, um nicht mehr zu rutschen.

Hattinger beugte sich über den Tisch und sah Pichler treuherzig verschwörerisch an. Er senkte die Stimme.

„Die Videos von der Annette san ja scho a bissl

harmlos, oder? Fast scho langweilig“, schoss er ins Blaue. „Da fehlt a bissl die Action … Da fehln eigentlich Sie, oder? Da wär Ihnen doch sicher was eingfalln, was Sie mit der Ann…“

Weiter kam er nicht, denn Pichler sprang urplötzlich auf und schleuderte dadurch seinen Stuhl krachend nach hinten an die Wand, so hatte er unter Spannung gestanden. Er stieß einen unartikulierten Urschrei aus und sprang auf den Tisch, der ihn von Hattinger trennte, um ihm an die Gurgel zu gehen.

„Hoit endlich dei Maul, du Arschloch! Du Bullensau, du dreckerte!“, brüllte er wie am Spieß. „Was hast denn du für eine Ahnung, du zynischer Scheißkerl! Du Abschaum! Keine Ahnung hast du, wia des is! I hab die Annette geliebt, du Sau du … oiwei scho! I war wahrscheinlich der Oanzige überhaupt, aber sie hat mi halt ned wolln! Was konn denn i da dafür, du fieser Dreckhammel du, moanst du echt, dass i's deswegn umbring?! Aber di bring i um, i mach di koid, und zwar jetz glei, i drah dir die Gurgl ab!!“

Während er außer sich vor Wut auf Hattinger einschrie, versuchte er dessen Hals zu fassen zu kriegen. Hattinger trat geistesgegenwärtig den Tisch unter Pichler weg, so dass der vor ihm zu Boden stürzte, ohne jedoch den Kragen seiner Jacke loszulassen. Hattinger packte Pichlers Handgelenke und bemühte sich, seine Arme auseinanderzudrücken, aber Pichler entwickelte ungeahnte Kräfte in seiner Rage. Petra Körbel wollte ihn von hinten greifen, wobei sie einen heftigen Tritt gegen ihr linkes Schienbein kassierte und selbst zu Boden ging.

Endlich kamen Wildmann und Haller mit mehreren Polizeibeamten hereingestürmt und stürzten sich auf Wolfgang Pichler, der immer weiter brüllte. Er hatte Hattingers Jackett inzwischen in zwei Teile zerrissen und wollte sich auch mit vier Polizisten auf dem Rücken, die ihn zu Boden drückten, nicht beruhigen. Schließlich wurde Pichler mit vereinten Kräften fixiert und ein Arzt verständigt. Der gab ihm eine Beruhigungsspritze, denn man musste wirklich Angst haben, dass er sich selbst verletzte in seinem Zustand.

Nach einer halben Stunde war er wieder einigermaßen ansprechbar. Sie hatten beschlossen, ihn erstmal in Ruhe zu lassen für heute und die Vernehmung am nächsten Tag fortzusetzen. Er konnte ja zumindest keinem mehr was tun jetzt. Doch eine Frage wollte Hattinger ihm unbedingt noch stellen.

„Herr Pichler, was ham S' denn mit dem Dr. Schanderl eigentlich gmacht?"

„Dr. Schanderl? Wer soi'n des sei? I kenn koan Schanderl, und jetzt lasst's mi doch endlich in Ruah, ihr Arschlöcher!"

Er starrte Hattinger an, der immer noch seine

zerfetzte Anzugjacke anhatte. Man hatte das Gefühl, dass Pichler trotz Valium gleich wieder explodieren würde, und der Arzt signalisierte Hattinger, dass es jetzt aber genug sei.

36

Wenigstens diesen einen Schritt musste er noch durchführen. Dann war die Pflicht getan, dann konnte er zur Kür übergehen, wenn ihm noch die Zeit bliebe. Sie waren ihm schon auf den Fersen, das konnte er deutlich spüren. Aber dieser Schritt gehörte ganz wesentlich zu seinem Werk, ohne ihn wäre es nicht vollständig.

Er hatte schließlich lange suchen müssen, bis er den Mann gefunden hatte. War es bei ihr noch so gewesen, dass ihm der Zufall zu Hilfe gekommen und sie fast von alleine in sein Netz marschiert war, so hatte er bei ihm lange durchhalten müssen. Seine Geduld war bis zum Äußersten strapaziert worden, aber am Ende war sein Durchhalten belohnt worden. In diesen Jahren hatte er das Warten gelernt. Er hatte gelernt demütig zu warten, bis der Erfolg von selbst zu ihm kam. Da hatte er die Hoffnung schon fast aufgegeben, aber eben nie ganz …

Es war schließlich das Letzte, was er für Maria tun konnte, was er tun musste, wenn er sie schon nicht hatte beschützen können. Dabei hatten sie sich doch redlich Mühe gegeben. Alle erdenklichen Wege waren sie gegangen, sie zu einem frommen Leben zu erziehen, in die Kirche waren sie gegangen und hatten gesungen und gebetet zu Gott, auf dass er ihre Sünden vergebe. In die Klosterschule hatten sie Maria gegeben, gar ins Internat, als sich zeigte, dass sie sich auf Abwege begab, mehr und mehr, dass sie nicht nach einem frommen Leben strebte, dass ihr die Sünde reizvoller schien. Schon da musste Gott sie verlassen haben, das wusste er heute, aber damals hatte er es noch nicht geahnt. Da hatten auch die Nonnen in der Klosterschule nichts mehr ausrichten können.

Wenn er es nur geahnt hätte, was geschehen würde, dann hätte er sie lieber festgebunden und ihren Hass auf sich gezogen, als das zuzulassen. Freilich konnte man ja, auch als es schon geschehen war, nicht ahnen, wie fatal alles enden würde. Sie hatten damals doch noch gedacht, dass es das Richtige wäre, ausnahmsweise, in diesem Fall das Richtige, ihr zuzureden, dass sie … ihr Leben wäre doch schon vorbei gewesen, bevor es richtig angefangen hatte, das allein war doch der Grund gewesen … Fürsorge … Mitgefühl … Was hatten sie sich Stunde um Stunde, Tag für Tag, jahrelang das Gehirn zermartert, was hatten sie sich für Vorwürfe gemacht … Sie könnte vielleicht noch am Leben sein, wenn sie sie nicht gedrängt hätten. Aber vielleicht hätte sie auch selbst noch so entschieden.

Über alledem hatte er lange Zeit den Keim des Übels gar nicht mehr beachtet, die Initialzündung der Katastrophe verdrängt, dabei wäre es ohne diese Tat niemals zu jenem verhängnisvollen Eingriff gekommen. Sie alle könnten noch glücklich leben.

Er musste den Mann zur Strecke bringen, der Maria Gewalt angetan hatte. Das war der nächste Schritt.

Sicher hatte es tief drinnen in ihm lange einen Rest von Zweifel gegeben, ob Maria denn wirklich vergewaltigt worden war. Sie war schließlich nicht nach Hause gekommen und hatte geschrien: Mama, Papa, man hat mir etwas Schreckliches angetan, wir müssen zur Polizei gehen, er konnte sich auch nicht erinnern, dass man ihr die Folgen körperlicher Gewalt angesehen hätte.

Aber da war diese Nacht im Sommer gewesen, wo sie angab bei einer Freundin geschlafen zu haben, sie hatten es ihr ausnahmsweise erlaubt, weil die Ferien schon angefangen hatten, und als sie dort anriefen um neun Uhr abends, da war sie auch tatsächlich dort gewesen, sie hatte gesagt, ja Papa, wir gehen bald ins Bett und quatschen nur noch ein bisschen, ganz genau konnte er sich an jedes einzelne Wort erinnern: Ja Papa, wir gehen bald ins Bett und quatschen nur noch ein bisschen … quatschen, ja, das war eines ihrer Lieblingsworte gewesen, gut, ein bisschen albern natürlich, wie alle diese Modewörter, die kamen und gingen, und niemand vermisste sie mehr, weil inzwischen wieder etwas anderes … Kind, kannst du nicht vernünftig reden, hatte seine Frau oft gesagt, aber das war ja im Grunde harmlos, wenn man es nicht … es war jedenfalls nicht böse oder abwertend gemeint, quatschen …

Aber ja, dann … am nächsten Tag, ein Samstag war es … ein Samstag mit wunderschönem, heißem, wolkenlosem Wetter, über 30 Grad im Schatten hatte es gehabt, an diesem Samstag, da war sie erst am späten Nachmittag nach Hause gekommen, Sorgen hatten sie sich schon gemacht, große Sorgen, denn bis Mittag hätte sie zuhause sein sollen, was heißt sollen, fest vereinbart hatten sie das mit ihr … da war sie erst am späten Nachmittag nach Hause gekommen, völlig abwesend und übermüdet hatte sie gewirkt, sie war kaum ansprechbar, wäre fast im Stehen eingeschlafen, hatte sich sofort ins Bett gelegt unter dem Vorwand, sie hätte sich wohl ganz akut erkältet und müsse sich ausschlafen – in dieser Nacht, von Freitag auf Samstag … da musste es passiert sein …

In der folgenden Zeit benahm sie sich sehr ungewohnt, sie war ganz nervös, aufgeregt, dann wieder fast apathisch, das alles in schnellem Wechsel, sie versuchte öfters, heimlich zu telefonieren, was sie sonst noch nie getan hatte, nie ohne die Frage, ob sie denn diese oder jene Freundin anrufen dürfe, und das waren ohnehin nur zwei oder drei, mit denen sie regelmäßigen Kontakt hatte, jedenfalls hatten sie ihre Tochter in der Zeit kaum wiedererkannt … sie war völlig …

Irgendwann war klar geworden, was mit Maria los war. Sie musste es selbst gestehen. Es war ein Schock … Es war wie der Sturz aus einem Wolkenkratzer, von einem Berggipfel, von einer Brücke. Der Aufprall war das Erwachen dafür, dass so etwas möglich war … Natürlich war es grundsätzlich möglich – bei jemand anderem, bei irgendjemand, aber doch nicht bei Maria …

Selbstverständlich wollten sie wissen, woher dieser Umstand käme, wer sie … von wem sie …? Sie hatten sie ermutigt, es zu sagen. Sie hatten ihr gedroht, sie hatten sie … nicht wirklich hart, nur … aber was sie auch taten, es war ihr gleichgültig, was sie unternahmen, um es zu erfahren, sie sagte es einfach nicht!

Erst nach fast zwei Monaten schließlich beichtete sie ihnen endlich die Wahrheit: Sie war vergewaltigt worden. Natürlich hatten sie Maria gedrängt, zur Polizei zu gehen, eine Anzeige zu erstatten – aber das wollte sie nicht. Sie schämte sich. Sie wollte nicht sagen, wer ihr das angetan hatte, sie wollte einfach nicht …

Je länger diese Zeit und Marias anschließender Tod aber zurücklagen, desto mehr war in ihm die Überzeugung gereift, dass ihr Vergewaltiger sie arglistig betäubt haben musste, um sie gefügig zu machen. Es konnte gar nicht anders gewesen sein. Sie hatte es gar nicht mitbekommen, was ihr geschehen war, deshalb konnte und wollte sie auch nichts darüber sagen. Aber jetzt wurde es Zeit zu gehen, das wusste er. Er hatte einen Fehler begangen. Einen dummen kleinen Fehler.

37

Dr. Keul hatte Hattinger gleich nach der Obduktion von Dr. Schanderl angerufen und noch einmal bekräftigt, dass es sicher nicht die Auspuffgase gewesen waren, die den Arzt ins Jenseits befördert hatten. Er war aber ein bisschen beleidigt, dass der Kommissar sich auch dieses Mal den Toten nicht selbst ansehen wollte, sondern wieder irgendeinen Adlatus schicken würde.

„Tut mir leid, wissen S' bei uns brennt die Hüttn", entschuldigte sich Hattinger.

„Ihr Vorgänger stand bei uns immer sofort auf der Matte."

„Ja, aber der is ja jetz nimmer da."

„Dann schicken Sie mir wenigstens nicht mehr so einen grünen Knaben – grün hinter den Ohren und grün im Gesicht!" Damit legte er auf.

Der hat Sorgen, dachte Hattinger. Aber im Prinzip wussten sie ja das Wichtigste schon.

Staatsanwalt Reißberger kam herein. Er hatte schon telefonisch mit Hattinger über die Vernehmung von Wolfgang Pichler konferiert. Hattinger hatte dem Staatsanwalt mitgeteilt, dass er ernsthafte Zweifel habe, ob Pichler das Zeug zum eiskalten Killer hätte, so wie der ausgerastet war. Es sei denn, er wäre ein hervorragender Schauspieler.

Reißberger war noch alarmierter, seit ihm Hattinger den wahren Hintergrund von Dr. Schanderls Tod enthüllt hatte. Man sah ihm den Druck direkt an, er schaute ein bisschen grau aus heute.

„Hattinger, wir brauchen jetzt einen Durchbruch. Dringend!" Reißberger reichte ihm den Durchsuchungsbeschluss für das Haus der Schanderls. „Haben Sie die Frau schon benachrichtigt?"

„Ich hab gleich die Frau Erhard hingschickt, aber die Frau Schanderl war ned da. Wir ham sie auch telefonisch ned erreicht. Vielleicht is die ja auch weggfahrn."

„Wieso auch?"

„Ja, weil jeder, den wir erreichen wollen, zurzeit im Osterurlaub is', in Italien oder sonstwo."

„Auch gut, dann können Sie wenigstens in Ruhe suchen."

„Gut, dann legn'ma glei los. Sagn Sie, könnten Sie vielleicht die Pressekonferenz allein übernehmen nachher? Dann fahrn mir währenddessen los, dann san wenigstens ned alle hinter uns her."

Der Staatsanwalt sagte zu. Hattinger war erleichtert.

„Die Identität vom Pichler sollt'ma no ned enthüllen im Moment. Und falls irgendjemand auf die Idee kommt, nach dem Schanderl zu fragen, würd ich vorerst bei der Selbstmordtheorie bleiben, sonst hamma morgen glei a Serienmörder-Schlagzeile in der *Bild*."

„Bleibt die Frage, was ich dann überhaupt sagen soll."

„Schaun S', so geht's mir jeden Tag. Irgendwas wird Ihnen schon einfallen. San S' halt kreativ." Mit anderen Staatsanwälten hätte Hattinger nicht so reden können, aber Reißberger kannte er ganz gut, der hatte sich einen gewissen Resthumor bewahrt.

Wildmann kam in den Besprechungsraum. Hattinger hatte ihn gebeten, die Telefonnummer von Ostermeiers Schweizer Freund zu überprüfen.

„Und?"

„Ja, die Nummer und der Name Gert Bürklin, das passt zusammen. Ich hab angerufen, es war aber keiner da. Hab meine Handynummer auf dem Anrufbeantworter hinterlassen und um sofortigen Rückruf gebeten."

„Anrufbeantworter … na immerhin. Besser ois gar nix."

Hattinger schaute auf die Uhr.

„In a halbn Stund brech'ma auf nach Marquartstein – mit möglichst wenig Getöse. Würden Sie bitte alle informieren, Karl?"

„Die Spurensicherung auch?"

Hattinger überlegte. „Na ja, es handelt sich ja ned um an Tatort, vermutlich … Außerdem ham die bestimmt no den Daimler in der Reissn …"

„Wie bitte?"

„… in der Mangel, in Arbeit …", erläuterte Hattinger. „Und des Pichler-Haus ah no. Die ruf'ma an, wenn ma tatsächlich was finden. Dann konn wenigstens der Bamberger amoi wieder ausschlafen, wenn er scho ned an Gardasee kommt."

Karl Wildmann zog ab.

Hattinger kaute auf seinem Bleistift und drehte sich langsam in seinem Bürostuhl hin und her. Er hätte jetzt verdammt gern eine geraucht. Irgendwie wurde er das Gefühl nicht los, dass er etwas Wichtiges übersehen hatte.

Er musste sich auf jeden Fall noch bei Lena melden. Er rief bei sich zuhause an.

„Hallo Paps! Wie steht's? Wann krieg ich meinen Braten? Wo bist du?", meldete sie sich gleich. Als hätte sie schon auf seinen Anruf gewartet.

„Hallo … du Lenilein …"

„Paps, ich hab dir doch gesagt, dass du mich nicht mehr Lenilein nennen sollst! Ich bin voll groß und überhaupt … Du kommst nicht, oder?"

„Na ja … es schaut ned so aus im Moment. Der Fall is ziemlich kompliziert …"

Lena sagte nichts. Ihre Enttäuschung war aber trotzdem zu hören.

„Duat ma leid, aber i hab keine Ahnung, wie lang des heut no dauert. Wenn ma hinter am Mörder her is …"

„Okay … Ich wollte vielleicht sowieso noch den Peter treffen. Wenn er mag … Paps?"

„Ja?"

„Hast du was dagegen, wenn ich den Schweinsbraten selbst mache?"

Hattinger gab sich einen Ruck. Schweinsbraten war eigentlich seine Domäne. „Naa … im Prinzip ned. Wenns d' die Küch wieder aufaramst."

„Okay, und wie machst du den immer, der ist immer so awesome bei dir!"

Schweinsbraten awesome – Hattinger dachte sich längst nichts mehr bei solchen Wortkombinationen. Er freute sich über das Kompliment.

„Oiso, im Schnelldurchlauf: pfeffern, anbraten ringsrum in a bissl Öl, aber ganz hoaß, dann legstn in die Reine, gießt mit am halben Liter Brühe oder so auf und schmeißt gelbe Rüben, Lauch, gviertelte Zwiebeln, a paar Knoblauchzehen, a Stückl Sellerie nei, oder was halt no so da is an Gmias … Und dann ab ins Rohr, 160 Grad, die erste dreiviertel Stund mit der Schwartn nach unten und dann drahst'n um. Ganz am Schluss no an Grill dazua, dann werd die Schwartn schee knusprig. Ah ja, die muasst einschneiden vorher, so rautenmäßig, am besten geht's mit'm Teppichmesser. Und ab und zua mit Bier übergiaßn. Aus dem Bratensatz und dem Gmias machst dann die Soß. Des Braune in der Reine unbedingt mit am Pinsel ablösen – da steckt die ganze Essenz drin! Und salzen erst beim Essen, dann bleibt er ganz zart …"

„Und du glaubst, dass ich mir das jetzt alles gleich merken kann?"

„Komm, du bist doch begabt! Zur Not schaust beim Schuhbeck nach, in dem Kochbuch im

Regal, des Rezept is ah ned schlecht. Und da liegt ah des Semmelknödelrezept von der Oma drin, auf am handgschriebnen Zettel. Gibt koa bessers."

„Ist das das, wo die Knödel so fluffy werden? Gut, dann lad ich den Peter ein, okay?"

„Aber lassts ma was übrig … Guad, i muass jetzt."

Beide waren ein bisschen traurig, als sie sich verabschiedeten. Er wäre jetzt viel lieber nach Hause gefahren als nach Marquartstein.

38

Das Schlauchboot mit dem kleinen Elektromotor glitt praktisch lautlos in der Dunkelheit über den Chiemsee. Es war jetzt sehr hilfreich, dass er sich auskannte, dass er diese Fahrt sowohl bei Tag als auch bei Nacht schon mehrmals erprobt hatte, sonst wäre es nicht leicht gewesen, sein Ziel auf Anhieb zu erreichen. Er konnte schließlich keinen Scheinwerfer benutzen, wenn er unerkannt auf die Insel kommen wollte. Für Segler, die in ihrer Yacht auf dem See übernachten wollten, war es einfach noch zu kalt, damit musste er kaum rechnen. Die durften zwar um die Zeit sowieso nicht herumfahren, das hieß aber noch lange nicht, dass sich alle daran hielten. Aber die Wasserschutzpolizei war auch immer mal wieder nachts unterwegs, und denen durfte er auf keinen Fall begegnen. Beim Einpacken der Ausrüstung war ihm erst aufgefallen, dass er die kleine Taschenlampe verloren haben musste. Das ärgerte ihn. Erstens war sie sehr teuer gewesen und zweitens sehr hell und leicht. Er hatte stattdessen die große schwarze mitgenommen, aber die war viel schwerer und unhandlicher und die Batterien hielten nicht so lang. Dass sie die verlorene Lampe vielleicht gefunden hatten, war ihm hingegen egal, er musste spätestens ab jetzt bei jedem Schritt damit rechnen, dass er den Abschluss dieses Lebensabschnitts markierte.

Er war keiner, der sich Illusionen machte. Auch das war ein Bestandteil des großen Plans, dass er irgendwann den Keller gegen eine Zelle eintauschen würde. Und dann gäbe er bereitwillig Auskunft über alles, kein Detail würde er auslassen …

Er war froh, dass er rechtzeitig vorgesorgt und schon vor Tagen das Boot und die Campingausrüstung im Auto verstaut hatte, so war es nur noch nötig gewesen, den Rucksack neu zu packen. Aber das war der einfachere Teil der Sache gewesen, schließlich hatte er gewusst, dass sie irgendwann kommen würden.

Dass aber sein entscheidender Anruf so gut verlaufen war, das war nicht mit hundertprozentiger Sicherheit vorhersagbar gewesen. Doch es hatte auf Anhieb geklappt. Wieder einmal hatte sich dann doch der Volksmund bestätigt: Geld regiert die Welt. Der Dreckskerl war darauf hereingefallen, selbst wenn die Geschichte, die er ihm serviert hatte, völlig unsinnig war, wenn man sie mit nüchternem Verstand analysierte.

Im Dunkeln tauchte plötzlich das Ufer vor ihm auf. Er stellte den Elektroaußenborder ab und klappte ihn hoch. Das Wasser war hier nur sehr flach, deshalb nahm er sein Paddel zur Hand und stakte das Schlauchboot vorsichtig Richtung Ufer. Als es nicht mehr weiterging, stieg er mit seinen hohen Gummistiefeln ins Wasser und zog das Boot in die kleine Bucht. Er hatte eine Stelle ausgekundschaftet, wo er es bequem an Land zwischen Bäume und Ufergestrüpp schleppen konnte, wo es gut getarnt wäre.

Jetzt musste er nur noch ein gutes Plätzchen für die Isomatte und seinen warmen Schlafsack finden, dann konnte er in aller Ruhe abwarten, bis es hell wurde.

39

Dieses Haus war verdammt groß. Es war noch viel größer, als es von außen wirkte, der hintere Teil war halb in den Hang hineingebaut. Jetzt hatten sie sich schon die halbe Nacht hier durchgepflügt, am Anfang hatten sie nur versucht, sich überhaupt einen Überblick zu verschaffen über die weitläufig verschachtelten Räumlichkeiten. Frau Schanderl, die Hausherrin, war immer noch nicht aufgetaucht, also hatten sie auch keine Hilfe bei der Orientierung erhalten, aber jetzt waren sie wenigstens im Groben einmal durch.

Außer der üblichen Crew waren noch mehrere Polizeibeamte aus Prien dabei, die mithalfen, Akten, Kontounterlagen, Papiere etc. zu verpacken. Sie mühten sich, Zimmer für Zimmer, Winkel für Winkel zu durchforsten, eine echte Strafarbeit in diesem Haus. Hier war alles mit irgendeinem Zeug vollgestellt, Nippes in jedem Regal, auf jedem Fensterbrett, auf jeder Ablage. Naive Kunst, bayerische Landschaftsbilder, chinesische Vasen, Nymphenburger Porzellanfiguren, silberne Teekessel und vergoldete Weinkaraffen – nichts, was man hier nicht gefunden hätte. In diesem antiken Trödelladen steckte ein nicht zu unterschätzender Wert, das war klar, aber sich hier einen Überblick zu verschaffen war ein Unding.

Um elf hatten sie sich eine Wagenladung Pizzas bringen lassen, die sie in der relativ lauen Nacht draußen auf der Parkplatzmauer verzehrten, auf der vorgestern noch Dr. Schanderl gesessen hatte, und nun war es schon wieder kurz vor zwei, und bis jetzt war eigentlich noch nichts aufgetaucht, was sie in irgendeiner Weise weitergebracht hätte. Vor einer Viertelstunde hatte einer der Priener Beamten immerhin einen Wandsafe hinter einem Bild im Klo entdeckt, ausgerechnet da hätten sie den nicht vermutet. Den zugehörigen Schlüssel hatten sie allerdings nicht gefunden, was also tun? Sie überließen die Entscheidung dem Chef.

„Okay, Safe is immer interessant, schau'ma dass ma an Schlosser herkriagn!" Hattinger schaute erwartungsvoll Andrea Erhard an.

„Duat ma leid, agrat Schlosser kenn i jetz koan ..."

Dafür meldete sich einer der Polizisten, sein Cousin sei Schlosser.

„Her mit eahm, so schnell wia's geht. Sagn S' eahm, mir san in a Notlage und er konn alle üblichen Nachtzulagen berechnen."

Kurze Zeit später meldete der Beamte Vollzug: Sein Cousin sei in einer halben Stunde da. Hattinger schaute auf die Uhr.

„Guad, Pause für alle bis um halb drei, dann schau'ma weiter. Und mir setzen uns vielleicht no amoi in der Küch zamm", war sein Vorschlag an

Andrea Erhard, Petra Körbel, Martin Haller und Karl Wildmann.

„Meinen S' ned, dass mir uns da vielleicht an Kaffee machen könnten, oder geht des ned?", meinte Andrea Erhard, als sie in die Küche kamen.

„Des mach'ma einfach. Des werd jetzt ned des Hauptproblem von der Frau Schanderl sei, wenn s' no kommt, dass ma ihr an Kaffee wegtrinken, wenn der Mann tot is … Mir können ihr ja morgen an neuen herstelln."

Sie setzten sich um den Küchentisch, der locker für zehn Personen Platz bot – ziemlich großzügig für ein kinderloses Ehepaar … Andrea Erhard suchte in den Oberschränken um die Kaffeemaschine herum nach dem Kaffee. Neben der Spüle schob sie mit dem Fuß einen blauen geflochtenen Einkaufskorb zur Seite, der ihr im Weg stand. Dabei rutschte ein Spülhandtuch von der Arbeitsplatte und fiel genau in den Korb.

Plötzlich hatte Hattinger eine Eingebung.

„Mensch, bin ich ein Depp!"

Die anderen schauten ihn verständnislos an. Sie hätten jetzt ja auch nicht direkt zustimmen dürfen …

Hattinger zückte sein Handy. Er tippte zwei Buchstaben ein und wählte.

„Bamberger! Du, i hab a Frage … wach auf!", rief er aufgeregt ins Telefon.

„Sag amoi, du woaßt scho, wia spät's is?",

grunzte sein offensichtlich aus dem tiefsten Tiefschlaf aufgeschreckter Gesprächspartner.

„Ja, duat ma leid, aber es is wichtig: Die Farbspuren, woaßt no, de von der Beize, wo du gsagt hast, die wär für Möbel und ned zum Lachsbeizen, konnst di erinnern …? Halloo, bist jetzt wach …?"

„I hoff für di, du fragst mi jetz ned, ob ma vielleicht doch an Lachs damit beizn kannt!", knurrte Bamberger.

„Naa, jetz horch hoid amoi zua! Die warn doch rot, oder? Kann des sein, dass da auch Weidenkörbe damit gfärbt wern?"

„Ahm … Weidenkörb … na ja … des konn scho sei … Es gibt ja schließlich Korbmöbel oder Bambusmöbel oder Rattan oder was woaß i? I denk die Farb kann ma' für alles nehmen was im weitesten Sinn wia Holz is."

„Guad, dann schlaf weiter." Damit legte Hattinger auf.

Die anderen waren immer noch nicht im Bild. Immerhin lief der Kaffee inzwischen durch. Hattinger wandte sich an Andrea Erhard.

„Is Ihnen des ned aufgfalln, beim Ostermeier, wia der in der Küch war und den Kaffee gmacht hat …"

„Da hab i von meim Platz nur so halb hinschaun können. Was war denn da?"

„Der hat den Kaffee in den Filter g'löffelt, die ersten fünf, sechs Löffel ganz normal, und den letzten hat er verschütt. Und dann hat er so a Gschirrhandtuch gnomma, den Kaffee zammgwischt und dann hat er des Tuch über den roten Korb neben der Spüle drübergelegt."

„Und was is daran so ungewöhnlich?"

„Erstens is des a ganz a ordentlicher Typ, ganz sauber war's da, des passt zu dem überhaupt ned, dass der einfach an Löffel Kaffee daneben schütt. Und dann nimmt er a trockenes Gschirrhandtuch – statt an nassen Spüllappen! Ja des macht doch überhaupt koan Sinn, damit schiebt er doch nur des trockene Kaffeepulver in der Gegend rum …"

„Ja … da ham S' natürlich recht, aber trotzdem versteh i ned ganz …"

„Dann is er noch mal in die Küch um den Kaffee zu holn, da hat er die Kanne so schnell rauszogn aus der Maschin, dass der Kaffee übergschwappt is, und dann – nimmt er wieder koan Spüllappen oder Schwamm, wie ma des normalerweis macht, er nimmt no ned amoi desselbe Handtuch wie vorher, sondern ein neues! Damit wischt er wieder a bissl rum und hängts dann auch über den Korb, und warum?"

Hattinger schaute erwartungsvoll in die Runde. Er sah nur ratlose Gesichter. Noch immer schien niemand so ganz nachvollziehen zu können, worauf er eigentlich hinauswollte.

„Weil's ned um den Kaffee geht oder um die Handtücher – sondern um den Korb! Ein roter

Weidenkorb! Der wollt den nur zuhängen, verdecken! Und dann, bevor mir uns verabschiedet ham, hat er die Küchentür ganz zuagmacht."

Keiner um den Tisch wollte jetzt offen sagen, dass er die Theorie des Chefs ein bisschen arg weit hergeholt fand.

Wildmanns Handy klingelte, er nahm ab und ging schnell nach draußen zum Telefonieren.

„Der hat uns zum Narren ghaltn", fuhr Hattinger fort.

Andrea Erhard war noch nicht überzeugt. „Aber der hätt ja den Korb nur wegstellen brauchen, des wär ja dann gar ned aufgfalln …"

„Ja freilich, hat er aber ned! Der Mann wollt bsonders unauffällig tun, und grad dadurch hat er auffällig ghandlt."

„Dann sollten wir vielleicht morgen den Korb holen und die Farbe analysieren", schlug Petra Körbel vor.

„Is nur die Frage, ob er dann no da is."

„Chef!" Wildmann eilte wieder herein und klappte sein Handy zu. „Das war Gert Bürklin, aus der Schweiz. Der ist Barkeeper in einem kleinen Hotel in der Nähe von Bern. Er ist gerade von der Arbeit nach Hause gekommen und hat meine Nachricht gehört …"

„Ja, und?", drängte Hattinger ungeduldig.

„… der hat den Namen Albrecht Ostermeier noch nie in seinem Leben gehört. Der könnte höchstens irgendwann mal ein Hotelgast gewesen sein, hat er gemeint."

„Bingo!" Hattinger knallte die Faust auf den Tisch. „I hab's euch doch gsagt, der hat uns bschissn!" Er sprang auf. „Also: Alle Mann versammeln, mir fahrn da hin, sofort – Hausdurchsuchung – Gefahr im Verzug! Genehmigung holn ma uns später. I woaß, dass alle müad san, aber des duldet koan Aufschub. Wer woaß, was der sonst no vorhat …"

Er rief wieder Fred Bamberger an. „Fred, du konnst wieder aufsteh, mir brauchan di!"

Als sie das Haus verließen, kam gerade der Schlosser mit seinem Schweißgerät im Schlepptau die Einfahrt hochgeschnauft.

„Duat ma leid, aber mir ham jetz koa Zeit, kommen S' morgen wieder und setzn S' es auf d' Rechnung", fertigte Hattinger ihn im Vorbeigehen ab.

Der Mann starrte ihm sprachlos hinterher.

40

Donnerstag nach Ostern

Er lag lange wach in dieser Nacht. Er konnte einfach nicht einschlafen. Zu aufregend war es, dass seine Mission bald zu Ende ging. Zu aufwühlend waren die Erinnerungen, die ihn jetzt wieder mit aller Wucht überfielen.

Er hatte ihn gefunden, den, der die Katastrophe ins Rollen gebracht hatte, vor ein paar Wochen erst war es ihm endlich geglückt, wahrscheinlich war es auch deshalb noch so aufregend.

Alles was seine Töchter hinterlassen hatte, alles was geblieben war von ihr, in ihrem Zimmer, im Haus, hatte er zigmal durchgesehen, akribisch durchsucht, er hatte aber nicht den geringsten Hinweis gefunden, mit wem sie in jener Nacht zusammen gewesen war.

Die Freundin, bei der sie angeblich geschlafen hatte, hatte er später zur Rede gestellt, sie war untröstlich über Marias Tod und schwor glaubhaft, sie wisse nicht, wo Maria gewesen sei. Sie habe den Anruf der Eltern abgewartet, dann sei sie gegangen und habe gesagt, sie käme bis zum Morgen wieder zurück und niemand würde etwas merken. Aufgekratzt sei sie gewesen, sie habe sich schön gemacht, geschminkt – was ihr zuhause verboten war, wie er natürlich selbst am besten wisse. Ihre schöne weiße Bluse habe sie angezogen und sich einen kurzen roten Rock von ihr geliehen. Dann sei sie aus dem Haus geschlichen. Später habe sie bemerkt, dass Marias BH unter dem Kopfkissen ihrer Matratze lag.

Er hatte es erst gar nicht hören wollen, dann hatte er versucht, die Gedanken daran wieder loszuwerden, aber irgendwo in den Tiefen seiner Erinnerung bohrten sie hartnäckig herum. Schließlich aber hatte er erkannt, dass es nichts bedeutete, als dass sie, naiv wie sie war, einem aufgesessen war, der sie ausgenützt, der ihre Arglosigkeit missbraucht hatte.

Er lag unter dem sternenklaren Himmel und schaute hinauf in diese endlose, unvorstellbare Weite. Der wahre Trost, wenn es denn überhaupt einen gab, der einzig ernst zu nehmende, der lag da oben, in diesem grandiosen Schauspiel. Er ließ seinen Blick aufsaugen von der unendlichen Dunkelheit zwischen den Sternen, zwischen den Galaxien. Dort, wo nichts war, konnte man ungehindert reisen, nicht mit dem Körper, aber mit den Gedanken, mit der Phantasie. Eine alle Vorstellungen sprengende Zahl von Gestirnen war dort draußen im Nichts unterwegs, mit unvorstellbarer Geschwindigkeit, und niemand schien wirklich zu wissen, wohin sie eigentlich flogen, sie rasten einfach hinaus und strebten der Grenze des Nichts entgegen, was eigentlich keine Grenzen haben sollte, mochte man meinen, nur um dann, wenn man den Auguren der Physik, der Astronomie Glauben schenken wollte, im Laufe ebenso vieler Jahrmilliarden, die sie gebraucht hatten, um von einem einzigen, winzigen Punkt hinaus zu explodieren, sich auszudehnen, dahin, wo sie jetzt waren, wieder zusammenzuschnurren bis zur unendlichen Dichte, der Keimzelle des nächsten Universums … Und niemand wusste, wie viele solcher Universen dort draußen noch sein mochten, jenseits von diesem …

Was bedeutete angesichts dessen die Zeitspanne eines Menschenlebens? Warum war es dennoch so schmerzhaft, was in diesem Leben geschah? Wie hatte er so lange glauben können, dass es einen Gott gäbe, der sich um die Belange der Menschen kümmerte?

Er ließ seinen Blick über den Sternhimmel wandern. Er suchte die Plejaden. Diesen Sternhaufen hatte ihm einst sein Vater gezeigt, es war eigentlich der einzige Sternhaufen, den man mit unbewaffnetem Auge erkennen konnte, er stand im Sternbild Stier: „Du siehst ihn am besten, wenn du ihn nicht direkt ansiehst, sondern leicht daneben schaust, denn in der Mitte der Netzhaut ist unser Auge zwar am empfindlichsten für Farben, aber Schwarz-Weiß sieht man außenherum viel besser“, hatte er gesagt. Sein Vater war kein Augenarzt gewesen, sondern nur ein Messdiener, aber er hatte es vom Pfarrer gelernt, der ein universell gebildeter Mann war. Der Pfarrer musste seinen Vater in vieles eingewiesen haben ... Er hatte es ausprobiert, es hatte funktioniert, und auch heute noch konnte er diesen Rat jederzeit überprüfen, wenn die Nacht sternenklar war: Wenn er direkt hinschaute, waren nur ein paar einzelne kleine, unspektakuläre Sterne zu erkennen, aber wenn er den Blick nur ein kleines bisschen zur Seite lenkte, wurde plötzlich der ganze Haufen als wundersam leuchtendes milchiges Oval erkennbar.

Beides zugleich konnte man nicht haben, zumindest nicht mit bloßem Auge, das hatte ihn immer schon geärgert.

41

Um drei Uhr morgens stieg die ganze Mannschaft vor Albrecht Ostermeiers Haus aus den Fahrzeugen. Dieser Aufmarsch zur nachtschlafenden Zeit lockte doch den einen oder anderen Ernsdorfer Bürger ans Fenster, um nachzusehen, wer denn da draußen die sonst hier vorherrschende tiefe Ruhe zu stören wagte.

Hattinger ging voran und klingelte an der Haustür, nicht weil er wirklich erwartete, dass Albrecht Ostermeier öffnen würde, sondern weil er fand, dass man das der Höflichkeit halber so machte, bevor man eine Tür eintrat.

Die Soko-Crew schien noch immer ein paar unsichtbare Fragezeichen hinter sein entschlossenes Handeln zu setzen, was möglicherweise auch der Übermüdung zuzuschreiben war. Sie schienen dem Kommissar im Moment gerade eher aus Gewohnheit und Pflichtgefühl zu folgen als aus wirklicher Überzeugung.

Wildmann war die Ausnahme. Er hatte Ostermeier zwar selbst noch nicht erlebt, das hatte ihm aber auch erspart, von ihm eingewickelt worden zu sein, was Ostermeier bei Andrea Erhard offensichtlich ganz gut gelungen war.

Wie auch immer, auf das energische und ausdauernde Läuten folgte keine Reaktion, und so brachen sie ganz altmodisch um drei Uhr morgens die Haustür mit einem Brecheisen auf, nachdem sie vorher wider Erwarten zwei erprobten Polizeischultern standgehalten hatte. Sie machten sich gleich auf zu einem zügigen Rundgang.

Zunächst schauten sie sich im Erdgeschoss um. Das Wohnzimmer kannten zumindest Hattinger und Andrea Erhard schon, es sah genauso aus, wie sie es vor zwölf Stunden verlassen hatten, sogar das Kaffeegeschirr und der Rest der Kekse standen noch auf dem Tisch, was bei Hattinger den Verdacht einer überstürzten Flucht erhärtete, während der Rest der Soko diesen Umstand nicht wirklich ernst nahm.

Auch in der Küche war alles unverändert, soweit Hattinger das beurteilen konnte, der rote Korb unter den Küchentüchern stand noch neben der Spüle, das Kaffeepulver war um die Spüle verstreut, wie er es vorhergesagt hatte, ohne deshalb ein Prophet sein zu müssen. Ostermeier hatte sich offensichtlich nicht die Mühe gemacht, den Korb zu entfernen, was man jetzt so oder so deuten konnte.

Neben der Küche war eine fensterlose Speisekammer, wie sie in alten Häusern üblich war, die noch in der Zeit vor der Erfindung der Kühlschränke erbaut worden waren. Dicke Ziegelmauern und Schutz vor Sonnenlicht mussten als Kühlung genügen. Die Speisekammer war karg eingerichtet und auch kaum gefüllt. Eigentlich gab es nur ein einseitiges Regal, auf dem Konservendosen, Marmeladengläser und Weinflaschen gelagert waren. Abgesehen davon war die Kammer leer. Sonst war im Erdgeschoss nur noch ein kleines Bad mit Toilette.

Im ersten Stock befand sich ein Schlafzimmer mit Doppelbett und zwei Nachttischchen, dessen eine Hälfte offensichtlich benutzt war. Die Bettdecke war zurückgeschlagen, das Kissen zerknautscht, wohingegen die andere Seite ohne Bettzeug war, wohl dauerhaft zugedeckt mit einer Tagesdecke. Außerdem gab es den üblichen breiten Schlafzimmerschrank mit mehreren Doppeltüren, von denen zwei offenstanden. Die Kleidungsstücke waren sehr ordentlich eingeräumt, akkurat gefaltet, nur einzelne Stapel mit T-Shirts, Hosen und Pullovern waren auseinandergerissen und so liegengelassen worden. Der ganze Rest des großen Schranks war leer.

Neben dem Schlafzimmer lag ein kleiner Wirtschaftsraum mit Bügelbrett und ähnlichen Dingen, angrenzend ein Bad mit Badewanne, Dusche und Waschmaschine, außerdem gab es noch eine separate Toilette, und am Ende des Gangs vermutlich das Zimmer, das zu Lebzeiten die Tochter der Ostermeiers bewohnt hatte.

Hattinger knipste das Licht an und ging hinein.

Das Zimmer war ein Museum. Ein Jungmädchenzimmer mit allem, was man vielleicht bei einer 10-Jährigen erwarten würde, außer der üblicherweise dazu gehörenden Unordnung: Ein weißes Bett mit rosa Tagesdecke und einem dicken Kopfkissen, auf dem Teddybären, Zottelhunde, Tiger, Krokodile und andere Kuscheltiere lagerten, ein weißer Schreibtisch mit Schulsachen, Büchern, Schreibutensilien, ein Glasregal mit kleinen Porzellanfigürchen, Steinen, Muscheln, bunten Kettchen, ein weiteres Regal mit Schulbüchern, Lexika, Wörterbüchern und anderen Sammlungen von Wissenswertem, ein weißer Kleiderschrank, ein weißer Korb mit Stoffpuppen, die offensichtlich selbstgemacht waren, bunte Pappschachteln mit Bastelzeug und ein paar ordentlich gerahmte Zeichnungen und selbstgemalte Bilder an den Wänden. Das Mobiliar stammte aus dem Land, wo die Möbel auf Namen wie Snorrebrö oder Älmshult hörten … Und alles war piccobello aufgeräumt und abgestaubt. Sogar der Blick der Kuscheltiere war akkurat auf die Zimmertür ausgerichtet, als ob sie ihre Herrin erwarteten …

Jetzt sahen sie allerdings nur Bamberger hereinkommen, der gerade mit seinen Leuten eingetroffen war. Er ließ den Blick durch das Zimmer schweifen. „Wie alt war des Mädel? 15 hab i gedacht, oder …?“

Hattinger nickte. „Solltst amoi des Zimmer von meiner Lena segn, da schaut's anders aus, des konnst ma glaubn!“

In diesem Zimmer hier gab es tatsächlich nichts von allem, was man in dem Alter erwarten würde, keine Poster von aufgestylten Jungrockern, debil grinsenden Boygroups, dreifach bemützten Hoppern mit kartoffelsackartigen Jeans, keine zähnefletschenden Death-Metal-Punks und auch keine schwarzumflorten Emos. Es gab auch keinen Ghettoblaster, keine CDs, keinen iPod und keinen Computer.

Blödsinn, natürlich gab's das nicht, das Mädel war ja schon 20 Jahre tot, besann sich Hattinger. Er hatte gerade daran gedacht, wie es heute war. Aber auch damals gab es schon Teenie-Idole, Poster, Bravo-Zeitschriften …

Und im ganzen Zimmer war – was schon damals ein 15-jähriges Mädchen unabdingbar zum Überleben brauchte – kein einziger Spiegel!

Das einzige Zugeständnis an einen etwas jüngeren Geschmack war die zartrosa Wandfarbe. So ein Anthroposophenrosa …

„Des is wie a Mausoleum da herin … I denk, es gibt zwoa Möglichkeiten: Entweder die ham ihre Tochter von allem fernghalten, was für an Teenager interessant is, oder sie ham nach ihrem Tod alles wieder so hergricht wie's früher amoi war … Oder beides …"

Hattinger sah ein kleines Foto über dem Schreibtisch, es war das Sterbebild von ihrer Beerdigung: Ein lachendes kleines Mädchen mit langen blonden Zöpfen war darauf zu sehen, schätzungsweise elf bis zwölf Jahre alt. Darunter stand gedruckt:

Eva Maria Ostermeier
* 15.06.1976 † 29.10.1991

Die andere Hälfte des Sterbebilds mit den Beerdigungsdaten und dem Bibelspruch war abgeschnitten.

42

Es dämmerte ganz zart im Osten über dem See, hinter der Alpenkette, fast unmerklich war es ein kleines bisschen heller geworden, so dass er jetzt deutlich die Umrisse der dunklen Berge im Süden erkennen konnte und nicht mehr nur die Lichter der Kampenwandbahn, der Häuser am See und der Scheinwerfer der Autos, die drüben am Ufer auf der Autobahn dahinjagten. Er hatte immer noch nicht geschlafen und den Gedanken daran inzwischen auch aufgegeben, obwohl er immer noch genügend Zeit gehabt hätte.

Er musste an die Ärztin denken. Mit ihr verband ihn eine lange gemeinsame Geschichte, obwohl sie bis zum Schluß nichts davon geahnt hatte. Sie hatte ihn eigentlich wieder ins Leben zurückgeführt, ohne es zu wissen, mit ihr hatte seine Mission begonnen.

Er dachte daran, wie er zu dieser Lesung in München gegangen war, da hatte er schon einiges über sie in Erfahrung gebracht, wusste, dass sie als Elvira Marschall – welch treffend lächerliches Pseudonym, es passte aber viel besser zur Person als ihr eigentlicher Name –, dass sie unter diesem Namen unsäglich lebensfernes banales Zeug schrieb und obendrein gutes Geld damit verdiente, dass sie sich das ganze Jahr in der Welt herumtrieb und ein verantwortungsloses Leben führte, dennoch hatte er sich bei ihrem Verlag gemeldet und sich als glühenden Verehrer ausgegeben und gefragt, ob die Frau Marschall denn gar keine Lesungen gäbe und dass er sie so gerne einmal von Angesicht zu Angesicht … damit sei er beileibe nicht allein, sagte die Dame, und dass man ihn benachrichtigen würde, falls Frau Marschall jemals … und dann hatte er tatsächlich eines Tages eine Einladung zugeschickt bekommen und war hingegangen, hundert oder zweihundert Leute waren gekommen, überwiegend Damen in älteren Jahren, und dann war diese damals strohblonde, unverschämt tief braun gebrannte hochnäsige Person aufgetreten und hatte aus ihrem aktuellen Buch gelesen und er hatte gemerkt, dass sie nicht einmal das ernst nahm, lachen musste sie fast, da wo ihre eigenen hohlen Worte eine Gefühligkeit vortäuschen wollten, was viele gar nicht bemerkt haben mochten, aber er selbst, der sich mittlerweile von Gefühlen erfolgreich befreit hatte, erkannte es mit messerscharfer Präzision, dass sie ihre Zuhörer und Leser nur verhöhnte, und etwas anderes hatte er auch gar nicht erwartet, ebenso wenig wie er erwarten musste, dass sie ihn möglicherweise wiedererkennen würde, wenn er zum Signieren des Buches nach vorne ging, ja das tat er, weil er sie einmal ganz aus der Nähe sehen wollte, ein Hut würde genügen als Verkleidung, und so war es auch und dann stand er vor ihr und sie fragte mit unverbindlichem Lächeln: Für wen soll ich schreiben? Und er sagte: Für Alfred, weil er seinen richtigen Namen nicht benutzen wollte, und sie schrieb: Für Alfred Herzlichst Ihre Krikelkrakel Krikelkrakel, während er sie genau beobachtete und ihre Kühle und Teilnahmslosigkeit spürte.

Das war präzise der Moment, in dem er ihren Tod beschloss.

Und vielleicht ein Jahr später war sie ihm auch noch entgegen gekommen, nichts ahnend natürlich. Sie lebte plötzlich in seiner Nähe und er konnte sie beobachten, so oft er wollte. Seit seiner Frühpensionierung hatte er alle Zeit dazu. Er vermisste die Arbeit keine Sekunde, er hatte nie daran gedacht, Verwaltungsbeamter zu werden, aber sein Vater hatte ihn gedrängt dazu, etwas Solides mit einer guten Absicherung zu machen. Und sein Vater hatte insofern recht behalten, als er sich tatsächlich keine Sorgen um seine finanzielle Situation machen musste, sondern sich ganz und gar seiner Mission widmen konnte.

Er saß oft in der Dämmerung im Wald hinter ihrem Haus oder auch manchmal auf dem Jägerstand am Ende der großen Wiese auf der anderen Seite des Hauses, er kam jedenfalls immer durch den Wald und wenn ihn jemand traf, wurde er mit Sicherheit für einen harmlosen Spaziergänger gehalten.

Sie schrieb jetzt wieder ständig und er hatte

gedacht, dass sie ihre bisherige Arbeit fortsetzte, sie fuhr nur nicht mehr weg. Er hätte sie natürlich längst töten können, aber er wollte damit warten, bis die Planung seiner Mission vollständig abgeschlossen war. Und schließlich geschah es, dass dieses letzte Buch von ihr erschien, das er zunächst nicht beachtete, weil er dachte, es sei wie alle anderen, die sie als Elvira Marschall geschrieben hatte, bis ihm der Artikel in dieser Chiemgauer Anzeigenpostille in die Hände fiel …

… einen Literaturpreis … überschwängliche Kritiken …

… und er war in eine Buchhandlung gegangen und hatte den Klappentext gelesen und ein paar Seiten durchgeblättert und es war ihm schlagartig klar gewesen, dass sie jetzt auch noch das Schicksal seiner Tochter, das Schicksal seiner Familie … dass sie jetzt auch noch den eigenen Kunstfehler, der seine Tochter umgebracht hatte, versilberte.

Da hatte er beschlossen, an ihr ein Exempel zu statuieren. Alle Welt sollte von Marias Geschichte erfahren …

Mittlerweile war schon ein merklicher zartblaurosafarbener Schein über den Bergen aufgezogen. Das Wasser des Chiemsees wurde von keinem Lufthauch gekräuselt, spiegelblank glänzte es wie flüssiges Quecksilber. Er hatte immer noch Zeit.

43

„Woaßt du was – des gibt's einfach ned …", meinte Hattinger und nahm noch einen letzten tiefen Zug von seiner Zigarette, bevor er den fast schon angekokelten Filter in Bambergers mobilem Kippendepot ausdrückte. Sie standen im Garten von Ostermeiers Haus und es begann schon zu dämmern.

„Is dir des ned ah aufgfalln, in dem ganzen Haus liegt überhaupt nix Persönliches rum von dem Ostermeier … A so was gibt's doch ned, dass jemand nur a paar Klamotten und a paar alte Bücher und an Ferseher hat – koane Fotos, koane Papiere, koane Akten, koan persönlichen Kleinkram, koa Glump … des glaub i einfach ned. I konn mi doch ned so täuscht ham …"

„Doch", entgegnete Bamberger trocken, „… daad i jetz normalerweis sagn, aber ehrlich gsagt, i glaubs ah ned …"

Sie hatten als Letztes Ostermeiers Garage durchsucht, Bambergers Leute hatten die Reifenspuren in der Einfahrt gesichert. Das Auto war natürlich weg, es war laut Zulassungseintrag im Computer ein grauer japanischer Minivan, den sie schon zur Fahndung rausgegeben hatten. Die Garage war recht tief, Ostermeier hatte den hinteren Teil zu einer gut ausgerüsteten kleinen Werkstatt umfunktioniert, aber auch da hatten sie nichts gefunden, was einen Hinweis auf seinen Aufenthaltsort oder gar seine Pläne gegeben hätte.

Wenigstens waren sie inzwischen sicher, dass sie den Richtigen suchten, denn die Fingerabdrücke im Haus stimmten überein mit den Fingerabdrücken auf der Taschenlampe, die Hattinger in der Nähe von Schanderls Wagen gefunden hatte.

„Der muaß irgendwo anders no an Unterschlupf habn … aber des kann ja überall sei … A Almhüttn, a Schrebergarten, a Wohnung in Österreich – in 20 Minuten is der über d' Grenz …"

„Aber gemeldet is er nirgendwo sonst", warf Andrea Erhard ein.

„Das heißt natürlich nichts", meinte Wildmann. „Aber was mich immer noch wundert, das Haus hier ist gar nicht unterkellert."

„Des war aber um die Zeit, wo des gebaut worden is gar net unbedingt üblich, vor allem wenn a Haus direkt am Hang liegt, wie des. Bei so am stoanigen Untergrund, i glaub, da hat ma ned glei die Felsen weggsprengt. Da hat ma manchmal vielleicht an kloan Teil unterkellert, damit ma an Kartoffelkeller hat und an Kohlenkeller. Außerdem gibt's koan Eingang, koane Kellerfenster, nix …"

„Kartoffelkeller … der wäre ja am praktischsten in der Nähe der Küche …" Wildmann ging wieder ins Haus.

„Guad, dann such'ma halt weiter. Was soll'ma

sonst machen – as Ergebnis von der Fahndung abwartn?“

Hattinger ging ins Haus, Haller, Körbel und Erhard trotteten hinterher. Alle waren schon mehr als müde. Als sie an der Küche vorbeikamen, hörten sie seltsame dumpfe Schläge.

„Chef?“ Wildmanns Stimme kam aus der Speisekammer.

Hattinger ging in die Küche, die anderen folgten. Sie sahen Karl Wildmann in der Speisekammer herumhüpfen, mal sprang er nach links, dann wieder nach rechts. Er musste irgendwas entdeckt haben, denn so durchgeknallt konnte keiner sein, dass er an diesem Ort, zu dieser Zeit Frühsport betrieben hätte.

„Hören Sie das?“ Er hüpfte links, er hüpfte rechts. „Den Unterschied!“

Tatsächlich war das Wummern auf einer Seite etwas trockener, auf der anderen voller, mit einer dunkleren Resonanz. Bei normalem Begehen wäre sicher nichts festzustellen gewesen.

„Ich glaube, da ist ein größerer Hohlraum drunter.“ Wildmann rückte seine verrutschte Brille wieder auf die Nase und deutete auf die hintere Seite der Speisekammer.

Hattinger nickte. „Okay, schau'ma nach!“

Der Boden war von zwei Bahnen dunkelrotem Linoleum bedeckt. Als sie die Bodenleiste an der Außenwand leicht nach oben herausziehen konnten, war klar, wie es weiterging, die Längsleiste ließ sich jetzt auch einfach abnehmen, und schließlich war es längs der Kante möglich, die ganze Linoleumbahn aufzuklappen, sie war durch eine dünne Tischlerplatte auf der Unterseite versteift. Unter ihr war zunächst eine sehr massive Tischlerplatte mit eingelassenem Griff. Wenn man daran zog, klappte sie in ihren Scharnieren an der Längsseite nach oben und sie konnte gegen die Wand gelehnt werden. Darunter kam die erste Lage ganz modernen Schalldämmungsmaterials zum Vorschein, relativ leichte, aber harte Platten, die versetzt übereinanderlagen. Erst als sie die herausgenommen hatten, stießen sie auf die eigentliche Abdeckplatte der Kellertreppe. In dem Moment als sie die Platte entriegelten, ging unten das Licht an und beleuchtete die betagte Holztreppe.

„Sauber sag i. Da hat si' ja jemand richtig Mühe gebn …"

Hattinger ging voran über die leicht schwankende Holztreppe, die übrigen folgten einer nach dem anderen.

„Machts ma koane Spuren kaputt!", rief ihnen Bamberger nach, der als Letzter ging.

Unten angekommen, sahen sie sich erst einmal ungläubig um.

„Koa Wunder, dass mir oben nix gfundn ham, wenn der im Keller lebt", stellte Hattinger fest. Er ließ den Blick über die Wandregale wandern, den riesigen Schreibtisch, den Ohrensessel, die Stehlampe, die Schränke und Kisten und Kästchen und das ganze Zeug, was hier herumlag.

Schließlich entdeckte er die Kühltruhe in der Ecke. Fast zögerlich ging er hin, zog sich Plastikhandschuhe über und öffnete den schreienden Deckel.

Was er im Halbdunkel auf den ersten Blick erkannte, konnte er kaum glauben: Es waren Fischstäbchen, Nürnberger Rostbratwürste, Brathähnchen, Kartoffelpuffer, gefrorenes Mischgemüse und Blattspinat – was man eben so zum Essen zuhause hatte als durchschnittlicher Hausmann. Jedenfalls schienen keine neuen Leichenteile drin zu sein. Mit einer gewissen Erleichterung schloss Hattinger die Truhe wieder, die ihn auch dafür wieder zu verfluchen schien.

Jeder seiner Leute war in irgendeiner Ecke beschäftigt und hob hie und da etwas hoch, blickte da und dort hinein, wendete dieses oder jenes in den plastikbehandschuhten Händen, und alle schienen etwas ratlos, wo sie anfangen sollten oder wonach sie suchten.

Andrea Erhard inspizierte die große Chiemgaukarte über Ostermeiers Schreibtisch. „Schaun S' amal, Herr Hattinger …“ Sie wies auf die vielen bunten Stecknadeln, die auf der Karte irgendwelche Orte markierten. Einige lagen auch darunter auf der Tischplatte. Sie waren offensichtlich rausgefallen. „Des schaut doch aus wie a generalstabsmäßige Planung, oder?"

Hattinger konnte ihr nur beipflichten.

„Schaun S', da zum Beispiel, die blaue Nadel, des is doch die Stelle, wo der Dr. Schanderl gstorbn is? Und da, des is des Haus von der Frau Kauffmann."

„Genau, und da hat er seine Steckbriefe …"

Zu beiden Seiten der Karte hingen Fotos, angepinnt mit Reißzwecken, Schanderl und Kauffmann waren darunter und ein Mädchen, das vermutlich die wirklich 15-jährige Eva Maria Ostermeier darstellte. Sie sah seiner Lena sogar ein bisschen ähnlich.

Es hingen aber auch ein paar Köpfe an der Wand, die ihm im Moment gar nichts sagten, die er noch nie zuvor gesehen hatte. Eine Doppelseite mit kleinen Bildern von Aufsichtsrats-Mitgliedern einer großen Versicherung war auch dabei.

Er hob ein Foto auf, das umgekehrt auf der Tischplatte lag. Der Reißnagel steckte noch drin.

Neugierig drehte er es um …

Ihn traf fast der Schlag!

„Des gibt's doch ned … I glaub, i spinn!"

Hattinger riss sein Handy aus der Jackentasche – kein Netz!

Mit dem Handy in der einen und dem Foto in der anderen Hand stürzte der Kommissar die Treppe hoch aus dem Keller hinaus.

Die anderen schauten ihm verwundert hinterher.

Sie hörten ihn oben auf sein Handy einreden:

„Mia! Mia …!! Wenn du da bist, dann geh ans Telefon!“

44

Es war hell geworden. Die Sonne stand schon einen Fingerbreit über dem Horizont. Er schaute über den See, es war immer noch sehr ruhig, nur der Verkehr auf der Autobahn war merklich angeschwollen. Er hätte das Treffen gerne eher angesetzt, aber das war in der kurzen Zeit, die ihm dieses Mal blieb für die Organisation, nicht möglich gewesen. Er hatte auf die Schnelle einen seiner vorerkundeten Orte bestimmen müssen, und dieser schien ihm am geeignetsten zu sein, wenn er auch für seinen Gegner gar nicht so leicht erreichbar wäre. Aber hier würde er ihn unter Kontrolle haben, wenn er erst einmal da war.

Lange genug hatte es gedauert, bis er ihn identifiziert hatte. Er erinnerte sich daran, wie er nach und nach alle Mitschülerinnen aus Marias ehemaliger Schulklasse auszufragen versucht hatte, doch schienen sie alle nicht wirklich etwas zu wissen.

Erst jetzt, vor kurzer Zeit, hatte ein Mädchen aus Marias Klasse ganz unverhofft Kontakt aufgenommen zu ihm, sie hieß Lucia Weiss und war natürlich inzwischen längst eine erwachsene Frau. Sie hatte wohl viele Jahre im Ausland verbracht und war erst vor Kurzem wieder nach Deutschland zurückgekehrt.

Lucia Weiss konnte ihm erzählen, dass sie Maria damals kurz vor den großen Ferien, die ihre letzten sein sollten, zufällig zweimal mit einem jungen Mann mit schwarzen langen Haaren gesehen habe, an einer ziemlich abgeschiedenen Stelle am Seeufer, die sie selbst seit Langem kannte, weil sie ganz in der Nähe gewohnt hatte, einer Stelle, wo die beiden einigermaßen sicher sein konnten, nicht zusammen gesehen zu werden. Der Mann sei sicherlich ein paar Jahre älter gewesen als Maria, eine weinrote Wandergitarre habe er dabeigehabt und darauf gespielt, ganz gut, wie sie meinte. Nein, sie glaube nicht, dass da etwas war zwischen den beiden …

Einen Tag darauf habe sie Maria noch einmal im Ort getroffen und sie nach dem Jungen gefragt, die sei ein bisschen verlegen gewesen und habe ihr gesagt, dass das nur der Bertram gewesen sei, der versprochen habe, ihr ein bisschen Gitarrenunterricht zu geben, und dass sie ihr nur versprechen müsse, ihren Eltern ja nichts zu sagen … Und danach sei sie ohnehin mit ihren Eltern weggezogen, nach Kanada, weil ihr Vater da einen neuen Job für die Holzfirma angenommen habe, und erst jetzt vor einem Vierteljahr sei sie mit ihren beiden Töchtern wieder zurückgekommen, weil sie sich von ihrem kanadischen Mann habe scheiden lassen.

Von Marias Tod habe sie erst viel später in Kanada in einem Brief von ihrer früheren besten Freundin erfahren … dass sie bei einer Operation gestorben sei, aber warum sie überhaupt operiert worden war, habe ja keiner gewusst, man habe gerüchteweise von einem Blinddarmdurchbruch gehört …

Und jetzt, wo sie wieder da war, hatte sie, neugierig, wie sie war, herauszubringen versucht, woran Maria wirklich gestorben war. Ihm konnte es nur recht sein. Mit diesen neuen Informationen ausgestattet, hatte er keine zwei Wochen gebraucht, den Mann ausfindig zu machen, zumal er immer noch in der Gegend lebte, oder vielmehr – sein Unwesen trieb …

Schnell hatte er ihn einkreisen können: Ein kleiner Gitarrenspieler war er, einer, der eine elektrische Gitarre bediente, einer von der Sorte, die sich einen überdimensionierten Verstärker kaufen und meinen, sich damit das Recht erworben zu haben, ihre Umgebung mit undefinierbarem Geheul zu überziehen, einen Musiker nannte er sich gar, er, der im Leben sicher noch nie einen Mozart oder Beethoven analysiert hatte, und schon gar keinen Sibelius oder Brahms, lächerlich, bei dem, was der an „Musik“ zum Besten gab, ein ungebildeter aber desto eingebildeterer Mensch, der von wahrer Musik nicht die geringste Ahnung hatte, der rumlief wie ein gealterter bayerischer Zigeuner mit schwarzen Zotteln auf dem Kopf. Ein „Frauenheld“, hieß es – was immer das sein mochte … Ein billiger Gigolo!

Er hatte sich unauffällig, doch gründlich umgehört, bei Leuten, die diesen Mensch kannten, man erzählte sich, dass dieser eitle Gockel sich schon in jungen Jahren – vor allem im Sommer – auf junge Touristinnen „spezialisiert" hätte …

Den letzten Beweis, dass es sich um den Mann handelte, den Lucia Weiss beschrieben hatte, erbrachte er schließlich selbst: Er fädelte es so ein, dass er dem Mann scheinbar zufällig beim Einkaufen in einem Supermarkt begegnete, und er stellte sich hinter ihn an die Kasse. Als der Gitarrenspieler sich einmal nach ihm umdrehte, fragte er ihn sehr freundlich: „Ach, entschuldigen Sie, haben Sie eigentlich immer noch Ihre schöne alte weinrote Wandergitarre? Ich habe Sie vor vielen Jahren mal auf der spielen gehört, wissen Sie …"

„Ja logisch …", hatte der Zigeuner geantwortet. „Die hängt bei mir dahoam an der Wand. Wieso, wolln S' es kaufen?" – „Nein nein, das ist mir nur gerade eingefallen, als ich Sie gesehen hab. Das hat mir gut gefallen damals." – „Ja dann, dankschön … oiso, dann … Wiedersehn."

Aber sicher, hatte er gedacht. Ganz bestimmt sogar – und freundlich genickt –, aber vermutlich anders, als dir lieb ist …

Von dem Zeitpunkt an war er sich ganz sicher gewesen, dass das der Mann war, der seine Tochter vergewaltigt hatte.

45

Hattinger bellte ungehalten in sein Handy. „Mia …! Zefix, jetz geh halt hin, es is wirklich wichtig!"

Nach dem gefühlt fünfzigsten Mal kam endlich eine Reaktion. Ein Knacken in der Leitung und schließlich ein schläfriges: „… Hattinger …? Des gibt's doch ned, du ruafst ja wohl bloß no o, wenn andere Leut schlafn …"

„Mia, Gottseidank … pass auf: Is der Klampfenbertl bei dir?"

„Sag amoi …? Spionierst du mir jetz nach oder was …?"

„Mia, jetz hör zu! Es geht wirklich um Leben und Tod – des is koa Witz oder irgendwas … no amoi: Is der Bertram bei dir, oder woaßt du, wo er grad is?"

„Wie jetz, was soll denn des heißen, Leben und Tod?"

„Gib ma a Antwort! Is er bei dir?"

„Sag amoi, findst du, dass des die richtige Tageszeit is für an Eifersuchtsanfall?"

„Mia! Jetz komm amoi runter! I ruaf ois Polizist o, ned ois … Is er da oder ned?"

„Naaa … is er ned …" Mia klang extrem genervt.

„Hast du a Ahnung, wo er dann sei kannt?"

„Ja, dahoam wahrscheinlich! Wieso denn? Warum wuist'n des wissn?"

„Weil ihn höchstwahrscheinlich einer umbringen will! Herrschaftzeiten! Verstehst du des? Jetz wach endlich auf und denk nach!"

„Ja, is ja guad, jetz wart amoi …" Mia hatte den Ernst der Lage endlich kapiert. „… der hat gestern an Anruf kriagt, dass er heut früh auf d'Herrninsel kommen sollt … wegn am Gig nächste Woch, bei am Privatfest oder so was … so a kloane exklusive Gschicht hat er gsagt, und dass er si' die Location oschaun muass, wegn am Transport und so … und dass des bloß no heut früh geht, weil der Typ sonst nimmer da wär und dann doch die andere Band nehmen müsst, und dass der a Mördergage zahlt … er hat gsagt, wenn des klappt, so vui Geld hätt er no nia vorher verdient für oa Stund Auftritt …"

„Okay … gib ma sei Handynummer!"

„Die konn i dir scho gebn, aber des bringt nix … weil … er hat sei Handy bei mir liegenlassen … des duat ma leid."

„Guad, und wann is er wegganga?"

„Ja, gestern Abend … Er hat gsagt, er muß heut ganz früh aufstehn, aber was des genau heißt …"

„Hat er gsagt, wo auf der Insel?"

„Naa, er hat si' nur a ziemlich lange Wegbeschreibung aufgschriebn."

„Okay, dann bleib bitte in der Näh vom Telefon, falls ma no was brauchn."

Hattinger legte auf. Seine Mannschaft hatte sich schon unauffällig um ihn versammelt.

„Guad, oiso, zur Information: Wir müssen damit rechnen, dass der Ostermeier diesen Mann …“, er zeigte den anderen das Bild, „… der heißt Bertram Meier, umbringen will. Der Ostermeier is vermutlich scho auf der Herreninsel. Er hat den Bertram Meier da hin bstellt, aber mir wissen ned, wohin genau. Frau Erhard, wann geht des erste Schiff in der Früh auf d' Herreninsel?“

„I glaub, scho kurz nach sechs.“

Hattinger sah auf die Uhr, es war schon halb sieben.

„Guad, bringen S' die genaue Zeit raus und rufen S' bei der Chiemseeschifffahrt an, beschreiben S' den Mann, vielleicht können die ihn irgendwie aufhalten, wenn er no ned ausgstiegn is. Frau Körbel, holen S' die Karte vom Ostermeier aus'm Keller, wenn's irgendwie geht, mitsamt Nadeln, Herr Haller, Wasserschutzpolizei alarmieren, mir san in fünf Minuten unten, alle Boote, die die zur Verfügung ham, des ganze Aufgebot alarmieren, ich brauch jeden verfügbaren Mann, weil mir vielleicht mehrere Stellen auf der Insel abdecken müssen, und Karl, Sie alarmieren den Wärmebildhubschrauber in München, die sollen sofort aufsteigen, wenn er verfügbar is, und im Wald auf der Insel nach einzelnen oder nach zwei Personen suchen – auf geht's!“

46

Die kleine Bucht am südöstlichen Zipfel der Herreninsel hatte er gewählt, weil sie sowohl vom See her als auch vom Land ganz gut geschützt war. Sie war höchstens zwanzig Meter breit und Boote konnten sie wegen des flachen Wassers nicht anlaufen. Und hinter der Bucht war ein steiler bewaldeter Abhang, der sie vom Hochufer auf der ganzen Südseite der Insel trennte. Es gab einen einzigen Trampelpfad, der hier herunterführte, und den hatte er von seinem Standpunkt zwischen den Bäumen gut im Blick, ohne dass er selbst gleich gesehen würde.

Natürlich war es dem Mann zunächst ein bisschen seltsam vorgekommen, dass er zu, für ihn vermutlich nachtschlafender Zeit, an diesen abgelegenen Ort kommen sollte, aber er hatte ihm erzählt, dass er gerade Gast im Schlosshotel auf der Insel sei und einen kleinen Stehempfang mit musikalischer Untermalung für ein paar handverlesene Gäste aus der Medienbranche plane, und da diese Leute immer zu meinen schienen, dass man ihnen etwas ganz besonders Ausgefallenes bieten müsse, sei er auf die Idee gekommen, die kleine Veranstaltung in dieser zauberhaften abgelegenen Bucht zu inszenieren, die er bei einem Spaziergang entdeckt habe. Eine Ausnahmegenehmigung habe er schon eingeholt, jetzt brauche er nur noch Musik, ein örtlicher Veranstalter habe ihn empfohlen, er sei bereit, sehr gut zu bezahlen, aber er müsse sich die Sache gleich morgen vor Ort ansehen, ob es transporttechnisch machbar wäre, und zwar leider in aller Herrgottsfrühe, weil er selbst mittags in München noch seinen Flieger erwischen müsse.

Nach dieser Geschichte war der Mann zu allem bereit gewesen. Man konnte den Leuten den hanebüchensten Unsinn verkaufen, wenn man es nur geschickt anstellte. Er hatte ihm dringend empfohlen, gleich das erste Schiff um 6:15 Uhr von Gstadt zu nehmen und ihm den Fußweg vom Dampfersteg Richtung Südosten hinter dem Schloss vorbei beschrieben. Das waren Luftlinie knappe zwei Kilometer.

Er schaute auf die Uhr. Wenn er nicht zu blöd war, sich an seine Anweisungen zu halten, musste er gleich da sein.

47

Bertram Meier stolperte die letzte Strecke mehr durchs Gebüsch, als dass er ging, von Weg konnte hier kaum noch die Rede sein. Er kam jetzt doch langsam ins Grübeln. Die Sache kam ihm immer seltsamer vor, je länger er ging. Er konnte sich jedenfalls nicht vorstellen, dass irgendwelche Münchner Film- oder Fernsehfuzzis hier durchs Unterholz krochen, vielleicht noch mit einer Caipirinha in der Hand.

Vielleicht wollte der Typ die ja doch auf dem Wasser ankarren oder mit dem Hubschrauber einfliegen. Aber gut, jetzt war er schon mal hier, jetzt musste er ja nur noch diese scheiß Bucht finden. Wenn das Schmerzensgeld hoch genug war, konnte man sich ja auch mal für eine Stunde zum Affen machen, und das war in dem Fall mehr als üppig. 5000 Euro! Bertram überlegte, dass sie das in dem Fall locker zu dritt machen konnten – Akustikgitarre, Akkordeon, Kontrabass, dazu ein bisschen singen, das wäre doch easy – 2000 für ihn, 1500 für die andern. Oder vielleicht doch eher 3000 für ihn, er hatte das Ding schließlich aufgerissen.

Plötzlich war er an einem Abhang angelangt, und jetzt sah er wenigstens den See da unten wieder. Man hätte zwischendrin glatt vergessen können, dass man auf einer Insel war. Er begann, sich vorsichtig den steilen Pfad hinunterzuhangeln, was gar nicht so ohne war. Den Kontrabass würden sie wahrscheinlich abseilen müssen. Aber der Hansi könnte zur Not ja auch auf seiner Bassgeige rüberpaddeln.

Jetzt hatte er es gleich geschafft, er war schon fast unten am Wasser. Die Bucht war wirklich ziemlich nett! Warum war er eigentlich noch nie hier gewesen? Ein bisschen abgelegen, aber das konnte ja manchmal auch seine Vorteile haben …

Hinter Bertram Meier knackte es.

Er drehte sich um und blickte in die Mündung eines Revolvers. Den hielt ein Mann in der Hand, der zwei Meter entfernt von ihm zwischen den Büschen stand. Der Gesichtsausdruck des Mannes sagte ihm, dass das kein Scherz war.

Bertram Meiers Unterkiefer klappte herunter, er wollte etwas sagen, brachte aber keinen Ton heraus.

Albrecht Ostermeier stand ganz ruhig da und zielte mit der Waffe auf ihn.

„Herr Meier … oder wollen Sie lieber Klampfenbertl genannt werden?“

„Was … was … was wollen Sie denn …?“

„Setzen Sie sich da hin!“, befahl Ostermeier und deutete mit seinem Revolver auf einen alten Baumstumpf.

Bertram Meier setzte sich ganz vorsichtig. Er kannte den Mann nicht, der da mit einem Monstrum von Revolver auf ihn zielte. Er hatte nicht die geringste Vorstellung, was hier abging. Der Stimme nach war das der Mann, der ihn hierher bestellt hatte.

Das konnte doch nur ein Irrer sein …

„Ich … wenn Sie … Geld oder irgendwas … ich hab nix! I hab a paar Münzen in der Taschn, des is alles …“

Albrecht Ostermeier musterte sein Gegenüber scheinbar völlig ungerührt. Bertram Meier traten schon Schweißperlen auf die Stirn. Nach einer Weile griff Ostermeier in die Innentasche seiner Jacke.

„Können Sie sich an den Sommer 1991 erinnern?“

Er zog ein Foto aus der Tasche und schaute es an.

„Sommer 1991 …?“ Bertrams Gehirn arbeitete fieberhaft. Was konnte der Typ nur von ihm wollen?

„Sommer 1991 … ich weiß ned, ich hab keine Ahnung … Sommer 1991 … was soll denn da gwesn sein?“

„Wie alt waren Sie denn da?“

„20 … oder 19, im Sommer noch …“

„Also waren Sie dem Gesetz nach erwachsen.“

„Ich … ja … ich, was … ich weiß ned, auf was Sie hinauswollen …“, stammelte der Klampfenbertl vor sich hin.

Jetzt reichte ihm Ostermeier vorsichtig das Foto.

„Kennen Sie das Mädchen?"

Bertram Meier sah sich das Foto an, das kleine Mädchen kam ihm schon irgendwie bekannt vor …

„Nein … nicht dass ich wüsst …"

Ostermeier griff wieder in seine Jackentasche und reichte ihm noch ein etwas größeres Foto herüber.

„Vielleicht kennen Sie sie eher so!"

Bertram warf einen Blick auf das Foto – ja, das Mädchen kannte er allerdings, er konnte sich ganz gut erinnern.

„Ich, ich … ich weiß ned …", stotterte er.

„Ich an Ihrer Stelle würde jetzt nicht mehr lügen, sonst schieße ich Ihnen die Eier weg, bevor ich Sie töte."

„Um Gottes willen …" Bertram Meier wurde heiß und kalt zugleich, die Schweißtropfen rannen über sein Gesicht.

„Gott wird Ihnen jetzt nicht helfen. Mir hat er auch nicht geholfen. Also?"

„Ich … ja, ich kenn sie, glaub ich, aber ich weiß ned …" Sommer 1991, verfluchte Scheiße, was … der Typ war ja total durchgeknallt, das Mädchen, ja klar, das war die Kleine, die nie weg durfte, genau, die war echt total auf ihn gestanden, aber er konnte sich nicht einmal mehr an den Namen erinnern, was wollte dieser Wahnsinnige denn nur von ihm?

„Das ist Maria, meine Tochter, aber wahrscheinlich haben Sie sie als Eva kennengelernt ... das war ihr erster Vorname, aber zuhause haben wir sie nur Maria gerufen, weil uns ihr Gesicht immer an ein Bildnis von Maria Magdalena erinnert hat ..."

Ostermeier hatte sich Bertram Meier gegenüber auf einen Stein gesetzt. Er hatte fast einen Plauderton angeschlagen, während er mit der Waffe unentwegt auf Meiers Unterleib zielte.

„... und sie war auch so ein frommes Kind ... Aber später hat ihr dann der Name nicht mehr gefallen."

Bertram Meier bekam es noch mehr mit der Angst zu tun, falls das überhaupt möglich war, der Mensch war vielleicht so ein geisteskranker religiöser Fanatiker.

„Die Eva, ja ... jetzt ... jetzt weiß ich wieder ..." Er zitterte, er merkte, dass seine Stimme versagte, er musste auf jeden Fall vorsichtig sein, nur nicht irgendetwas Falsches sagen ...

„Wissen Sie, wie alt meine Tochter im Sommer 1991 war?"

Um Gottes willen, verdammte Scheiße, Bertl ahnte natürlich inzwischen, auf was der hinauswollte ...

„Nein ..." Es war nur ein heiseres Krächzen, was er herausbrachte.

„Sie lügen." Ostermeier schob den Revolver ein Stückchen vor.

„Nein, nein! Bitte! Ich glaub 16 … 16!"

„Sie war gerade 15 geworden."

„Gut 15, o… okay, 15, aber ich, des hab ich nicht, des hat sie … mir ja nicht …"

Bertram Meiers Gestammel ging für einen Moment im Knattern eines Hubschraubers unter, der über die Insel flog. Was hätte er dafür gegeben, jetzt da drin zu sitzen … Wie konnte man so nah an der zivilisierten Welt sein und doch so hilflos ausgeliefert?

Ostermeier sah kurz nach oben, aber der Hubschrauber war schon wieder weg, er hatte nach Norden abgedreht.

„15, gut, aber i hab des ned gwusst …"

Ostermeier stand auf und kam einen Schritt näher.

„Und wie fühlt man sich dabei, wenn man ein unschuldiges 15-jähriges Mädchen vergewaltigt?"

Ostermeiers kalte Stimme hatte einen leicht hysterischen Unterton bekommen.

„Was …? Vergewaltigt? Des is gelogen! Des is ned wahr! Des hab ich nicht getan!" Bertls Stimme überschlug sich.

„Sie sollen nicht lügen! Sie haben sie betäubt, Sie haben ihr Drogen gegeben, und dann haben Sie sie eiskalt missbraucht!", schrie Ostermeier zurück.

„Neeiin! Des is ned wahr! Bitte … Bitte!!! Sie müssen mir glauben!", kreischte Bertl, und der Baumstumpf unter seinem Hintern wurde nass von seinem Urin. Ein dumpfer Schlag zerriss ihm fast die Trommelfelle – Ostermeier hatte in den Baumstumpf geschossen.

Bertl sprang entgeistert auf und taumelte ein paar Schritte zurück.

„Sie san ja komplett wahnsinnig!", kreischte er. „Ich hab Ihre Tochter ned vergewaltigt, jetz glauben S' ma doch! Ich ich ich … kann gar nix dafür! Sie wollt doch nur Gitarrenunterricht von mir, und dann, dann … dann hamma uns oa oanzigs Moi troffen, oamoi …! Sie hat ja nia wegderfn, die war ja immer eingsperrt … In der Nacht … auf der Krautinsel, da samma nübergrudert in der Nacht und ham a bissl Gitarre gspuit und a bissl an Wein trunkn und an Joint graucht … Sie is auf mi gstandn! Sie hat des wolln, des miassn S' ma glaubn!"

Das brachte Ostermeier vollends aus der Fassung. „Das ist eine widerliche, ekelhafte Lüge, du Drecksau!!"

„Verdammte Scheiße, es is aber wahr! Die war scharf auf mi, des is doch alles von ihr ausganga! Mir warn vielleicht a bissl betrunken und zuagraucht, aber die war doch ned bewusstlos!! Sie hat ihr Blusn aufgmacht und meine Händ gnomma … sie hat mir die Hosn … sie hat si' nackert auszogn und ins Gras glegt … komm her … hats gsagt! Und sie war garantiert koa Jungfrau mehr!"

„Du dreckiger Lügner! Sie war ein Kind!", schrie Ostermeier, seine Züge entgleisten immer mehr.

„Die war doch koa Kind … die hat genau gwusst, was s' wollt! Die hat genau gwusst wia's geht!"

Ostermeier begann mit der Waffe zu fuchteln und auf Bertl zuzugehen.

„Halt doch endlich dein schmutziges Schandmaul! Du hast ein Kind geschwängert, du Abschaum!"

„Was …?" Bertl krächzte schrill auf. „Geschwängert? Des is überhaupt ned möglich! I hab doch Pariser gnomma! I hab Kondome benutzt!"

Ostermeier kam immer näher.

„Du Drecksau! Du lügst!", kreischte er hysterisch.

Bertl taumelte rückwärts über den Strand.

„Die konn ned von mir schwanger worn sei! Jetzt glaubn S' ma doch! Bei so am jungen Madl, da pass i doch auf!"

Ostermeiers Gesichtszüge waren zu einer hassverzerrten Maske erstarrt.

„Bleib stehen, du Drecksack!" Er hob seine Waffe in Kopfhöhe.

„Nein, bitte! Bitte … i hab doch … Bitte ned …"

„Herr Ostermeier! Hier ist die Polizei! Lassen

Sie sofort die Waffe fallen!“, dröhnte plötzlich eine Megafonstimme vom Abhang über der Bucht herunter.

Ostermeier schaute kurz irrtiert nach oben.

Bertl blieb stehen, er zitterte am ganzen Körper.

„Ostermeier, machen S’ koan Unsinn, gebn S’ auf! Es is vorbei!“ Kommissar Hattingers Stimme kam ganz aus der Nähe, er stand nur ein paar Meter schräg hinter Ostermeier.

Draußen auf dem ruhigen Wasser war ein Polizeiboot immer nähergekommen. Am Bug ein Scharfschütze, der auf Ostermeier angelegt hatte.

„Jetzt kommen S’, Ostermeier, legn S’ die Waffe langsam hin. Sie ham keine Chance mehr!“, wiederholte Hattinger.

Albrecht Ostermeier schien sich zu besinnen. Er ließ wie in Zeitlupe seinen Revolver sinken. In dem Moment, als der Lauf auf Bertram Meiers Lendengegend gerichtet war, drückte er ab.

Ein infernalischer Schlag hallte über den ruhigen See. Bertl flog von den Beinen gerissen nach hinten und blieb im Uferkies liegen. Er hob noch einmal den Kopf und starrte ungläubig auf seinen Unterleib, bis ihn das Bewusstsein verließ.

Fast zeitgleich mit dem dumpfen Schlag ertönte ein scharfer, heller Knall. Das Projektil aus dem Polizeigewehr schwirrte über den See und durchschlug Ostermeiers Kopf. Die Waffe entglitt seinen Händen. Er hielt sich noch eine Weile aufrecht, dann sank er auf die Knie, und schlussendlich kippte er langsam vornüber mit dem Kopf in den Kies …

Währenddessen war ihm ganz warm, ganz leicht, das Licht ging aus und das Kino ging an, sein Leben raste vorbei, bis es bei Maria ankam, er sah ihre leuchtende Schönheit, er hatte sie doch nur geliebt, er sah den Film, den er nicht ertragen konnte, und er würde ihn jetzt mitnehmen für alle Zeit, aber gerächt hatte er ihren Tod, und erschießen hatte er sich lassen für Maria, vielleicht hatte er jetzt genug gebüßt, vielleicht hatte ihn Gott jetzt wieder lieb …

48

Mia Berger und Hattinger saßen in einem der kleinen Nebenzimmer des Soko-Besprechungsraums. Durch die Glasscheibe konnten sie die Mitarbeiter der *Soko Hand* ihre Sachen packen sehen – bis zum Schluss war es bei der anfänglichen Bezeichnung geblieben, auch wenn noch ganz andere Dinge als Hände dazugekommen waren.

Andrea Erhard hatte jede Menge tiefschwarzen Kaffee gebraut und für alle Schokocroissants, Nussschnecken, Krapfen und anderes Süßzeug besorgt.

Hattinger biss eher lustlos in sein Croissant, Mia löffelte Zucker in ihren Kaffee. Eine ganze Weile sagte keiner von beiden was.

Karl Wildmann klopfte an die Tür und kam mit einem Zettel herein. „Die Klinik hat angerufen, Chef, Bertram Meier ist operiert. Er hat einen Durchschuss auf der Innenseite des rechten Oberschenkels. Die Kugel hat noch minimal den Oberschenkelknochen gestreift, aber es ist alles gut verlaufen … das wollte ich Ihnen nur gleich sagen."

„Danke Karl …"

Wildmann legte ihm den Zettel auf den Tisch und ging wieder.

Hattinger schaute kurz drauf, es waren die Beerdigungsdaten von Annette Kauffmann.

Mia schnaufte tief durch. Sie begann in ihrer Handtasche zu kramen.

„Derf ma da herin vielleicht oane rauchen?"

„Wenn i dabei bin, wern s' di scho ned verhaftn … Gib ma ah oane."

Mia gab ihm Feuer und eine Weile qualmten beide schweigend vor sich hin. Hattinger betastete unwillkürlich die Innenseite seines Oberschenkels.

„Dann hat er sei Ziel um a paar Zentimeter verfehlt … hat der ein Glück ghabt."

„Gott sei Dank … stell da moi vor …"

Mia brauchte den Satz nicht zu beenden, Hattinger konnte sich nur allzu lebhaft vorstellen, was wäre, wenn Ostermeier getroffen hätte. Er war sich allerdings nicht ganz sicher, dass Mia aus purem Mitleid froh war, dass der Klampfenbertl ein Mann geblieben war … Er sagte aber nichts.

Mia trank ihren Kaffee aus und behielt die leere Tasse in der Hand. Hattinger lehnte sich in seinem Schreibtischstuhl zurück und legte die Füße über die Tischkante des Schreibtischs.

„Des war a Woch … mi' leckst am Arsch! Moment, was is heut für a Tag? I blick scho gar nimmer durch …"

„Donnerstag", sagte Mia.

„Donnerstag … ned amoi sechs Tag. I woaß gar nimmer, wann i zum letzten moi gschlafn hab …"

Mia drückte ihre Zigarette in der leeren Kaffeetasse aus. Sie schaute Hattinger in die Augen.

„Woaßt Hattinger, manchmoi bist du fei echt so ein Hirni …“

Hattinger schaute Mia leicht verwundert an. „Is des jetz vielleicht der Dank dafür, dass i deim Klampfenbertl vielleicht as Lebn g'rett' hab?“

„Warst du des jetz scho ganz alloa?“

Hattinger musste zugeben, dass Mia einen nicht unerheblichen Anteil daran hatte, dass sie gerade noch rechtzeitig gekommen waren. Sie war nämlich auf die Idee gekommen, sich den Block auf ihrem Schreibtisch anzuschauen, auf dem sich der Bertl gestern den Weg zu der kleinen Bucht notiert hatte. Der Kugelschreiber hatte sich durchgedrückt und sie konnte die Schrift auf ganz altmodische Art durch Schraffieren mit einem weichen Bleistift wieder lesbar machen. Die Wegbeschreibung gab sie Hattinger sofort telefonisch durch, deshalb konnten sie gleich gezielt zur richtigen Stelle aufbrechen.

„Na ja, ohne dich wär's wahrscheinlich eng worn …“

„I wollt nur sagn … wenn du a bissl eher mit mir g'redt hättst …“

„Des hab i ja vielleicht probiert … i konn mi erinnern, dass i mit a Flaschen Schampus bei dir vorm Haus gstandn bin. Den Schampus hab i dann dalassen …“

„Du warst des …“

„Ja, i war des. Und dann konn i mi erinnern,

dass i mit dir Essen gehen wollt. Da hast du Bsuach ghabt! Scho vergessen? Glaubst du, i hätt ned gwusst, von wem?“

Mia stand auf und knallte die leere Kaffeetasse auf den Schreibtisch.

„Ja, verdammt no amoi! Und trotzdem: Wenn du oamoi mit mir g'redt hättst in der Zeit, dann hätt i dir scho a paar Sachen erzählen können, über die Familie Ostermeier zum Beispiel …“

„Was moanst'n jetz da damit?“

„Woaßt du eigentlich, dass i mit der Maria Ostermeier scho in Kindergarten gangen bin? Und dann in d' Volksschul …? Der Vater is bei mir gwesn und hat mi nach seiner Tochter ausgfragt. Und des, obwohl er ihr ausgerechnet zu mir scho ziemlich früh an Kontakt verboten hat. Ich war ihm nämlich zu unanständig als Umgang! Früher hats no ab und zu bei mir übernachten dürfen und dann plötzlich überhaupt nimmer. I hab so in Erinnerung, dass er sie ab dem Moment, wo s' a bissl an Busen kriagt hat, bloß no weggsperrt hat …“

„Und vielleicht woaßt du ned, dass wir erst gestern Nachmittag vom Ostermeier und seiner Maria oder Eva oder wia s' jetzt gheißn hat überhaupt erfahren ham!? Also was hätt des bracht?“

„Des konn i dir ganz genau sagn, Hattinger: Wenn du mir von am 15-jährigen Mädel erzählt hättst, des damals bei a Operation gstorbn is in der

Martius Klinik, dann hätt i dir sofort sagn können, wer des war … Und dann hättst scho oan oder zwoa Tag eher gwusst, wen du suachst, oder?“

Hattinger wurde schmerzhaft bewusst, dass sie recht hatte. Er hätte natürlich einwenden können, dass er sowieso nicht über Inhalte von Ermittlungen reden durfte, das wusste sie ja auch, aber in dem Fall hätte sie die fehlenden Informationen schneller liefern können als alle anderen.

„Manchmoi lauft's wirklich saudumm … aber wann hätt i denn in dene sechs Tag sonst überhaupt no Zeit ghabt? Wenn i ned gwusst hätt, dass du scho anderweitig versorgt bist, dann hätt i vielleicht …“

Mia setzte sich wieder hin. Hattinger schaute lange aus dem Fenster.

„Und … was mach'ma jetz mit unserm Schlamassel?“

Mia ließ sich Zeit mit der Antwort.

„Ehrlich gsagt, ich woaß's ah ned … aber so wia jetzt …“ Sie schüttelte den Kopf.

„Ja, dann schauma halt …“

Hattinger stand auf. Es wurde langsam Zeit, aufzuräumen und sein Zeug zu packen. Schließlich hatten sie eine fremde Polizeistation fast eine Woche lang besetzt.

Mia packte ihre Zigaretten wieder in die Handtasche und kramte ihren Autoschlüssel heraus.

„Was machst'n nachher?“, wollte sie wissen.

„A paar Stund Schlaf wärn ned schlecht."

„Magst di vielleicht bei mir hinlegn?"

Hattinger überlegte. „I muaß amoi schaun, die Lena is doch bei mir, scho seit Sonntag, und i hab fast gar koa Zeit ghabt für sie ..."

„Des is ja eh klar ... Warum sollt's der anders geh wia mir?"

„Aber die Lena is mei Kind, und die wohnt jetzt in Hamburg, des is ja no amoi was anders, oder?"

„Guad, dann schaust halt amoi ... Und i schau derweil ins Krankenhaus nunter, und nachher schau i vielleicht no amoi vorbei ..." Damit ging sie türenknallend ab, schon wieder mal beleidigt.

Hattinger ging hinüber in den Besprechungsraum, wo alle anderen noch an der Arbeit waren. Die ganzen Kartons mit Unterlagen, die sie mitgenommen hatten, waren schon fein säuberlich beschriftet in einer Ecke gestapelt. Ein Polizeibeamter verpackte gerade Wolfgang Pichlers Computer zum Abtransport nach Rosenheim. Hinter ihm am Fensterbrett lag Hattingers zerrissenes Sakko, um das es ihm schon ein bisschen leidtat. Es war schon recht alt, aber er hatte es oft und gerne getragen. Na ja, wenn das das einzige Opfer war ...

Pichler würde wohl einer Anklage entgegensehen, wegen ... ja was eigentlich? Verletzung der Privatsphäre, Widerstand gegen die Staatsgewalt etc., wenn es bei dem blieb, was sie auf seinen

Computern fanden, aber es war ja nicht Hattingers Sache, das zu entscheiden. Der Typ war zwar rabiat geworden, als es um seine vergeblich angebetete Annette ging, aber im Grunde hielt er ihn doch für relativ harmlos – ein Verirrter, ein Verrannter. Ein Abgewiesener, der einem im Grunde schon fast wieder leidtun konnte. Zumindest hatte er wohl niemanden umgebracht.

Die Aufarbeitung des Falles würde sicherlich noch einige Zeit in Anspruch nehmen, aber das meiste konnten sie auch in Rosenheim erledigen. Er war aber nicht gerade froh darüber, wieder jeden Tag dorthin zu müssen, er hatte sich hier sehr wohl gefühlt, abgesehen davon natürlich, dass man sich mit all den Scheußlichkeiten, die dieser Fall mit sich gebracht hatte, kaum wirklich wohlfühlen konnte. Auch mit den Priener Kollegen, die er bisher nicht gekannt hatte, war er gut ausgekommen.

Andrea Erhard hatte inzwischen noch eine ganze Platte mit Brezen und Wurstsemmeln aufgefahren. So eine gute Fee hätte er sich für sein Team auch gewünscht.

Als er sein persönliches Zeug verpackt hatte und sich mit Wildmann über den Ausgang des Falles unterhielt, kam Fred Bamberger herein, mit der Hälfte eines dieser teilbaren Bierkästen mit Henkel.

„Herr Wildmann? I hab doch versprochen,

dass i an Kastn Weißbier spendier, wenn Sie recht ham."

„Ja, ich kann mich gut erinnern!"

„Ja, und weil Sie mit Eggstätt recht ghabt ham, aber mit dem Unterarm ned, hab i eben an halben Kastn mitbracht."

Wildmann und Hattinger sahen sich an.

„Sag amoi, spinnst jetz total?", wunderte sich Hattinger. „Du konnst doch ned an halben Kasten Weißbier mitbringa – für zwanzig Leut!"

„Doch, konn i!", entgegnete Bamberger stoisch.

Hattinger schüttelte nur noch den Kopf.

„Also für mich reicht der halbe Kasten locker ...", bemerkte Wildmann trocken. „Und für mich ist er doch, oder?"

„Genau!", grinste Bamberger und überreichte Wildmann vor dem verdutzten Hattinger das Bier. Er legte eine Kunstpause ein und schaute den langjährigen Weggefährten ein bisschen mitleidig an, bevor er sich einen Ruck zu geben schien.

„Na guad, i bin ja gar ned so ..." Mit den Worten ging er zurück zur Tür und schleppte noch weitere anderthalb Kästen herein, die er dort deponiert hatte.

„Na bitte, geht doch!", konstatierte Hattinger.

Sie mussten lachen. Hattinger rief alle, die ihren Dienst für heute beendeten, zu einem Umtrunk zusammen. Der wurde dann im Endeffekt doch ein bisschen länger, als er gedacht hatte. Erstmal war natürlich die Luft bei allen Beteiligten raus gewesen, aber jetzt, wo der Druck langsam nachließ und die Gewissheit sackte, dass es wirklich vorbei war, kam noch einmal ein zweiter Adrenalinschub, der die Müdigkeit hinausschob.

Fred Bamberger nahm einen ausgiebigen Schluck Weißbier. „Rat's amoi, was i morgn mach?"

Alle wussten, was er morgen machen würde, aber Hattinger kam den andern zuvor: „I woaß ganz genau, was du morgn machst – du ramst den Keller vom Ostermeier auf!"

„Ja, freilich … aber nur unter deiner persönlichen Anleitung, Hattinger! Naa, im Ernst, i bin ja scho froh, dass wenigstens no des Wochenend rausspringt. Meine Leit wern si' frein, wenn i doch no komm. Woaßt du, dass der Martin scho a Regatta gwonnen hat die Woch?" Bamberger war sichtlich stolz auf seinen Sohn.

„Des is ja super, gratuliere." Hattinger dachte an Lena. Er beneidete Bamberger ein bisschen, der sah seine Söhne trotz all der Überstunden immer noch öfter als er seine Tochter. „Die Lena is jetzt fast 16. Die kommt sowieso nur alle heiligen Zeiten. Und dann kommt wieder so a blöder Fall dazwischen und i hab gar koa Zeit …"

Aber wenigstens lebte sie. Er dachte an Eva Maria Ostermeier, die war fast genauso alt gewesen und lag jetzt schon seit 20 Jahren im Grab.

Bamberger sah nachdenklich sein Bier an, als wäre es ein Wahrheitselixier. „Die Zeit rast so dahi … Grad hast eahna no an Arsch abgwischt, und kaum drahst di zwoamoi um, scho san s' aus'm Haus …"

Kaum hatte er das gesagt, klingelte Hattingers Handy. Lena war dran. Sie hatte im Internet gelesen, dass der Frauenmörder vom Chiemsee erschossen worden war, und wollte wissen, wann ihr Vater nach Hause käme.

„Paps? Kannst du vielleicht nicht vor Abend kommen, geht das? Weißt du, der Peter ist noch da und wir … weißt du, ich fahr doch morgen wieder …"

Na toll, dachte sich Hattinger. Sollte er sich jetzt noch irgendwo in der Gegend rumtreiben und ein bisschen Zeit totschlagen, nur damit seine Tochter daheim ungestört mit ihrem Peter vögeln konnte? Also ehrlich! Er fühlte sich gerade sehr müde und alt …

Andererseits – gäbe es bessere Gründe dafür, sich Zeit zu lassen?

„Übrigens, der Schweinsbraten war galaktisch, Paps!", sagte Lena. „Wir haben ihn leider schon aufgegessen … Dafür hab ich eine Ente eingekauft für heut Abend. Machst du mir die? Bitte bitte bitte!", schnurrte sie ihn an. Konnte man da nein sagen? Unglaublich, wie schmal der Grat zwischen Hormonbombe und Kleinkind war in diesem Alter, das wurde ihm gerade wieder klar.

„Oiso guad, dann bis heut Abend …“, sagte er. „Und füll die Entn scho amoi, mit gviertelte Äpfel und Zwiebeln. Und dann guad zuanähn, mit dem Garn, des hinten in der Besteckschublad liegt, okay?“

Sie sagte brav zu, und er versprach nicht vor sieben einzulaufen.

Wenn dieser bigotte, verbohrte Ostermeier seiner Maria auch nur ein bisschen natürliche Entwicklung zugestanden hätte, dann wäre sie heute vielleicht noch am Leben, dachte er.

Die meisten waren inzwischen gegangen. Von seinen Leuten brauchte er sich nicht groß zu verabschieden, die würde er spätestens am Montag wiedersehen. Er hatte sich jedenfalls für morgen freigenommen. Haller & Körbel würden dafür morgen ein bisschen die Lumpensammler machen. Als Andrea Erhard zu ihm kam, wurde er fast ein bisschen wehmütig.

„Frau Erhard, vielen Dank für alles, des war eine sehr erfreuliche Zusammenarbeit, ned zu vergessen ihre kulinarischen Beiträge. Also wenn die Priener Kollegen Sie amal gar nimmer brauchen können, dann kommen S’ doch zu uns! Aber a paar Mal komm i bestimmt no her wegen dem Fall.“

Andrea Erhard freute sich sehr über die Komplimente. Sie sei halt leider in Prien schon so lang verwurzelt … Der Kommissar Hattinger hätte ihr schon gefallen, ein Jammer eigentlich, dass der schon vergeben war, dachte sie und nahm sich bei der Gelegenheit vor, dieses Wochenende wenigstens mal wieder die Bekanntschaftsanzeigen im *Chiemgaublick* zu studieren. Man sollte die Hoffnung ja nicht zu früh aufgeben.

Hattinger sah draußen auf dem Parkplatz Mia vorfahren. Hatte sie sich's also doch überlegt … Er schulterte seine Taschen. Im Hinausgehen ging er neben Karl Wildmann her.

„Karl?"

„Chef?"

„Was i no sagn wollt: I hab ma grad denkt … mir arbeiten ja so vui zamm … also des wär vui einfacher … wie wär's, wenn ma einfach du sagn?" Er streckte Wildmann die Hand hin: „I bin der Hattinger. Guade Arbeit, Karl!"

Wildmann freute sich sichtlich.

„Danke, Chef … also, ah – danke, Hattinger."

„Genau. Mit am Vornamen konn i leider ned dienen. Vielleicht sollt i ma irgendwann amoi an neuen aussuchen …"

„Wieso, Hattinger ist doch ganz okay, Chef … Hattinger, mein ich natürlich."

Mia stand draußen neben ihrem Wagen. Sie öffnete einladend den Kofferraum, damit Hattinger seine Sachen reinstellen konnte.

„Kauf ma vielleicht no a bissl an Schampus für heut Abend, was meinst?“, schlug sie vor.

„Wär an sich koa schlechte Idee, aber heut Abend muass i für die Leni a Entn braten. Die fahrt ja morgen Früh scho wieder.“

„Des geht ja scho wieder guad los … Aber dann könnt’ma ja morgen wenigstens a bissl an Ausflug machen?“

„Morgen geht’s ned, duat ma leid. Morgen muaß i unbedingt no auf a Beerdigung …“

Mia schaute Hattinger ungläubig an.

„Seit wann gehst jetz du freiwillig auf a Beerdigung?“

Hattinger zuckte mit den Schultern.

„Mei … Die Dinge des Lebens san im Fluss, verstehst …?“

„Wenn *i* dem Biaschal oane aufgstricha hätt, waar er übern ganzn Chiemsee gflogn, des kenna S' ma fei glaum, Herr Kommissar! I hab'n aber gar ned troffa. I woaß ah ned, warum der so ausschaugt …" Übersetzung: „Wenn ich dem Bürschchen eine geknallt hätte, wäre er über den ganzen Chiemsee geflogen, das können Sie mir echt glauben, Herr Kommissar! Ich habe ihn aber gar nicht getroffen. Ich weiß auch nicht, warum der so aussieht …"

Was, meinen Sie, klingt jetzt charmanter, hinterkünftiger, schlitzohriger, wärmer …? Lernen Sie den Satz auf jeden Fall schon mal auswendig, den brauchen wir später noch.

Also, zur Sache. Bairisch schreiben. Geht das? Soll man das? Muss das denn sein? Da gehen die Meinungen auseinander.

Der Germanist wendet sich vielleicht mit Grausen. Das ist in Ordnung, denn erstens kann er das besonders gut, und zweitens steht er dann nicht mehr im Weg rum.

Der Preuße, also aus Sicht des Oberbayern alle, die ihren Ursprung nördlich des Weißwurschtäquators haben – mit Ausnahme des Franken vielleicht, der aus hiesiger Perspektive so eine Art Zwischenexistenz darstellt, einen Puffer zum Norddeutschen gewissermaßen –, also der Preuße kommt damit klar, solang man es nicht übertreibt.

Es erinnert ihn an das, was er aus dem Urlaub kennt, und wenn er dabei nicht immer den Originalklang im Ohr hat, macht das nichts, Hauptsache er versteht den Inhalt, ohne sich einen abzubrechen.

Das eigentliche Problem ist der Bayer. Der Bayer ist skeptisch. Das ist er von Haus aus, per se, unausweichlich. Er kann gar nicht anders, weil es zu seinem innersten Wesen gehört, misstrauisch zu sein. Und er will auch gar nicht anders. Der Bayer ist eben zum Beispiel kein Rheinländer. Der ist schnell begeistert und wacht dann später auf aus seiner ungezügelten Euphorie, beim Bayern ist es eher umgekehrt. Aber um diese Umkehrung zu erleben, muss man Sitzfleisch haben. Und bisweilen wird auch das Sitzfleisch welk, bevor der Bayer einen Enthusiasmus entwickelt für irgendetwas Neues, Anderes, Ungewohntes.

Man sollte ihn aber ja nicht unterschätzen, den Bayern und seine Wandlungsfähigkeit! Es wurde tatsächlich schon von welchen berichtet, die 60 Jahre lang die Schwarzen gewählt haben, ohne mit der Wimper zu zucken – nein, nicht dunkelhäutige Menschen, sondern die Partei, die sich hierzulande gern als gottgegebene Einheit mit dem Staat betrachtet –, um dann urplötzlich im vorgerückten Greisenalter ihr Kreuzchen bei einem Grünen zu machen, und das ganz ohne Alzheimer!

Aber jetzt bin ich ein bisschen abgeschweift.

Der Bayer also wird am ehesten etwas auszusetzen haben, wenn in seinen gestrengen Augen etwas schriftmäßig nicht ganz so ausschaut, wie es seine Ohren gewöhnt sind. Und schon das ist relativ, denn der oberbairische Dialekt passt sich alle paar Kilometer geschmeidig wie der berüchtigte Wolpertinger dem Höhenverlauf des endmoränengeprägten Voralpenlandes an, und von anderen bayerischen Regionen wollen wir hier ja gar nicht reden. So mag sein, dass die Rohrdorferin „er kommt" sagt, der Priener „er kimmt", aber die Tittmoningerin schon „er kummt". Oder auch umgekehrt, je nachdem, wer diese Aussage trifft und wo er mit seiner buckligen Verwandtschaft herkommt. Nur „er kam" sagen sie alle drei nicht, weil es eine einfache Vergangenheit nicht gibt. „Er is kemma" heißt es dann, oder „er is komma", auch wenn dieses Ereignis erst dreißig Sekunden her ist. „Er is kimma" gibt es aber wiederum nicht, was beweist, dass dem Ganzen nicht mit Logik beizukommen ist. Man hüte sich demnach, nach „oans" und „zwoa" auch noch „droa" zu sagen!

Ich habe also versucht, bairisch zu schreiben, obwohl man dabei nur scheitern kann. Wollte man es einigermaßen richtig machen, müsste man zur Lautschrift greifen – Sie wissen schon, diese hieroglyphenartigen Zeichen aus Wörterbüchern. Das wäre korrekt und würde den eingefleischten Heimatpfleger mit fundierter semantischer Vorbildung gewiss erfreuen. Aber sonst könnte es keiner lesen und dieses Buch wäre gar nicht erst gedruckt worden.

Dann gäbe es die ganz zahme Variante, einen Satz umzustellen, vielleicht bei „ist" mal das t wegzulassen und „ned" zu schreiben statt „nicht". Das war mir wiederum zu wenig. Also habe ich mich für den Kompromiss entschieden, das Bairisch so zu schreiben, dass es möglichst auch der Nichtbayer ohne Augenkrampf lesen kann und der Bayer die bairische Klangfärbung hoffentlich selbst ersetzen wird, so wie er sie kennt, vor allem wenn der Originalklang nur durch schwere Buchstabenverrenkungen oder den Einsatz von norwegischen Akzenten darstellbar wäre.

Wenn ich also „hab i gsagt" schreibe, dann gehe ich natürlich davon aus, dass fast ein jeder weiß, dass das a in beiden Wörtern keinesfalls ein offenes, hochdeutsches ist wie, sagen wir, in Cannabis oder Gasexplosion, sondern so eine kehlige Mischung aus a und o, etwa so wie im englischen „call" oder „wall". Es ist aber definitiv kein o – daher auch nicht „hob i gsogt"! Ich zähle da ganz auf Ihre intelligente Mitarbeit …

Jetzt endlich zu unserem Satz. Ich hoffe, Sie können ihn schon auswendig! Falls nicht, wiederhole ich ihn hier noch einmal, damit Sie nicht immer umblättern müssen:

„Wenn *i* dem Biaschal oane aufgstricha hätt,

waar er übern ganzn Chiemsee gflogn, des kenna S' ma fei glaum, Herr Kommissar! I hab'n aber gar ned troffa. I woaß ah ned, warum der so ausschaugt …"

Anhand dieses Satzes wollen wir uns mal anschauen, wie das Ganze klingt:

„Wenn …" Schon das wenn klingt eher wie ein gedehntes helles wen oder wehn. Wäre aber verwirrend, es so zu schreiben, oder?

„… *i* …" Ein stark betontes langgezogenes iihh. „Wie das bei anderen wäre, weiß ich nicht, aber bei mir können Sie davon ausgehen, dass …" Das alles steckt in diesem einen i drin! Und es kündigt auch gleich noch die folgende dezente Übertreibung an.

„… Biaschal …" Der Anfang klingt fast nach Bier, da liegt auch die Betonung, der Rest kippt mit hellem a so ein bisschen nachlässig nach hinten weg. Das Nicht-ernst-Nehmen des besagten Bürschchens steckt in dieser abfallenden Endung also voll mit drin.

„… aufgstricha …" Aufgestrichen. Damit ist nicht Nutella gemeint, sondern eine handfeste Äußerung körperlicher Gewalt. Dem Hamburger sei gesagt, dass es selbstverständlich immer ein sch ist, was man hört, also eigentlich: aufgschdriecha! So wäre aber das „gestrichen" für den Uneingeweihten viel schwerer erkennbar.

„… waar …" Achtung Falle: Wäre, nicht

war! Konjunktiv! Der Bayer legt großen Wert auf einen gepflegten Konjunktiv. Damit steht er meines Wissens unter den deutschen Dialekten ziemlich allein auf weiter Flur. Und es handelt sich in diesem Fall um ein sehr, sehr langes und ganz helles aa, so ein Mahathma-Gandhi-aa. Ich habe hier versucht, den Konjunktiv durch das doppelte aa vom vergangenen „war" zu unterscheiden. Macht aber manchmal keinen Sinn, z. B. bei „kannt" – könnte, mit einem kurzen hellen a, heller als bei Kant (dem von Kant und Hegel …). Wir merken uns dazu den Lehrsatz „Wenn i fliagn kannt, daad i's!"

Gut, jetzt ein bisschen schneller weiter, ich denke, die Feinsinnigen unter uns haben das Prinzip schon begriffen. Allerdings kann man manches doch nicht oft genug wiederholen:

„… Chiemsee …" Muss ich es hinschreiben? Für die ganz Unbelehrbaren? Wirklich? Na gut, ich tu's: Kiemsee. Kiemsee! Mit K. Mit Kaaah, nicht mit Cchhh, wie manche meinen! Die mögen meinetwegen China mit Cchhh aussprechen – aber bitte nicht das Bayerische Meer! Und unter gar keinen Umständen, niemals: SCHiemsee! Da hört der Spaß auf!

„… des kenna S' …" Das können Sie … Die beiden e's sind so hell und lang wie z. B. in „Kenia". Und dann spricht man kein doppeltes n, sondern „kehnas", aber wer würde das noch erkennen? In anderem Zusammenhang könnte es übrigens auch „das kennen Sie“ heißen.

„… ma …“ – mir, das ist klar, oder? Kurzes, helles a.

„… fei …“ spricht man so, wie man's schreibt. Das „fei“ ist ein verstärkendes Wort, es verleiht dem Folgenden eine besondere Wichtigkeit. „Jetz hab i fei gnua!“ würde demnach ausdrücken, dass derjenige jetzt aber allen Ernstes die Schnauze voll hat!

„… glaum …“, glauben, hab ich je nach Person auch manchmal „glaubn“ geschrieben. Wie bei den meisten Verben verschluckt der Bayer das letzte e, er sagt also z. B. normalerweise immer „gehn“. „Wir ge-hen!“ sagt er nur, wenn das die letzte Aufforderung an jemanden ist, jetzt endlich mal fertig zu werden und die Schuhe anzuziehen. Meistens habe ich die Variante gewählt, die dem originalen Wort näher ist, also z. B. „schreibn“ und nicht „schreim“, obwohl das mehr den eigentlichen Klang wiedergäbe.

„… Herr Kommissar …“ = Herr Kommissar.

„… gar ned troffa.“ – gar nicht getroffen. Das „gar“ ist lang und dunkel. Über das „ned“ allein könnte man Bände schreiben. Der Oberbayer spricht es meistens lang und mit hellem e, also eigentlich need. Das geht aber nicht, weil man natürlich sofort das englische „to need“ assoziiert. „Nehd“ wäre noch möglich, sieht aber saublöd aus, finde ich. Und dann gibt es auch welche, die ein bisschen ein härteres d verwenden und das Ganze kürzer aussprechen, da habe ich dann „net" verwendet. Das geht bis hin zur schnippischen Variante des sogenannten Hertiebairisch, das überwiegend von gschnappigen Verkäuferinnen oder überkandidelten und gelangweilten Ehegattinnen gesprochen wird. Da endet das „net" dann in so einem mit der Zungenspitze leicht angeschnalzten harten d, das auch noch von einem kurzen Zischlaut begleitet wird. So etwas Hundsgemeines ist nicht einmal mehr mittels Lautschrift darstellbar! Stellen Sie sich die großartige Gisela Schneeberger in einem Polt-Sketch vor und Sie wissen, was ich meine. „Troffa" wiederum hat ein recht weiches t am Anfang, aber es ist eben nicht ganz ein d, deshalb bin ich lieber beim t geblieben.

„… ah …" heißt „auch" und hat ein helles, langes a. Im Gegensatz zum „a", was auch hell, aber kurz ist und „ein" heißt. Lernen Sie unterscheiden: „A so a bläde Gschicht aber ah!"

„… ausschaugt …" – aussieht, klar. Warum mit g? Es ist eben so …

So, jetzt können Sie in Ruhe das Ganze zusammensetzen und zuhause üben! Bei alldem sollten wir uns darüber klar sein, dass es sich hier natürlich um ein mildes, gepflegtes Salonbairisch handelt. Der Bauer auf dem Land redet schon noch anders. Aber den versteht der Tourist dann eben auch nicht mehr. Und wahrscheinlich ist das dem Bauern ganz recht so.

Aber was soll's, in diesem Buch kommt ja kein Bauer vor …

Pendragon Verlag
gegründet 1981
www.pendragon.de

5. Auflage 2016
Originalausgabe
Veröffentlicht im Pendragon Verlag
Günther Butkus, Bielefeld 2011

Lektorat: Eike Birck, Vanessa Vogt
Umschlag & Herstellung: Uta Zeißler
Umschlagfoto: mauritius images / age / Ryan Jorgensen
Satz: Pendragon Verlag auf Macintosh
Gesetzt aus der Adobe Garamond
ISBN 978-3-86532-273-9
Gedruckt in Polen

Thomas Bogenberger

Hattinger und die Schatten

3. Fall für Hattinger
Originalausgabe • 2. Auflage
512 Seiten • PB • Euro 15,00
ISBN 978-3-86532-551-8

Im Chiemsee wird eine Wasserleiche entdeckt. Während Kommissar Hattinger zusammen mit seiner ehrgeizigen Kollegin Andrea Erhard noch damit beschäftigt ist, die Identität des Opfers zu klären, geschieht ein weiterer Mord vor dem Anwesen des Kunsthistorikers Meisel. Als Hattinger den Besitzer der imposanten Villa befragen will, stellt sich heraus, dass Meisel seit einiger Zeit verschwunden ist. Auch wie er seinen aufwendigen Lebensstil bestreitet, ist unklar. Gerüchte über Beutekunst kursieren in der Nachbarschaft. Als Hattinger endlich eine Spur hat, die ihn in Neonazi-Kreise führt, wird er von oberster Stelle zurückgepfiffen, weil der Verfassungsschutz seine Finger mit im Spiel hat. Davon lässt sich Hattinger wenig beeindrucken. Unerschrocken ermittelt er weiter und übersieht dabei, dass seine Tochter Lena in ernsthaften Schwierigkeiten steckt.

PENDRAGON

Jessica Kremser

Frau Maier fischt im Trüben

Frau Maier lebt mit ihrer Katze in einem kleinen Haus am Chiemsee. Eigentlich ist die ältere Dame die Ruhe in Person. Doch als sie an einem ganz normalen Montagmorgen eine Frauenleiche am Ufer findet, ist nichts mehr so, wie es war: Ein nächtlicher Besucher schleicht um ihr Haus und hinterlässt unheimliche Nachrichten, die Schwester der Ermordeten wird bedroht und eine weitere Leiche lässt nicht lange auf sich warten. Weil die Polizei sie für senil hält, ermittelt Frau Maier auf eigene Faust und bringt sich dabei in höchste Gefahr …

»Ein kniffliger Fall, eine eigensinnige und wunderbar menschlich wirkende Ermittlerin und ein traumhafter Schauplatz. Dieser Krimi macht einfach Spaß und neugierig auf weitere Fälle mit Frau Maier und ihrem Kater.« (www.wir-lesen.com)

Frau Maiers erster Fall | 5. Auflage | ISBN: 978-3-86532-340-8
312 Seiten | PB | Euro 13,00 | Auch als eBook erhältlich.